AF345438

WOLFRAM VON HAUGWITZ

Brockmanns vierter Fall:

Tödliche Ostsee

Brockmanns vierter Fall:
Tödliche
Ostsee

Thriller

WOLFRAM VON HAUGWITZ

Zum Inhalt

Ex-Kommissar Peter Brockmann wird von Ulla, einer Freundin aus Sankt Pauli aus alten Tagen, um Hilfe gebeten, weil ihr Lebensgefährte nach einem Tauchurlaub zu alten Weltkriegswracks in der Ostsee nicht zurückgekehrt ist. Während Brockmann aus Gefälligkeit die Ostseeküste zwischen Travemünde und Neustadt nach dem Freund der Barfrau absucht, bringt die deutsche Küstenwache vor der schwedischen Südküste einen Fischkutter auf, der im Morgennebel führerlos auf der Ostsee treibt. Der Kapitän fehlt, und ein großer Blutfleck auf dem Deck lässt die Besatzung des Küstenwachschiffes vermuten, dass er umgebracht wurde. Aber es ist niemand mehr an Bord.

Einige Tage später findet die schwedische Polizei an der Südküste einen toten Taucher, dem auf bestialische Weise eine Hand abgetrennt wurde, aber der Kommissar Lars Kristofferson kann weder die Herkunft des Mannes noch seine Identität ermitteln. Wer ist der Tote, und wohin wollte der?

Nur langsam bringen Brockmann, sein Kollege Krieglsteiner und der schwedische Kommissar die Puzzleteile des Kriminalfalles zusammen und finden so heraus, was den Fischkutter, den Kapitän, Ullas Lebensgefährte und den toten Taucher verbunden haben …

Zum Autor

Wolfram von Haugwitz wurde in Hamburg geboren und ist von Beruf „eigentlich“ promovierter Geologe. Trotz der naturwissenschaftlichen Ausbildung hatte er aber nie aufgehört, Tagebücher und kleine Geschichten zu verfassen, doch für belletristisches Schreiben blieb neben Familie, Kindern und Beruf immer viel zu wenig Freiraum.

Erst Jahrzehnte (und vier Kinder) später ordnete sich eine Sammlung loser Blätter zu den Ursprüngen des ersten Kriminalromans *„Tödliche Nordsee“*, den er Ende 2019 bei Amazon-Kindle veröffentlichte. 2021 folgte mit *„Tödliches Armband“* der zweite Krimi mit dem Hamburger Ermittler Peter Brockmann, 2023 mit *„Tödliche Vergangenheit“* der dritte.

Hamburg, die Küste und die Nordsee werden immer seine Heimat bleiben, auch wenn ihn der Beruf weit von der Seeluft entfernt hat.

In Erinnerung
an meinen jüngsten Bruder
Thilo
(† 2023)

Prolog

»Brockmann?!«

Es rauschte nur monoton und elektrisch im Hörer seines Telefons, und erst nach einer Weile hörte er ein leises Atmen, bevor eine Stimme zögerlich antwortete: »Peter, hallo! Hier ist Ulla.«

Die Stimme der sonst so lauten Barfrau von der Reeperbahn klang belegt, leise, und verunsichert.

»Ulla!«, rief Brockmann erfreut aus, »das ist aber schön, dass du mich anrufst«, antwortete der Rentner, ahnte aber in dem Moment, dass es einen Grund für den Anruf gab, und dieser sehr sicher kein guter war.

Ein Moment war deshalb Schweigen am anderen Ende der Leitung.

»Ich rufe dich ja eigentlich eher selten an«, begann die Frau dann auch mit einer Entschuldigung, »aber ich wusste nicht mehr weiter, und da habe ich mich dann doch getraut.«

»Das ehrt mich sehr, Ulla, und jetzt mal raus mit der Sprache, womit oder wie kann *ich* dir denn dieses Mal helfen?«

Darauf gab es wieder einen Moment der Stille, in der Brockmann nur das Rauschen im Telefon hörte.

»Achim ist seit über einer Woche weg und hat sich nicht mehr gemeldet!«

Brockmann rutschte das Herz in die Hose. Achim Lehmann war der langjährige Freund der Barfrau und über die Jahre, die sich der frühere Kommissar Brockmann und Ulla kannten, auch zu seinem Freund geworden. Die beiden Männer waren immer mal wieder Angel gewesen und gelegentlich auch zusammen zu Sankt Pauli zum Fußball gefahren. Achim besaß ein Campingbus, einen alten T3, mit dem sie das ein oder andere Mal am Oortkatener See gestanden und grillend und biertrinkend ins Lagerfeuer geschaut hatten - eben das, was Männer am liebsten tun. Ohne Frauen.

Achim hatte dem aufbrausenden Hektiker Brockmann vor vielen Jahren die Ruhe gelehrt und ihm die Fähigkeit zurückgegeben, sich um die wichtigen Dinge in seinem Leben zu kümmern, nämlich seine Frau Monika und seine Kinder. Der Beruf gehöre nicht dazu, ›der macht dich nur mürbe und unzufrieden‹, hatte Achim in so ein Lagerfeuer mal hineinsinniert, ›aber deine Frau und deine Freunde bringen dir die Freude zurück, die du für dein Leben brauchst‹.

»Habt ihr beide euch gestritten?«, fragte Brockmann ins Telefon.

»Nein, nein!«, rief Ulla betroffen aus. »Er fährt doch jeden Monat so für 'ne Woche an die Ostsee, zu so'm Kumpel von ihm. Keine Ahnung, was die dann da machen, und ehrlich gesagt, will ich das auch gar nicht wissen, denn ich vermute mal ganz vorsichtig, dass das nicht ganz legal ist. Er redet nicht darüber, und das ist bei Männern immer ein schlechtes Zeichen.«

Ulla holte lautstark Luft, als sie geendet hatte. Dann hörte Brockmann das ratschende Geräusch eines Feuerzeugs und wenig später ihr gedehntes Ausatmen.

»Und wieso glaubst du, dass jetzt etwas passiert ist?«, fragte er.

»Weil er sich *immer* zwischendurch gemeldet hatte,

selbst wenn die Verbindung schlecht war. Manchmal waren die noch auf See, aber es ging dann trotzdem. Und spätestens nach einer Woche hat er sich immer zurückgemeldet, das war wie ein Wecker, so pünktlich. Aber jetzt ist das schon mehr als eine Woche her.«

Brockmann hörte, wie die Frau schniefte.

»Ulla, wenn du ihn vermisst und glaubst, dass ihm etwas passiert ist, dann musst du zur Polizei gehen. Nach einer Woche werden die Kollegen dich nicht zurückweisen und …«

»Das will ich nicht, Brocki. Ich bin absolut sicher, dass Achim an der Ostsee da in irgendetwas verstrickt ist. Er hatte mal angedeutet, dass er da zusammen mit Leuten taucht und so, und am Ende kam er dann immer mit so'm Korb voll oller Plünnen zurück, Granaten, Patronen, alte Gewehre und so, und war damit glücklich.«

Erneut entstand eine Pause, wohl weil Ulla in dem Moment bewusstwurde, dass sie gerade mit einem ehemaligen Polizisten sprach. Und in der Tat war Brockmann in diesem Moment erbost und fast daran, aufzulegen.

»Ulla, was immer es ist, dass du jetzt von mir willst, ich werde es ablehnen, mich in irgendwelche illegalen Machenschaften …«

»Nein, Brocki, nein! Ganz bestimmt nicht. Du erinnerst dich, dass er zu Wracks tauchte …«

»… und dabei aus Versehen gelegentlich etwas mit nach oben brachte, so rein zufällig.«

Sie schwieg, weil er Recht hatte.

Erst nach einer Weile vernahm er wieder ihr leises Schluchzen.

»Bitte, Brocki. Dieses Wracktauchen hat niemandem geschadet, und du weißt das. Ist nicht legal, ja, weil diese Wracks eben Totenstätten sind, aber das sind die schon seit über achtzig Jahren. Jetzt gibt es wahrscheinlich niemanden mehr, den das noch stört, weil auch mittlerweile sogar die Angehörigen der Opfer längst tot sind. Achim hat auch nicht im großen Stil Wrackräuberei betrieben, sondern ab und zu mal etwas mitgebracht, so als Andenken. Du weißt das, du hast seine kleine Sammlung gesehen.«

Wieder trat ein Moment unangenehmer Stille ein.

»Bitte Brocki. Ich hätte nicht gefragt, wenn ich nicht gewusst hätte, dass du sowieso an der Ostsee bist. Frag' doch mal herum, und wenn du ihn gefunden hast, egal was er macht, dann ist gut.«

Wieder schniefte sie.

»Er ist der einzige Mann in meinem Leben, der Einzige, den ich habe, bitte!«

Brockmann schwieg.

Sie tat ihm leid.

»Gib mir mal das Kennzeichen von dem VW-Bus. Ich werde schauen, was ich tun kann, Ulla.«

»Das ist lieb von dir. Bist 'n guter Mensch. Hast was gut bei mir!«

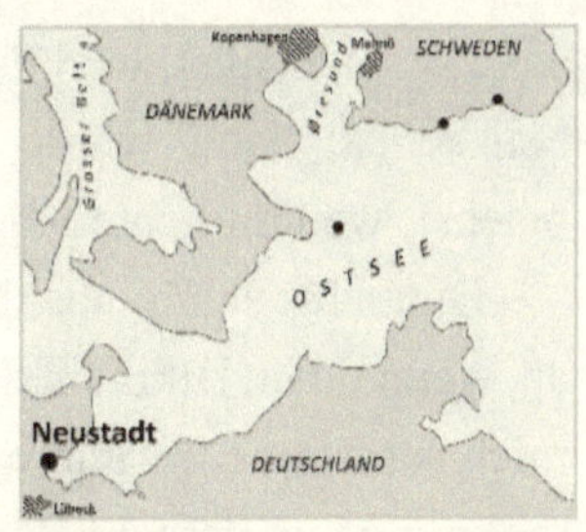

Das Meer ist keine Landschaft, es ist das Erlebnis von Ewigkeit

– Thomas Mann –

1 Neustadt - Urlaub

»Ich verspreche dir, Moni«, sagte Brockmann und schaute seiner Frau dabei in die Augen, »dass ich keine Mörder suchen werde oder irgendwelche Brandstifter und nur für dich da sein will.« Wie zur Bestätigung hob er seine rechte Hand zum Schwur. »Ich möchte mit dir hier Urlaub am Meer machen, ich werde mich um dein Wohl kümmern, und dir, damit du braun wirst und knackig, den Rücken eincremen und für ausreichend Essen sorgen.«

Sie sah ihn skeptisch von der Seite an mit einem Blick, wie sie es seit dreißig Jahren schon tat, wenn sie herausfinden wollte, ob er die Wahrheit sagte.

»Ich schwöre es wirklich!«, fügte er deshalb noch einmal mit Nachdruck hinzu.

Sie schaute ihn trotzdem weiter kritisch an, musste aber dann doch grinsen, als sie ihren Mann so demütig vor sich stehen sah.

»Wenn ich nicht wüsste, Peter Brockmann, dass du

das alles nur sagst, weil du heute Abend Sex mit mir haben willst, dann würde ich sagen, dass du das nur machst, weil du heute Abend Sex mit mir willst.«

»Du siehst schön aus, Moni, und ich sehe dich gerne an, wenn du im Bikini in der Sonne liegst. Und ich würde mich sehr freuen, wenn du hier in unserem Urlaub Entspannung von deinem Büroalltag findest. Ehrlich!«

»Wenn ich dich nicht schon so lange kennen würde, wäre ich auf dich hereingefallen, du alter Charmeur, soviel muss ich zugeben«, antwortete sie, lachte dabei laut und schaute sich dann über den Rand ihrer großen Sonnenbrille blinzelnd um. Mit dem großen Zeh ihres Fußes fühlte sie den Sand und zeigte dann auf eine Stelle nahe am Wasser.

»Dort können wir uns hinlegen.«

Nachdem sie ein paar Schritte gegangen war, drehte sie sich zu ihrem Mann um.

»He, Peter, willst du nicht mitkommen?«

Brockmann genoss den Anblick des Meeres, auch wenn das hier nur die Ostsee war, hörte das leise Schlurfen der Wellen, wenn sie auf den Strand aufliefen und sog die Luft ein, diesen charakteristischen Geruch nach Meer und fauligen Algen. Endlich wieder! Und besser noch als alles das: Urlaub mit einer entspannten Moni, die nicht dauernd von ihrem nervigen Büro erzählte.

Peter Brockmann war jetzt Mitte Sechzig und doch schon vor einigen Jahren Frührentner wider Willen geworden, weil er mit der Arbeitswelt und den neuen Methoden bei der Polizei nicht mehr zurechtgekommen war. Dennoch fühlte er sich nicht alt, er hatte immer noch volles, wenngleich mittlerweile graues Haar, war fast einen Meter neunzig groß, schlank und sportlich und Vater zweier erwachsener Söhne. Er hatte schon noch mitten im Leben gestanden, aber das Leben der jungen Leute und der anderen Mitarbeiter, das hatte sich irgendwann zu verschieben begonnen, und damit war er nicht mehr mitgekommen.

Anfang der Siebziger Jahre war Peter Brockmann in seiner Heimatstadt Hamburg Polizist aus Überzeugung geworden – Ordnungshüter eben. Und die Ordnung war zu dieser Zeit noch klar und für jedermann erkennbar, denn sie hatte Räume in der Hafenstadt, genau wie die Unordnung. Und jeder bekam es mit, wenn er von dem einen in den anderen wechselte: es gab die Reeperbahn, wo *,alleen blot Verbrekers un lichten Deerns husen'*, wie seine Mutter immer zu sagen pflegte, und es gab den ordentlichen Teil der Stadt, wo die guten Bürger zu Hause waren, *,de rieke Lüüd'*. Gut und Böse waren in der Hafenstadt zu Beginn der siebziger Jahre noch deutlich sichtbar gewesen, was das Leben einfach machte.

Aber diese Welt und ihre Ordnung begann schon damals sich immer mehr zu verändern, und Peter Brockmann, der Ordnungshüter bei der Polizei, hatte große Probleme, das zu begreifen. Besonders durch den Umzug der Polizeibehörde aus dem altehrwürdigen Gebäude am Berliner Tor in den futuristischen, präsidialen Neubau in Winterhude wurde er nicht nur räumlich von Reeperbahn und Rotlicht getrennt, sondern auch aufgefordert, seine Arbeitsweisen anzupassen an die sich verändernden Bedingungen.

Sichtbar für ihn zog diese Umformung in Gestalt

neuer Mitarbeiter ein, vornehmlich jung-dynamischer Karrieristen, die neuerdings von der Universität kamen und nicht mehr aus dem aktiven Polizeidienst rekrutiert wurden. Zudem wurden seine Chefs immer jünger, waren nicht mehr Altgediente mit vertrauten Gesichtern, sondern Unbekannte, die unvermittelt aus dem Nebel der Zukunft auftauchten und ihm zu erzählen begannen, wie er seine Arbeit machen sollte. In ihren schicken dünnen Designertaschen war kein Platz mehr für dicke Aktenordner, wie man sie früher mit nach Hause nahm, stattdessen hatten sie Computerprogramme dabei auf ultradünnen Laptops, die all die über Jahre angewendeten Ermittlungsmethoden verdrängten, mit *Polizei 3.0* mit *„Predictive Policing"* oder *„Precrime Assessment via Facebook"*.

In der Folge wurden Brockmanns Arbeitsweisen, die ihm über Jahrzehnte vertraut geworden waren, quasi über Nacht ungültig, und sein kriminalistischer Instinkt, so erschien es ihm, von einem Augenblick zum anderen genau so wenig mehr gefragt wie seine Kontakte, Mittelsmänner und Informanten im Milieu von Sankt Pauli und der Reeperbahn. Immer häufiger wurde er von den Krawattenträgern und Jungchefs milde belächelt, wenn er bei den in Mode gekommenen *Brainstormings* die Abkehr von den herkömmlichen Ermittlungsmethoden als zu computergläubig kritisierte und stattdessen den Instinkt des Ermittlers forderte. Mehr als einmal belehrte man ihn, dass moderne Kriminalität heutzutage im Cyberraum stattfände, digital, ohne Schatten und ohne physikalische Spuren. Verbrechen im Rotlichtviertel der Reeperbahn oder in Hamburgs sozialen Brennpunkten wie Wilhelmsburg oder Billstedt, antworteten sie ihm damals, seien zwar tragisch und immer schon berüchtigt gewesen, wären aber unscheinbar klein gegen das, was die Millionenstadt an der Elbe heutzutage wirklich bedrohte.

»Um diese kleinen Dinge kümmern sich die kleinen Lichter«, hatte ihm ein Chef mal zugeflüstert, nachdem Brockmann nicht müde wurde, seine Einwände zu wiederholen. Vielleicht auch deshalb hatte sich nach dem Umzug in das neue Präsidium sein Aufgabengebiet verändert: *Wirtschafts- und Betrugsdelikte* stand jetzt auf dem Türschild zu seinem Büro in einem der lichtdurchfluteten, weißen Flure.

Für organisierte Kriminalität und Kapitalverbrechen wurden Jüngere zuständig.

Die Welt war im Wandel, und Brockmann hatte große Probleme, diesen Veränderungen zu folgen.

Auch in seiner Ehe.

Die beiden Söhne hatten jahrzehntelang im Vordergrund ihrer Beziehung gestanden und wie ein Keil zwischen ihnen gesteckt. Anfangs fiel es dem Ehepaar Brockmann nicht so auf, aber mit jedem Jahr wurde deutlicher, dass für ihre eigene Liebesbeziehung weder Zeit noch Ruhe oder Platz vorhanden waren. Schleichend hatte sich deshalb die Krise über einen langen Zeitraum unbemerkt und krebsartig in ihre Ehe gefressen, doch sie sprachen nicht darüber, nahmen es irgendwie hin und versuchten stattdessen, bei der Organisation des täglichen Lebens den Kopf über Wasser zu halten. Brockmann ging morgens ins Büro, Moni führte das triste Leben einer Hausfrau, pflegte die Krankheiten der

Kinder und brachte sie durch die Schule und den ersten Liebeskummer. Und abends, wenn er, von seiner anstrengenden Arbeit ermattet, mürrisch vor dem Fernseher saß, widmete sie sich den Wäschebergen und bügelte seine Oberhemden.

Moni akzeptierte dieses, solange die Kinder im Haus waren und der Mutter die Tagesaufgaben diktierten. Aber im Gleichschritt mit der zunehmenden Selbstständigkeit ihre beiden Söhne fühlte sie irgendwann, wie unbedeutend ihr eigenes Dasein wurde und sie sich daher immer häufiger nach dem Sinn in *ihrem* Leben zu fragen begann. An ihrem fünfzigsten Geburtstag stand sie deshalb gegen Mitternacht abseits einer rauschenden Party, die ihr Mann für sie veranstaltet hatte, unter einem sternenklaren schwarzen Himmel und fühlte sich unendlich leer und bedeutungslos.

Ihre Frauenärztin tippte auf Wechseljahre-Depressionen, wollte aber keine Medikamente verschreiben und riet ihr stattdessen lapidar, sich etwas ‚Schönes‘ zu suchen. Wahrscheinlich meinte die Ärztin damit einen verwöhnenden Liebhaber oder Reisen, aber nachdem Moni eine Zeitlang nachgedacht hatte, ergab sich eher aus einem Zufall heraus ein Job bei einer neugegründeten kleinen Firma für Personalvermittlung, die sich in einem Büro am Rande Hamburgs in einer ehemaligen Kaserne etabliert hatte. *Start-up*-Unternehmen wurde das Neu-Deutsch genannt: ein Haufen junger Leute ohne Plan, aber dafür mit unendlich viel positiver Energie. Nach Kindererziehung und Hausfrauendasein wurde diese Arbeit eine wunderbare, neue und spannende Herausforderung, bei der sie jeden Tag interessante Menschen kennenlernte und ihr Organisationstalent einbringen konnte, welches sie als Mutter und Ehefrau in zwanzig Jahren Familienmanagement optimiert hatte.

Im Gegensatz zu ihrem Mann war Monis Welt spannend geworden, in der sie sich und andere täglich herausfordern konnte, und während Brockmann sich vergeblich bemühte, die Wandlungen in seinem Beruf zu begreifen, begann seine Frau, sich eigene Perspektiven zu erarbeiten, die zu Herausforderungen wuchsen und ihr Anerkennung brachten. Beim abendlichen Stelldichein in der Küche plapperte sie dann erfreut und aufgedreht von ihrem Tag, teilte sich mit und war aufgekratzt über die wunderbaren Menschen, mit denen sie zusammenarbeitete, während Brockmann nur dasaß und versuchte, die Arbeit und den Tag zu vergessen, der nichts als sinnlose Aufregung über banale Dinge für ihn bedeutet hatte. So ging das über Jahre.

»Hörst du mir überhaupt zu, Peter?«, hatte Moni manchmal nachgehakt und dann wie eine Lehrerin seine Aufmerksamkeit abgefragt. »Worüber habe ich gerade gesprochen?«

Manches Mal verlangte sie sogar eine Antwort darauf, immer öfter konnte er keine geben. Und irgendwann fielen die abendlichen Küchentreffen aus, weil Moni immer häufiger länger im Büro blieb.

»Arbeit!«, hatte sie sich telefonisch dann immer entschuldigt.

Aber eines Tages saß sie schon in der Küche, als Brockmann abends nach Hause kam, ihre Augen verquollen und gerötet.

»Peter«, hatte sie mit harter und konzentrierter Stimme gesagt, »ich werde ausziehen! Wir passen einfach nicht mehr so zusammen wie früher.« Und mit diesen Worten war sie einfach aufgestanden, hatte sich drohend und drängelnd den Weg an ihm vorbei durch die Küchentür gebahnt, in der Brockmann hilflos stand, und war dann durch die Haustüre nach draußen in die Dunkelheit verschwunden.

Diese Konsequenz traf ihn wie ein Schlag – unerwartet, mitten ins Herz, und doch angekündigt.

Fast ein halbes Jahr verging, ohne dass er etwas von ihr gehört hatte. Kein Geld wurde abgehoben, ihr Handy hatte sie damals einfach in der Küche liegen gelassen. Wenn die Söhne abwechselnd mal zu Besuch kamen, hatte er ihnen in den ersten Monaten erzählt, dass die Mama auf einer Weiterbildung für einen neuen Job sei. Sie hatten wortlos genickt, aber keiner von beiden hatte nachgefragt. Irgendwann hatte er dann aufgehört, eine Entschuldigung zu suchen. Erst sehr viel später erfuhr er, dass die beiden alles gewusst und nur aus Höflichkeit und Scham nichts zu ihm gesagt hatten.

Aber eines Abends stand Moni im Regen wieder vor der Haustür, mit einem widerlich angeschwollenen Auge, ihre Oberlippe aufgeplatzt, die Wangen eingefallen, und ihre sonst so vollen schönen Haare waren nicht nur vom Regen strähnig. Brockmann erschrak für eine Sekunde so heftig, dass er sie nur ungläubig anstarrte, aber dann sackte sie in seine Arme noch bevor er etwas Sinnvolles sagen konnte.

Seither war er dankbar für die zweite Chance, obwohl er schon damals wusste, dass dies Arbeit an sich selber bedeutete. Als Peter Brockmann im Alter von fast sechzig Jahren zum ersten Mal einem Psychotherapeuten gegenübersaß, einem jungen Mann mit Bartflusen im Gesicht und einem Pferdeschwanz und kaum älter als seine Söhne, kam seine Geschichte zuerst nur holperig, stotternd und gestelzt heraus. Er sprach anfangs von ›man suchte‹ oder ›man musste‹, bis der junge Mann vorsichtig seine Hand nahm und ihn ermunterte, doch einmal in der ‚ich-Form‘, also von sich selber zu sprechen. Und nach einigen Sitzungen wurden Brockmanns Gedanken wirklich klarer. Eigentlich taten die Gespräche sogar gut, aber das behielt er erst einmal für sich, denn Peter Brockmann durfte bei dem jungen Mann den Macher aufgeben, traurig sein und unter Tränen erzählen, dass ihm die Veränderungen seiner Welt Angst bereiteten. So einfach konnte das sein.

Moni war auch zu einem Therapeuten gegangen, aber sie blieb weiter verschlossen und melancholisch, auch noch Monate nach ihrer Rückkehr. Sie wollte nicht über die Zeit sprechen. Ihre äußeren Wunden verheilten zwar, aber Brockmann fühlte, wie zerrissen sie war. ›*Spüren Sie ihre Frau. Versuchen Sie ihr ohne Worte Halt zu geben und zeigen Sie ihr, dass sie ok ist! Einfach so, ohne Wenn und Aber!*‹, hatte ihm der junge Mann auf Brockmanns verzweifelte Frage, was er machen sollte, geraten.

Also sprach das Ehepaar Brockmann nicht über die Monate, sondern tauschte Ideen und Fantasien aus über Urlaub, Reisen, Konzertbesuche oder Kochen. Sie konnten später reden. Irgendwann einmal. Sie gingen spazieren, lästerten in Cafés in der Innenstadt über vorbeigehende Leute und kicherten über verbale Ausrutscher.

„Peter! Das sagt man nicht!", prustete Moni manches Mal los, um dann in demselben Atemzug mit einem noch bissigeren Vergleich eine neuerliche, gemeinsame Lachsalve loszutreten, sodass andere Gäste pikiert die Köpfe zusammensteckten und leise tuschelnd in ihre Richtung schauten.

»Moni, ich hatte so oft Angst, Polizist zu sein«, war es irgendwann bei einem Spaziergang aus Brockmann herausgeplatzt, aber er sagte es leise und konnte ihr dabei nicht in die Augen schauen, weil er sich schämte.

Unvermittelt blieb sie plötzlich stehen und zog dann seinen Kopf zu sich herunter.

»Peter, ich habe dreißig Jahre lang jeden verdammten Scheißtag Angst um dich gehabt!«, hatte sie leise zurückgeflüstert.

Als er daraufhin seinen Blick hob und sie ansah, hatten beide Tränen in den Augen. Und dann erzählte seine Frau ihm von dem halben Jahr, das sie weg war, und es war das erste Mal seit sehr langer Zeit, dass sie wieder ‚beieinander' waren.

Fünf Jahre war das jetzt her, in welchen Peter Brockmann seinen Beruf aus dem Mittelpunkt seines Lebens entfernt und seiner Frau diese zentrale Rolle zurückgegeben hatte. Und jetzt, da er im Ruhestand war, konnte er ihr die Aufmerksamkeit geben, die sie verdiente. Und das Gefühl zu geben, wichtig in seinem Leben zu sein.

»Peter!? Was träumst du denn da 'rum?«

»Entschuldigung, Moni, ich hatte nur gerade kurz über etwas Vergangenes nachgedacht.«

2 Ostsee

Der Kapitän des deutschen Küstenwachschiffs *Bad Bramstedt* schaute bereits zum wiederholten Mal kritisch durch sein Fernglas zu dem kleinen Fischkutter hinüber, der anscheinend herren- und führerlos auf der ruhigen See dahintrieb, seit er vor einiger Zeit steuerbord voraus im Dunst des frühen Morgens aufgetaucht war.

»Eins W.O.! Geben Sie mal Signal, damit die Penner dort drüben aufwachen und uns nicht über den Haufen fahren.«

Er lachte dabei, denn seinem großen Schiff aus Stahl würde eine Kollision mit dem Fischkutter aus Holz sicherlich nichts ausmachen.

»Aye, Käpt'n!«, antwortete der Erste Offizier laut und deutlich, und Sekunden später ertönte ein langanhaltendes, dumpfes, tiefes Hupen von dem blauen Kreuzer der Küstenwache mit dem charakteristischen schwarz-rotgoldenen Querstreifen mittschiffs. Langsam schnitt der Rumpf des eleganten Schiffes durch das klare, glatte Wasser, kein Wölkchen trübte den morgendlichen Sommerhimmel, und die Sonne hauchte noch den Rest ihres rötlichen Glanzes auf die weißen Aufbauten des Schiffes. Es war noch früh – die schönste Zeit des Tages.

Aber das Warnsignal hatte offenbar trotz seiner Lautstärke niemanden auf dem Kutter geweckt, wie der Kapitän bei seinem zweiten und dritten Blick durch das Fernglas feststellen musste, denn auf dem kleinen Schiff halb Rechts voraus war niemand im Steuerhaus zu erkennen.

»Es ist auch niemand an Deck zu sehen und Netze sind auch nicht draußen«, knurrte der Kapitän verärgert. Dabei drehte er sich zum Rudergänger um.

»Stoppt die Maschine!«, und an den Wachoffizier gerichtet: »Eins W.O.! Zodiak klarmachen, Sie gehen mit einem Prisenkommando rüber und schauen nach.«

»Zu Befehl!«

Eine halbe Stunde später knackte das Funkgerät, das der Kapitän in seinen Händen hielt, und die schnarrende Stimme des ersten Offiziers erklang auch aus dem Lautsprecher auf der Brücke des Kreuzers.

»Kommen, BP vierundzwanzig!«

»BP vierundzwanzig hört!«

»Wir haben alles durchsucht, Käpt'n, aber der Kutter ist leer. Auf dem Deck sind Blutspuren. Wir haben alle Kajüten durchsucht, aber es ist niemand mehr an Bord. Over!«

»Verstanden, Eins W.O.! Dann werden wir den Kutter an den Haken nehmen und ihn nach Neustadt abschleppen. Ich werde unsere Kollegen dort informieren und den Hafenmeister kontaktieren. Over!«

„*SIE22*" stand in großen weißen Lettern vorne am Bug, die Kennung für Fischereifahrzeuge aus Sierksdorf und Neustadt. ›*Ganzes Stück weg von zu Hause*‹, dachte der Kapitän, als er die Meldung an seine Kollegen in den Computer eingab.

3 Schweden

Miesmutig folgte Kommissar Lars Kristofferson dem Polizeibeamten auf dem schmalen Trampelpfad zwischen den Dünen hindurch zum nahen Strand, denn es war kühl und regnerisch, und er hatte sehr zu seinem Verdruss auch die falsche Jacke mitgenommen, als sein Chef ihn im Polizeipräsidium von Ystad den Auftrag gab, an die Südküste zu fahren, wo am Strand eine Leiche gefunden worden war. Er musste den Ort *Beddinge-strand* erst auf GOOGLEMAPS suchen und hatte sich trotzdem noch verfahren, so klein und unbedeutend war dieser Fleck.

Der Wind, der dem Kommissar entgegenschlug, war kalt und feucht, trotz der sommerlichen Jahreszeit. Die Sonne lugte nur gelegentlich zwischen jagenden, dunkelgrauen Wolkenfetzen hindurch und warf auch dann nur ein fahles Licht auf die mit langem Strandgras bedeckte Hügellandschaft von Südschweden, die sich zwischen der Landstraße nach Malmö und der offenen Ostsee zu seiner Linken erstreckte. Über Kilometer konnte er die Wellenbewegungen des Windes in dem sich wiegenden Gras erkennen, während sich nach Süden eine weite, graublaue Wasserfläche bis nach Polen und Deutschland anschloss, wo es nichts gab außer Fischen und Salzwasser.

Der fünfundvierzigjährige Kristofferson war groß, hatte blonde Haare wie viele Schweden und ein kantiges Gesicht mit vorstehenden Wangenknochen. Er konnte dem jüngeren Polizeibeamten zwar problemlos durch den tiefen, losen Sand folgen, aber sein Äußeres ließ ihn in letzter Zeit älter erscheinen, weil er sich gehen ließ, nur noch wenig und vor allem unregelmäßig Sport trieb und sich ungesund ernährte, seit seine Beziehung zu einer sehr viel jüngeren Kollegin vor einem Jahr zerbrochen war. Seither war er mürrisch, sexuell unterversorgt und daher reizbar, und immerzu müde, weil er nachts die Dating-Portale des schwedischen Internets durchforschte geleitet von der Panik, den Rest seines Lebens alleine verbringen zu müssen.

»Da vorne ist es!«, rief der begleitende Beamte und wies mit dem ausgestreckten Arm zum Strand, wo weitere Polizisten und KTU-Mitarbeiter in weißen Overalls vor einem länglichen Gegenstand auf dem feuchten Sand herumstanden. Als der Kommissar bei der Gruppe angelangt war, kam Bewegung in die Reihe der Männer und Frauen.

»Lars Kristofferson«, stellte er sich den Anwesenden vor, »von der Polizei Ystad.«

»Guten Tag, Lars!«, begrüßte ihn ein älterer unter den Kollegen und trat dabei einen Schritt vor. Er streckte dem Kommissar seine Hand entgegen während er mit der anderen bemüht war, die Uniformmütze auf dem Kopf zu halten. Die Männer kannten sich.

»Ein Camper von dem Platz dort hinten hatte den Toten heute Morgen beim Spaziergang mit seinem Hund gefunden und uns angerufen. Er ist Deutscher und spricht leider nur sehr schlecht Englisch.« Bei den Worten deutete er in Richtung auf einen kleinen, untersetzten Mann im dunkelblauen Trainingsanzug mit weiß-rot gestreiften Tennissocken und Sandalen, der in einiger Entfernung bei einem Polizisten stand. Die wenigen Haare auf dem Kopf hatte der Mann wohl heute Morgen noch akkurat über die Glatze gestrichen, aber der Wind fegte unbarmherzig immer wieder durch die Gel-Konstruktion und machte die Bemühungen wertlos.

Kristofferson nickte und drehte sich dann wieder zu der Wasserleiche.

Es war ein Taucher im schwarzen Neoprenanzug und, nach den äußeren Merkmalen zu urteilen, ein Mann. Der Tote lag auf dem Rücken, auflaufende Wellen umspülten immer wieder den Leichnam und brachten mit jeder Bewegung Sand, braun-schwarze Seegrasreste und blasigen Schaum mit. Die Taucherbrille verdeckte das Gesicht des Mannes zwar vollständig, aber er war kräftig gebaut, offenkundig durchtrainiert, und recht groß, sicherlich fast zwei Meter. Soweit Kristofferson es erkennen konnte, war der Tauchanzug unbeschädigt, bis auf Kratz- oder Schürfspuren an der Oberfläche des Außenmaterials, wahrscheinlich weil er im Wasser über den Grund und über Steine bewegt wurde. Der Bauch der Wasserleiche war bereits leicht aufgedunsen, ein Bein in absurder Stellung verdreht und abgeknickt, und auch der linke, abgewandte Arm war in einem widerlichen Winkel unter dem Rücken verborgen.

Aufgrund mangelnder Praxis war Kristofferson ungeübt im Betrachten von Wasserleichen, weshalb er den

Blick angewidert abwenden musste und stattdessen erst einmal die Umgebung inspizierte, damit sich sein rebellierender Magen mit dem morgendlichen Frühstücksei beruhigen konnte.

Seine Augen wanderten daher rastlos umher auf der Suche nach etwas, das ihn ablenken würde.

»Haben sie die Gegend schon abgesucht nach Teilen oder Gegenständen, die noch dazugehören könnten?«, fragte er eine junge Beamtin zu seiner Linken.

Die schaute ihn verständnislos und mit großen Augen an.

»Nö, nicht so richtig«, erwiderte die Frau fast unhörbar gegen den böigen Wind.

»Haben sie hier irgendetwas verändert oder angefasst? Hat der Deutsche, der den Toten gefunden hat, die Leiche angefasst?«

Die beiden Polizisten schauten sich gegenseitig an.

»Wir haben den Mann noch nicht befragt. Ich dachte, dass Sie das machen wollten.«

»Gut, sagen Sie ihm Bescheid, dass ich gleich komme und ein paar Fragen stellen werde.«

Dann schwenkte sein Blick doch zu dem Toten zurück. Einer der Kriminaltechniker hockte neben der Leiche im Sand, ein junger Mann im weißen Overall, wahrscheinlich kaum älter als dreißig. Er schaute den Kommissar bedeutsam an und Kristoffersons Blick folgte der Hand des jungen Mannes, der damit auf den Leichnam deutete.

»Teure Tauchausrüstung! Sehr teuer. Dieses hier ist ein *Rebreath*-Lungenautomat, den der Mann auf dem Rücken trägt, das kann ich sogar von hier aus an der markanten Form erkennen. Ich tauche selber, deshalb habe ich solche Geräte schon gesehen. Und die Maske, die er hat, ist eine *Dräger* Panorama-Vollmaske. So etwas tragen nur Profis oder solche, die wirklich etwas davon verstehen. Und auch der Neoprenanzug ist von Profiqualität, sehr dickes Material, aber dabei flexibel und nicht auftreibend, und außerdem sehr gute Handschuhe mit Fingerkuppen-Pads. Auch die Flossen sind länger als die Gewöhnlichen für Amateure. Wenn Sie mich fragen, Herr Kommissar, dann ist das hier ein Mann vom Fach, also war einer vom Fach. Ein Profi, würde ich sagen.«

Dann erhob er sich und ging um die Leiche herum auf die andere Seite, wo das Wasser den Körper umspülte.

»Aber keinerlei äußere Spuren von Gewalt, wenn man mal von den Verstellungen der Gliedmaßen absieht.«

Kristofferson schaute den jungen Mann von der gegenüberliegenden Seite verdutzt an. Der registrierte den Blick des Polizisten und nickte deshalb noch einmal bestätigend. »Der Anzug ist unversehrt, nirgends eingerissen oder durchlöchert.«

»Also keine Hinweise auf die Todesursache?«

Der junge KTU-Mann schüttelte den Kopf, dann beugte er sich noch etwas weiter vor.

»Wir werden die Leiche nicht anfassen, bevor die Pathologin hier ist. Um alles zu dokumentieren, Lage, Gliedmaßen und so.« Dann deutete er auf den rechten Arm des Toten. »Der Mann hat einen Tauchcomputer am Arm, das ist die Lebensversicherung für jeden Taucher. Das Gerät wird uns Aufschluss geben können über seine letzten Stunden.«

Kristofferson nickte nur, hatte jedoch nicht mehr

zugehört und stattdessen bereits sein Telefon herausgeholt, um das Pathologische Institut in Ystad anzuwählen. Nach einer Weile meldete sich eine weibliche Stimme.

»Christa? Ich bin es, Lars. Ich wollte dich bitten, hier in *Beddingestrand* eine Wasserleiche, genauer gesagt, einen toten Taucher abzuholen. Er wurde angespült, aber wir haben keine äußeren Anzeichen für seinen Tod erkennen können.«

Die Gesprächspartnerin antwortete wohl etwas, was den Kommissar aufregte.

»Sehr witzig, Frau Ekberg. Ja, er ist tot. Aber er tropft auch, weil er hier im Wasser gelegen hat. Bringt also Handtücher mit, sonst wird noch der teure Fußboden bei euch nass«, entgegnete er genervt, »aber vielleicht …? Hallo?«

Kristofferson schaute irritiert auf das Display seines Telefons. *›Einfach aufgelegt!‹*, sagte er leise zu sich und schüttelte dabei miesmutig den Kopf.

4 Neustadt

Das Einlaufen der *Bad Bramstedt* in den Hafen von Neustadt war immer wieder eine Attraktion in der kleinen Stadt und wurde jedes Mal von einer Unzahl schaulustiger Touristen beobachtet, begutachtet und kommentiert, wenn sich das große, schlanke Flaggschiff der deutschen Küstenwache langsam in die Hafeneinfahrt schob. Dann wurden die anwesenden Kinder von den Vätern als Alibi benutzt, weil *sie* es eigentlich waren, die zuschauen wollten, wenn der Kreuzer im Hafenbecken drehte und, oft auch nur zur Schau und unter dem Applaus der Männer, kurzzeitig die Maschinen auf volle Kraft hochfuhr und dadurch eine gewaltige Schaumwelle am Heck erzeugte. Der Spaß gehörte zum Touristenwerbeprospekt der Stadt und zur Eigenwerbung für die Bundespolizei „*See*".

Aber heute standen die meisten mit sorgenvollen Gesichtern an der Pier und den angrenzenden Wegen, weil sie sich keinen Reim machen konnten auf den kleinen Fischkutter, den das große Küstenwachboot hinter sich her in den Hafen schleppte. Und entgegen der Gewohnheit und sehr zur Enttäuschung der Wartenden, machte die *Bad Bramstedt* auch nicht an ihrem angestammten Liegeplatz gegenüber vom Yachthafen fest, sondern entschwand hinter der Halbinsel mit dem Marinearsenal in einem Seitenarm zum *Neustädter Binnenwasser*.

Zögerlich wurden erste Stimmen der Zuschauer hörbar, die sich laut fragten, was es denn wohl mit dem Kutter im Schlepp auf sich haben würde. *„Den haben die sicherlich verhaftet, weil der zu viel Fische gefangen hat. Hab' ich schon oft gehört. Die Fischer richten sich nie nach den Vorschriften"«,* erklärte ein bärtiger Rentner mit tiefstem bayrischem Dialekt für alle Umstehenden laut und deutlich hörbar.

Der Kutter wurde an der Pier des Marinearsenals abgeschäkelt und dann vertäut. Und kaum, dass das kleine Schiff sicher im Hafen lag, eilte ein Schwarm weiß gekleideter KTU-Mitarbeiter an Bord. Ein Polizist stellte sich breitbeinig vor die Gangway und blickte grimmig jeden Spaziergänger an, der sich in diesen Teil des Neustädter Hafens verlief. So auch den Radfahrer, der neugierig herangerollt kam.

»Was ist denn geschehen, Kollege?«

Der Polizist stutzte. »Kollege von wem?«, fragte der Mann emotionslos.

»Mein Name ist Peter Brockmann, ich war bis vor kurzem Kommissar in Hamburg. Bin nur zufällig vorbeigekommen.«

Er deutete auf den Kutter.

Der Wachsame schaute den Besucher von oben bis unten an, bevor er seinen Blick wieder geradeaus richtete. »Schön für Sie!«

Brockmann wollte nicht aufgeben.

»Wo haben sie den denn aufgesammelt?«

Der Mann zuckte mit den Schultern, sagte aber kein

Wort.

Brockmanns Augen scannten den Kutter und blieben bei der Kennung des Schiffes hängen: „SIE22". Was für eine witzige Nummer für das Fischereifahrzeug, dachte er, und machte ein Foto davon.

»Was bedeutet denn dieser Name?«, fragte er naiv. »Ist doch ein komischer Name für ein Schiff, oder?«

»Gehen Sie weiter, hier gib es nichts zu sehen und nichts zu fragen!«, grummelte der Bewacher unwirsch.

Brockmann spürte, dass das Gespräch beendet war, drehte deshalb sein Fahrrad um in Richtung auf die Hauptstraße und radelte dann zurück zum Hotel.

5

Brockmann hatte Moni nichts von dem Telefonat mit der Barfrau erzählt. Er wollte es später beichten, wenn der Zeitpunkt günstig wäre. Und eigentlich hatte er es Ulla ja auch nicht so *richtig* versprochen, nach ihrem verschwundenen Lebenspartner zu suchen, denn jeder wusste, dass immer mal wieder Lebensabschnittsgefährten oder Ehemänner eine Zeitlang untertauchten, um mal eine Weile Ruhe zu haben vor dem nörgeligen Menopausengemecker ihrer Frauen. Deshalb war Brockmann nicht wirklich in Sorge um seinen Freund Achim. Aber Ulla tat ihm leid, sie hatte sich wirklich sehr beunruhigt angehört, was wiederum der taffen Frau, die ihr Leben bisher alleine und bravourös selber gemeistert hatte, so gar nicht zu Gesicht stand - *deswegen* hatte er versprochen, ihren LAG zu suchen.

Er war aber nicht gleich am nächsten Tag losgeradelt, denn er hatte Moni einen Strandurlaub versprochen, einen *gemeinsamen* Strandurlaub, wie sie betont hatte, und er hatte ja auch gelobt, keine Verbrecher zu jagen. Immerhin hatte sie seine Bemühungen, zusammen mit ihr stundenlang auf einer Liege zu liegen und den Wellen und vorbeischlendernden Menschen zuzusehen, wohlwollend honoriert, auch und insbesondere weil sie wusste, dass Braunwerden am Strand nicht zu den erklärten Lieblingsbeschäftigungen ihres Mannes gehörte. Und deshalb bekam er schon am zweiten Tag „frei", nachdem er für kalte Getränke gesorgt und ihren Rücken ausreichend eingecremt hatte.

Brockmann hatte sich ein Fahrrad ausgeliehen, mit dem er problemlos den Abschnitt zwischen Neustadt bis Travemünde im Süden des Ostseeküstenstreifens erkunden konnte. Er wollte entlang der Strecke die Campingplätze abfahren und bei den Ferienhausvermietern vorbeischauen, denn, so sein Kalkül, einen alten, markanten VW-Bus vom Typ 3 mit Hamburger Kennzeichen in einem der kleinen Orte entlang der Küste zu finden, sollte doch eigentlich nicht schwer sein.

So war er anfangs noch mit Elan und Zuversicht losgeradelt, bevor er die riesigen Campingplätze gesehen hatte, die alle vollgepackt waren mit Fahrzeugen mit Hamburger Nummernschildern.

»Timmendorf, Scharbeutz und Sierksdorf sind die Hinterhöfe der Hamburger«, hatte der Mann an der Rezeption des größten Platzes zu Brockmann gesagt. »Hier machen die Pfeffersäcke Urlaub von der Hektik der Millionenstadt.«

»Ich suche einen Freund, der mit einem alten T3-Bus unterwegs ist. Charakteristische Bulli-Farben: Oben Weiß, unterhalb der Fenster Schlüpferblau. Und mit einem großen Dachgepäckträger.« Zur Untermauerung legte er das Foto von Achims Bus auf den Tresen.

Aber der Campingplatz-Besitzer lachte nur.

»Guter Mann! Ich habe hier zurzeit etwa siebenhundert Gäste auf dem Platz. Macht auch etwa genauso viele Autos. Da kann ich mir wirklich nicht merken, wer welches Auto fährt.«

Auch bei Brockmanns Kollegen von der örtlichen Polizeiwache konnte man ihm nicht weiterhelfen. Ein unsachgemäß abgestelltes Auto dieses Typs war ihnen nicht gemeldet worden, aber die beiden jungen Männer mit braunem Teint und sportlich aufgeknöpftem Uniformhemd versprachen, die Augen offen zu halten. Brockmann hinterließ seine Visitenkarte und ging dann wieder.

Obwohl er schon nach zwei Tagen die kilometerlange Strandallee abgefahren und erkundet hatte, war trotz intensiver Suche sogar in den kleinen Nebenstraßen landeinwärts von der Strandstraße kein vereinsamt geparkter VW-Bus aufgetaucht.

»Ulla, hat Achim dir mal irgendeinen Hinweis gegeben, wo er campte oder wohnte? Ich bin alles abgefahren, aber nirgends gibt es einen VW-Bus wie seinen.«

Sie schwieg, ein Feuerzeug ratschte, dann hörte er, wie sie lang und gedehnt ausatmete.

»Ulla? Hat er mal einen Hinweis auf eine Besonderheit seines Stellplatzes gegeben? Irgendetwas, das mir weiterhilft!«, flehte Brockmann.

»Manchmal waren Möwen im Hintergrund zu hören,«
sinnierte die Barfrau.

»Komm, das ist jetzt nicht wirklich überraschend,
wenn man an der See ist!«, mokierte sich Brockmann
lautstark über die Bemerkung.

»Ich erinnere mich wie er einmal gesagt hatte, dass er
erst mal zum Buddha zurückfahren wollte, weil es so
böig war und ich ihn wegen der Windgeräusche nicht
verstehen konnte. Ich fand das damals so komisch, *Buddha*, hatte dann aber nicht mehr nachgefragt.«

Brockmann schrieb es sich auf und hatte das Telefon
noch nicht beiseitegelegt, als es klingelte und ihm im
Display eine unbekannte Nummer anzeigte.

»Brockmann?!«

»Ex-Kommissar Brockmann? Peter Brockmann?«

»Ja!«, antwortete er unsicher. »Wer ist denn da?«

»Hauptwachtmeister Johannes Brede von der Polizeidienststelle Scharbeutz. Sie hatten uns doch vor zwei Tagen nach einem VW-Bus gefragt, den Sie suchten, weil
Ihr Freund sich seit einer Woche nicht gemeldet hat.«

»Ja? Und?«

»Die Ferienhausvermietung *Buddha Beach* hier bei
uns in Scharbeutz hat seit einer Woche einen ihrer Mieter nicht mehr gesehen. Und der Mann hätte jetzt abrei-
sen müssen, hat aber nicht ausgecheckt und ist auch
nicht in seinem Appartement.«

Der Polizist räusperte sich verlegen. »Und hier kommen Sie ins Spiel, Herr Kollege, denn vor dem Haus
steht der von Ihnen gesuchte, weiß-blaue VW-Bus mit
dem passenden Hamburger Kennzeichen.«

6 Schweden

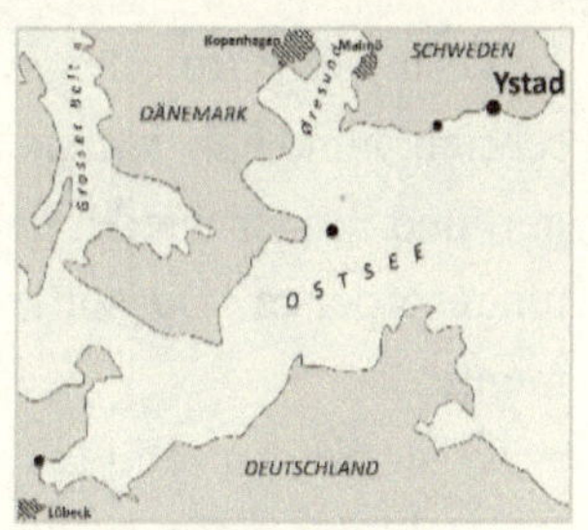

Auf dem schmucklosen Pathologentisch aus glanzlosem Stahl lag ein großer, muskulöser toter Mann von nicht mehr als dreißig Jahren, mit gebräuntem Teint, leicht welligen, schwarzen Haaren und ausgeprägt großen Genitalien – die waren nicht zu übersehen, auch wenn Lars Kristofferson krampfhaft bemüht war, anderswo hinzuschauen. Aber das helle, weiße Deckenlicht beleuchtete unbarmherzig jeden Zentimeter der vermeintlichen männlichen Pracht.

Die Pathologin hatte den Blick bemerkt.

»Neidisch, Lars?«, fragte sie sarkastisch.

Christa Ekberg und Lars waren verheiratet gewesen, bis er sie für eine jüngere Kollegin aus dem gleichen Dezernat verlassen hatte. Das war jetzt zwar bereits fünf Jahre her und die neue Beziehung von Lars auch schon wieder in die Brüche gegangen, aber Christa ätzte immer noch herum, als wäre alles gestern geschehen.

»Frau kann auch kaum irgendwo anders hinsehen, weil es doch eben *sooo* wichtig ist!«, bemerkte sie bissig. »Alle, die heute Morgen schon hier waren, Putzfrauen, Kolleginnen, Buchhalterinnen, haben einen sehnsuchtsvollen Blick darauf geworfen. Und sogar zwei Assistentinnen von ganz oben hatten sich „aus Versehen" hierher verlaufen«, wobei die Pathologin mit den beiden

Zeigefingern virtuellen Anführungszeichen in die Luft schrieb, »und haben dann viel zu lange hier herumgelungert und immer wieder gekichert. Es hatte sich also herumgesprochen. Du solltest dir ein Beispiel daran nehmen!«

Kristofferson schüttelte den Kopf.

»Hab' gar nicht da hingeguckt«, maulte er murmelnd eher zu sich als zu der Frau.

»Blödsinn, Lars! Aber du warst immer schon ein schlechter Lügner.«

Verärgert, weil ertappt, schaute der Kommissar weg und deutete nur mit der Hand auf den Toten hinter sich. Der Körper des Tauchers lag ausgestreckt auf dem Tisch, die am Strand noch verwinkelten Gliedmaßen waren gerichtet, sodass der Tote jetzt eher wie ein Schlafender wirkte.

Kristofferson blickte seine Ex-Frau fragend an.

»Hast du schon etwas für uns? Gewaltsam umgekommen, gefoltert worden, beim Sex mit seinem Riesenwerkzeug im Wasser untergegangen und dann ertrunken? Irgendetwas, was uns hilft?«

Christa Ekberg war genauso groß wie Lars, stand jetzt vor ihm und schaute ihrem Ex-Mann geradewegs in die Augen.

»Gerne würde ich deine Vermutung bestätigen und dir erzählen, dass er beim Sex mit einer Wassernixe umgekommen ist. Aber leider war der Neoprenanzug im Weg, weil der vorne keinen Ausgang hat, weshalb er daran erstickt ist.«

Die Pathologin lachte böse dabei und ging dann zu ihrem Schreibtisch zurück, um eine dünne Akte hochzunehmen und Kristofferson hinzuhalten.

»Aber nach unseren Untersuchungen ist er nicht gewaltsam umgekommen, wenn man mal davon absieht, dass dem schönen Mann eine Hand brutal abgetrennt wurde, was sicherlich sehr schmerzhaft war, aber nicht tödlich. Er ist ertrunken, ganz simpel, und sehr sicher!«

»Was? Ihm fehlt eine Hand?«

»Ja, war nicht so schwer, das festzustellen.« Sie grinste zynisch. »Aber er ist definitiv ertrunken, trotz des Blutverlustes. Außerdem hatte er sich das Bein gebrochen, mehrfach sogar, und auch das muss höllisch geschmerzt haben. Dadurch konnte er nur noch mit einer Flosse schwimmen, weshalb wir vermuten, dass er wahrscheinlich entkräftet irgendwo vor der Küste erst ohnmächtig geworden und dann umgekommen ist in der Nähe von diesem Ort...«

Sie blätterte zurück zum ersten Blatt der Akte und stutzte dann.

»Wo zum Teufel liegt *Beddingestrand*?«

»An der Südküste, eine Autostunde westlich von hier. Aber noch mal kurz zurück zu der fehlenden Hand: Ist die sauber abgetrennt, oder von Tieren abgefressen worden, oder ...«

Christa Ekberg schüttelte den Kopf.

»Nein, die Hand wurde sägend und schneidend abgetrennt, sehr unsauber, eher brutal und in großer Eile. Wenn du mir die fehlende Hand bringst, sage ich dir, wie es geschehen ist.« Sie grinste erneut, dann schaute sie wieder in die Akte. »*Beddingestrand*. Und wieso schwimmt der dahin?«

»Christa, wir wissen nicht einmal, wer er ist oder

woher er kommt. Ich kann dir deshalb diese Frage nicht beantworten. Ehrlich gesagt hatte ich eher von dir einen aufschlussreichen Hinweis zu seiner Herkunft erwartet.«

»Ok, ok, nicht so gereizt, Herr Kommissar, alles gut.«

»Habt ihr seine DNA durch eure Datenbank gescheucht?«

»Ja«, antwortete sie, »das war das Erste, was wir getan haben. Aber da gab es keinen Treffer. Auch ein Gesichtsscan ergab keine Übereinstimmung mit irgendwelchen Kriminellen, die ihr mal verhaftet habt. Nach den äußeren Merkmalen wie Statur und Hautfarbe zu urteilen sieht es aber auch eher danach aus, als wenn er kein Schwede ist.«

»Fingerabdrücke?«, fragte Kristofferson.

»Sag' mal, Lars, hältst du uns für blöd?«, entgegnete die Frau und rollte dabei mit den Augen. Dann drehte sie sich genervt um und ging zu einer Landkarte, die jemand mit groben Klebestreifen an der weißen Wand befestigt hatte.

»Ergab keinen Treffer!«, maulte sie auf dem Weg dahin. »Die Fingerabdrücke, meinte ich.«

Dabei zeigte sie auf die Landkarte.

»Aber wir haben schon mal etwas vorgearbeitet«, bemerkte sie emotionslos, wobei sie auf die bunte Karte mit viel Blau zeigte, welche die Südküste Schwedens von Malmö im Westen bis hinüber nach Ystad zeigte. Irgendein Künstler hatte große Pfeile von rechts nach links auf die blaue Fläche gemalt.

»Das sind die dominanten Strömungsrichtungen in diesem Teil der Ostsee, angedeutet durch die Pfeile.« Aus der Entfernung schaute sie zur Bestätigung noch einmal auf die Akte auf dem Schreibtisch.

»Der Fundort der Leiche liegt ungefähr hier«, wobei sie mit ihrem Finger auf den Ort *Beddingestrand* tippte. »Unserer Einschätzung nach gibt es nur zwei Möglichkeiten, um als Wasserleiche in dem kleinen Ort an Land getrieben zu werden: Entweder fällst du östlich davon ins Wasser, also irgendwo hier in Ystad oder noch weiter im Osten, bei Bornholm oder so, denn nur dann wirst du von diesem ziemlich starken Oberflächenstrom nach Westen Richtung Dänemark gezogen, oder geschoben, wie man will, und strandest dann in diesem *Beddingestrand*.«

Sie schaute ihn fordernd an.

»Aber, wenn du *nicht* im Osten ins Wasser fällst, sondern irgendwo westlich von *Beddingestrand*, dann würdest du nie in diesem kleinen Kaff antreiben. Du müsstest den Großteil der Strecke *gegen* die starke Oberflächenströmung anschwimmen, und das würde jemand nur machen, wenn er *unbedingt* dahin will. Und nur wenn du dann kurz vor dem Ziel ohnmächtig würdest und ertrinkst, nur dann würdest du dort in dem Kaff angeschwemmt werden. In jedem anderen Fall treibst du in den Skagerrak und verschwindest auf Nimmerwiedersehen in der Nordsee.«

Kristofferson schaute sie bewundernd an. Sie hatte Recht.

»Der schwamm zurück nach *Beddingestrand* trotz der Verletzung, weil er dort auch ins Wasser gegangen ist und seine Klamotten noch dort lagen!«, wiederholte er bestätigend und auch eher für sich.

Sie lächelte, weil sie erkannte, dass er ihre Schlussfolgerung überzeugend gefunden hatte.

Aber die Frau wollte den totalen Triumph, weshalb sie ihren Ex-Mann hochnäsig anschaute und dann schnippisch entgegnete: »Oder weil der Mann dort wohnte!«

Kristofferson nickte erneut.

»Oder so!«

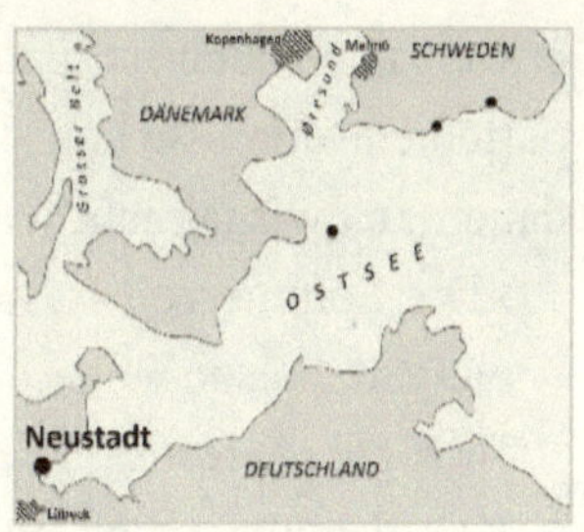

7 Neustadt

»Gut, dass Sie so schnell gekommen sind«, freute sich der Ferienhausvermieter, schaute Krieglsteiner dabei musternd an und spielte weiter hektisch mit dem Schlüsselbund, das an seinem Gürtel hing. »Ich habe das Häuschen nämlich schon weitervermietet, und seit gestern warten die neuen Gäste bereits darauf, endlich einziehen zu können. Oder zu dürfen.«

Der Vermieter war ein untersetzter Mann mittleren Alters, dessen T-Shirt schon spannte und nicht mehr die Lücke zwischen Bauch und der schmuddeligen roten Turnhose mit dem gräulichen Bund schließen konnte. Er trug moosgrüne Gartenclogs und weiße Tennissocken, die Beine waren übersät mit dunkelroten Pickeln, und in seinem Mundwinkel glomm eine filterlose Zigarette, die er nur herausnahm, um die Asche abzuklopfen.

Seine wenigen Haare hingen fransig von der Glatze herunter, die letzte Wäsche musste schon sehr lange her sein.

Der Schwabe nickte höflich und verständnisvoll und zog dann ein gefaltetes Stück Papier aus der Innentasche seines feinen, makellosen Sakkos.

»Wir verstehen das, aber wir haben auch den begründeten Verdacht, dass dem Herrn in Ihrem Ferienhaus etwas zugestoßen ist, und deshalb müssen wir das Appartement durchsuchen. Das wird leider ein paar Tage dauern, da wir ja nicht wissen, was genau wir suchen.«

»Die Sommerzeit ist mein Hauptgeschäft, das ist die wichtigste Saison.«

Er sagte „*Seisohn*".

Krieglsteiner schob die beiden Beamten in Richtung auf die offene Tür des kleinen Häuschens, neben ihm warteten zwei Mitarbeiter der KTU in ihren weißen Overalls ebenfalls auf sein Zeichen, die Räume betreten zu dürfen.

»Wir werden uns beeilen mit der Untersuchung«, sagte er in Richtung des Vermieters.

»Und wer wird mir den Mietausfall ersetzen?«

»Niemand! Das ist das Einzige, was ich Ihnen gleich sagen kann.«

Das Ferienhaus war wie ein Appartement aufgebaut und bestand aus einem langgestreckten Raum, von dem im hinteren Bereich zwei Türen zum Schlafzimmer und dem Bad abgingen. Der Rest war Wohnküche. Auf der Anrichte stand ordentlich das abgewaschene Geschirr von dem letzten Essen, die Töpfe waren gespült, der Lappen über den Hahn gehängt. Auch auf dem Esstisch neben der Küchenzeile war alles geordnet, Salz und Pfeffer waren ordentlich in einer Reihe aufgestellt.

Nichts deutete auf einen hektischen Aufbruch hin.

»Herr Kommissar!«, meldete sich ein KTU-Mitarbeiter, »wir haben die Papiere des Mieters gefunden. Hier liegen sein Portemonnaie, die Wagenpapiere, der Autoschlüssel und sein Handy. Ist alles da.« Der Mann hielt wie zur Bestätigung einen Plastikbeutel hoch.

Krieglsteiner besah sich die Gegenstände und schüttelte dann den Kopf, als er sich umschaute. »Als wenn jemand nur mal schnell zum Baden gehen wollte.«

Eine Mitarbeiterin kam aus dem Schlafzimmer, als er das sagte und schüttelte ihren Kopf. »Zum Schwimmen definitiv ja, aber nicht hier oder unten am Strand. Er hatte offenbar eine große Tasche mitgenommen, denn es klafft eine erkennbare Lücke zwischen den im Regal verbliebenen. Es sind auch Lücken in den Wäschestapeln zu sehen, die belegen, dass der Mann gezielt dicke Unterwäsche, Pullover und Sweatshirts mitgenommen hat. Nach einem Badeausflug sieht das nicht aus, wenn Sie mich fragen. Aber das ist leider auch schon alles, was wir bisher gefunden haben.«

Der KTU-Mitarbeiter mit der Plastiktüte in der Hand nickte zustimmend. »Es fehlt auch kein Bargeld, also würde ich mal Einbruch und Überfall ausschließen. In dem Portemonnaie des Mannes sind zweihundert Euro in Scheinen, die EC-Karte ist da und eine Kreditkarte. Nach einem hektischen Aufbruch sieht das also auch nicht aus.«

Krieglsteiner schaute sich um.

»Und wo ist der Mann jetzt, ohne Papiere, Geld und ohne Handy?«

8

Zögerlich betrat ein mittelgroßer, älterer Mann mit grauem Bart den großen, mit Stellwänden abgetrennten Raum in der ansonsten leeren Fabrikhalle, die der

Sonderkommission „Kutter" als Büro diente. Unsicher blickte er sich suchend um, traute sich aber nicht, die umhereilenden Männer und Frauen, die geschäftig mit Kabeln, Monitoren und Akten in den Händen herumliefen, anzusprechen. Erst auf den zweiten Blick sah er in einer Ecke des abgetrennten Vierecks an einem Behelfsschreibtisch einen jungen Mann mit blonder Fönfrisur, modischer Lederjacke und dazu passende Chino-Hose, der allerdings eher einem der Touristen ähnelte, wie sie draußen auf der Promenade vor dem Neustädter Marinestützpunkt entlangflanierten.

»Moin, ich suche den Chef hier. Den verantwortlichen Kommissar, meine ich«, fragte der Besucher vorsichtig.

»Wasch? Wän tun Sie suche?«

»Den verantwortlichen Kommissar hier!«, antwortete der Mann noch etwas lauter.

»Dasch bin isch! Da sein Sie hiä richtisch. Isch bin Julius Krieglsteiner, Kommischar beim LKA in Kiel. Un Sie seien?«

»Ich bin von der KTU in Kiel, Detlef Beerboom ist mein Name«, entgegnete der Besucher etwas irritiert. Er schaute sich dabei unsicher um, aber es war niemand anderes da. Zögerlich setzte er sich deshalb auf den Stuhl vor dem Schreibtisch, auf den der junge Mann deutete.

›Der ist doch höchstens Mitte Zwanzig‹, dachte der KTU-Mann, *›und seinem Äußeren nach eher Mode-Model als Polizist.‹* Er musterte den Mann vor ihm verstohlen. *›Und selbst wenn, hilft dieser Dialekt definitiv nicht dabei, den Touristen-Makel zu verdrängen‹.*

Er musste bei den Gedanken grinsen. Aber er war nicht geschickt worden, um seiner Antipathie gegen diese neumodische Kleidung und Dienstauffassung eine weitere Bestätigung hinzuzufügen, sondern um den Bericht über die Untersuchung des Fischkutters zu übergeben, weil niemand in Kiel eine Postadresse für dieses Behelfsbüro der Sonderkommission in Neustadt herausfinden konnte. Er hielt daher etwas verkrampft einen dünnen Pappdeckel in der Hand und streckte dann zögerlich, so als wenn er nicht sicher wäre, dass sein Gegenüber wirklich der Chef hier war, Krieglsteiner den Aktendeckel entgegen.

»Dies' ist unser vorläufiger Bericht nach der kriminaltechnischen Untersuchung des Fischkutters. Soll ich Ihnen geben, hat mein Chef gesagt.«

Krieglsteiner nahm die Akte und blätterte in den wenigen Seiten prüfend umher.

»Viel tut ja scheinbar nicht drinstähe, oder?«

Der KTU-Mann zuckte unbeteiligt mit den Schultern. »Dann gab es wohl auch nicht so viel zu untersuchen«, entgegnete er etwas pampig, wobei er sich suchend in dem Raum umschaute. »Gibt es hier einen Kaffee?«

Etwas gereizt blickte der junge Kommissar von dem dünnen, nichtsagenden Bericht auf.

»Esch hat scho eine gegäbe, heut morge«, erklärte er kurz, *»aber nur eine für jäde hiär.«*

Der KTU-Mann schaute nun seinerseits etwas säuerlich.

»Und Sie sind Herr …?«

»Isch bin immä noch Julius Krieglsteiner, wie vorhin auch scho, komme aus Stuttgart u bin seid däm Abschluss meiner Ausbildung Kommischar in Kiel.« Dabei bemühte er sich bewusst wenig um eine hochdeutsche

Ausdrucksform.

»Aha«, entgegnete der KTU-Mann. »Dann kennen Sie sich mit Schiffen aber auch so gar nicht aus, oder?«

Krieglsteiner schaute zu dem Mann herüber. *Nee, aber däsch kann man ja lärne.«*

Der Techniker zuckte erneut mit seinen Schultern und deutete dann zwischen zwei ausgedehnten Seufzern mit seinem Finger auf die Akte.

»Dies ist unser vorläufiger Bericht von der Untersuchung des Fischkutters, den die Kollegen von der Küstenwache vorgestern hergeschleppt haben. Es ist kein gewöhnlicher Kutter, das ist schon mal vorweg die Zusammenfassung unserer Arbeit.«

Krieglsteiner blickte ihn fragend an.

»Ja, weil das Schiff eigentlich eher eine schwimmende Taucherbasis ist als ein Heringskutter.«

»Sie tun meinä, dass däsch nur Tarnung gewäse wär?«

»So könnte man das meinen tun«, entgegnete der KTU-Mann mit einem Grinsen. Dann beugte er sich vor und klappte über Kopf den Bericht auf. »Es gibt im Vorschiff einen versteckten Raum unter dem Kühlraum, wo sonst der Fang gelagert wird. Abgedeckt mit Eis. Nur ist dieses Eis kein Wassereis, sondern Kohlendioxid-Eis, was genauso dampft wie normales. Also: In diesem geheimen, versteckten Raum, in dem eine oder vielleicht zwei Personen Platz haben, hatten wir elektrische Anschlüsse gefunden, wie man sie bräuchte, um Akkus aufzuladen, und außerdem waren dort auch noch Anschlüsse für Druckluft. In der Mitte dieses kleinen Raumes gab es einen sogenannten *Moon Pool*, abgesperrt mit einem massiven Stahlschott.«

Der Mann atmete hörbar ein, bevor er weitersprach. »Unserer Einschätzung nach wurden in diesem Raum Atemflaschen für Taucher befüllt, und die elektrischen Anschlüsse sehen so aus, als wenn dort Tauch-Scooter aufgeladen wurden.«

»*Tauch-Schcooter?*«, fragte der junge Kommissar und legte dabei den Kopf fragend zur Seite.

»Eine Art elektrischer Unterwasserschlitten, womit sich Taucher unter Wasser ziehen lassen können, um schnell große Entfernungen zu überwinden. Kennt man aus James-Bond-Filmen.«

»Aha!«, sagte der Schwabe. »Müssen aber die ganz alten sein.«

Ohne darauf einzugehen blätterte der KTU-Mann vor zur letzten Seite des Berichts. »Über die technischen Einzelheiten können Sie sich ja auf den Seiten informieren, aber hier ist noch etwas Wichtiges«, wobei er mit dem Finger auf die aufgeschlagene Seite tippte. »Wir haben in diesem versteckten Taucher-Raum DNA-Spuren gefunden. Da lagen Kaugummis herum und angebissene Butterbrote. Wir lassen das untersuchen. Das Ergebnis werden wir in ein paar Tagen erhalten.«

Dann blätterte er eine Seite weiter.

»Oben auf dem Deck hatten wir einen großen Blutfleck gefunden, und unsere Untersuchungen haben ergeben, dass es sich dabei um menschliches Blut der Blutgruppe B negativ handelt.«

»*Und wieso tun Sie däsch so betone?*«

»Weil, wie wir alle wissen, das eine sehr seltene Blutgruppe ist, die nur etwa zwei Prozent der Bundesbürger haben.« Der KTU-Mann stockte. »Bürger und Bürger*innen* meine ich natürlich.«

»Natürlich!« Krieglsteiner grinste und versuchte es weiter auf Hochdeutsch. »Aber nur weil ich jung bin und nicht alles *weisch, musch* ich trotzdem nicht jeden Unsinn der Generation Z mitmachen.«

Dabei ging sein Blick wieder auf die Papierseite des Berichts, wo immer noch der Finger des Technikers ruhte. »Sie meinen also, jemand mit dieser seltenen Blutgruppe ist vielleicht in einer Datenbank zum Beispiel vom Roten Kreuz gelistet? Gute Idee, wir werden die Spur verfolgen.« Dabei blickte er zu dem Techniker auf. »Der Eigner des Kutters ist ein gewisser Broder Henningsen. Haben Sie auf dem Schiff einen Hinweis darauf gefunden, wo der stecken könnte?«

Der Mann aus Kiel schüttelte den Kopf. »Das Schiff war leer. Es war niemand an Bord als die Küstenwache den Kutter aufbrachte. Aber Sie können ja leicht herausfinden, wo der wohnt, oder?«

Krieglsteiner nickte. Auf die Idee hätte er selber kommen müssen.

»Das haben wir schon«, log er und entschuldigte sich dafür gedanklich bei seinem Beichtvater, aber der KTU-Mann war ihm unsympathisch, er war norddeutsch hochnäsig und überheblich.

»Was ich meinte war viel mehr, ob Sie an Bord von dem Schiff einen Hinweis gefunden hatten, was ihm passiert sein könnte.«

Das Haus von Broder Henningsen war ein geducktes, einstöckiges Reetdachhaus im alten Baustil, mit braunem Holzfachwerk in den Außenwänden und kleinen weißen Fenstern in den roten Klinkern der Fassade. Im Gegensatz zu den Häusern der wohlhabenden Wochenend-bewohner, die aus Hamburg nur anreisten, wenn ihnen die Stadt zu stickig wurde, sahen das Haus und auch das Grundstück des Kutterkapitäns vernachlässigt aus und ungepflegt. Der Rasen war offenkundig schon lange nicht mehr gemäht worden, die kniehohe Hecke entlang der Straße war eher eine Ansammlung halbhoher Sträucher, und die Gehwegplatten zum Eingang des Hauses lagen lose und schief in einem Bodengemisch aus Unkraut und Sand. Die Straße, an der das Grundstück lag, war schmal, die anderen Häuser waren viel größer und prächtiger.

Aber es war sehr ruhig hier, beschaulich, und gleich hinter den Häusern begann der Wald, der früher einmal den gesamten Küstenstreifen von Scharbeutz bis Neustadt säumte.

Krieglsteiner blickte sich kritisch um und sah, dass ein Schuppen aus Brettern und Holzplatten im hinteren Teil des kleinen Grundstücks bereits zum Teil eingestürzt war. Daneben stand allerdings eine geräumige Betongarage, die offenbar erst vor Kurzem aufgestellt wurde.

An der Haustür forschte der Kommissar lange vergeblich nach einem Namensschild und fand erst nach einigem Suchen einen kleinen Messingknopf.

Es gongte tief und laut und altmodisch, nachdem er den Knopf gedrückt hatte, aber erst nach einer ganzen Weile hörte er das Schlagen von Türen, und sah dann durch das Glas der Eingangstür, wie eine junge Frau mit schmalem Gesicht und blonden schulterlangen Haaren über die rauen Bodenfliesen geschlurft kam. Sie betrachtete den Mann durch das Glas unsicher, zog dann aber langsam die Haustüre auf und blickte Krieglsteiner erwartungsvoll an.

»Haben Sie Broder gefunden? Geht es ihm gut?«, begann sie ohne Begrüßung.

Krieglsteiner schüttelte den Kopf und versuchte auch mit den Händen eine verneinende Geste zu machen, während der neben ihm stehende, etwa gleichaltrige Streifenpolizist vortrat und die junge Frau ansprach: »Nein, Grit, es tut uns sehr leid, wir haben Broder noch nicht gefunden. Aber wir haben auf dem Kutter einen Blutfleck entdeckt, und deshalb bräuchten wir etwas von ihm, woran die aus dem Labor eine DNA-Probe herstellen können, um sie dann mit dem Blut auf dem Deck zu vergleichen.«

Der junge Streifenpolizist trat dabei von einem Fuß auf den anderen und las das, was er sagen sollte, von seinem Zettel ab, den er in der Hand hielt.

Grit Jakobsen stand verunsichert in der Tür, hatte jetzt die Strickwolljacke mit ihren Händen ganz dicht um den Körper gezogen und schaute die beiden Männer an, während Tränen aus ihren Augen rollten.

»Warum wollen sie denn so ‘was haben? Ist er …?«, fragte die Frau leise, aber ihre Stimme brach. Dann schüttelte sie den Kopf und deutete schniefend zur Treppe.

»Oben ist das Badezimmer«, antwortete sie leise. »Dort finden Sie eine Zahnbürste oder seinen Kamm.«

9

Die Sonne schien schon warm auf Brockmanns Rücken und er genoss es sehr, dass zu dieser frühen Stunde nur wenige Urlauber unterwegs waren, wodurch er den Radweg beinah für sich alleine hatte. Der Frühaufsteher genoss die herrliche Luft und den Ausblick über die weite, glatte Wasserfläche der Ostsee und schaute den Möwen neidisch hinterher, die in ruhigen Bahnen nur knapp über dem Wasser und fast ohne Flügelschlag segelten. Gelegentlich erklang ihr Kreischen, in der Ferne hörte er das dumpfe Tuckern eines Fischerbootes.

Die Welt wachte gerade auf und er genoss die Atmosphäre dieses Aufbruchs immer wieder, wenn er sich auf sein Fahrrad schwang und zum Bäcker fuhr, um Moni danach frische Brötchen und den Morgenkaffee zu bringen. Es war für ihn der schönste Teil des Tages. Schon immer!

Er war gerade im Begriff, die Straße zum Bäckerladen auf der gegenüberliegenden Seite zu kreuzen, als sein Mobiltelefon klingelte. ›*Moni mit einer Sonderbestellung!*‹, dachte er und fummelte miesmutig während der Fahrt das Telefon aus der Innenseite seiner dünnen Jacke und sagte, weil er nicht auf das Display geschaut hatte, etwas genervt: »Was darf ich dir denn noch Spezielles mitbringen?«

»Isch grüße Sie, Här Brockmann ...«

Brockmann hielt vor Schreck mitten auf der Straße an, denn schon bei den ersten Worten in dieser fremden Sprache wusste er sofort, wer am Telefon war, nämlich der Kommissar-Anwärter aus Stuttgart, der damals noch in der Ausbildung war und mit dem er letztes Jahr in Hamburg zusammen an dem Fall der ermordeten jüdischen Allgemeinärztin gearbeitet hatte, die in ihrer Villa grausam ums Leben gekommen war.

»Herr Krieglsteiner! Guten Tag!«, rief er erfreut aus, »was für eine Überraschung zu dieser frühen Stunde. Habe Sie wirklich versucht, *mich* zu erreichen, oder haben Sie sich nur verwählt?«, wollte Brockmann wissen und schaute noch einmal ungläubig auf das erleuchtete Display seines Telefons. Hinter ihm hupte ein Autofahrer verärgert über den mitten auf der Straße stehenden Touristen.

»*Nein, verwählt hab isch misch net*«, antwortete der Schwabe gedehnt, »*und esch tud mir auch äscht leid, aba isch tu Ihre Hilfe brauche, und isch weisch sonst net, wo isch sonst frage könnt.*«

Das klang verzweifelt, sogar auf Schwäbisch.

»Jetzt atmen Sie mal durch, Herr Krieglsteiner, und beruhigen sich erst mal. Ich freue mich auch sehr, von Ihnen zu hören, und danke der Nachfrage, es geht mir gut, denn ich bin im Urlaub, zusammen mit meiner Frau.«

Einen Moment war Stille.

»*Dann tud esch jätz grad net so gut passe?*«

»Nun legen Sie schon los, wo brennt es denn. Sie sind ja völlig aufgelöst. Wo sind Sie überhaupt?«

Den ganzen Abend lang hatte der junge Kommissar gestern die Akte der KTU über die Untersuchung des Fischkutters studiert und schon auf der ersten Seite kein

Wort begriffen von den dort benutzten Begriffen wie *Winschen, Schäkeln, Schanzkleid,* und Ausdrücken wie *Bullaugen* und *Steven* oder *Klüvern,* ganz zu schweigen von den immer wiederkehrenden Begriffen *Steuerbord* und *Backbord.* Was davon war noch rechts? Frustriert erzählte er Brockmann deshalb von seinem Versuch, den Inhalt des Berichts zu begreifen.

»*Un isch kann mä hiär keine Blöße gäbe*«, beschwerte er sich bei Brockmann, »*dann mache die misch färtisch. Tun sowieso schon immär grinse, wenn isch schpreche tu. Deshalb habe isch Sie angerufe.*«

Das klang nach echter Verzweiflung.

»Woran arbeiten Sie denn, dass Sie alle diese seemännischen Begriffe und Ausdrücke jetzt so plötzlich und dringend kennen müssen?«

Gedehnt und langatmig begann Krieglsteiner seinen Fall mit dem aufgebrachten Fischkutter und dem verschwundenen Kapitän des Schiffes auszubreiten, als Brockmann unvermittelt und unhöflich einhakte.

»Der Fischkutter hat nicht zufällig die Kennung „SIE22“?«

Er hörte, wie der Kommissaranwärter Papier hin und her blätterte.

»Doch, hat er. Woher wussten Sie das?«

Brockmann erzählte dem Ex-Kollegen von der Ankunft des Kutters in Neustadt und dass er, Brockmann, auf der Suche nach dem Lebensgefährten einer guten Freundin aus Hamburg sei und deshalb schon die gesamte Küste von Neustadt bis Scharbeutz abgefahren ist. Zufällig sei er dabei im Hafen vorbeigekommen, als der Fischkutter vertäut wurde. Aber eigentlich mache er gerade Urlaub.

»*Aja? Und da dachte Sie, där Freund sei auf dem Schiff?*«, fragte Krieglsteiner.

»Nein, nein«, lachte Brockmann, merkte aber, dass etwas mehr Wahrheit notwendig war und erzählte deshalb die ganze Geschichte von Ulla und ihrem Achim und dem Tauchen nach Wracks. Nachdem er geendet hatte, war einen Moment Stille im Telefon.

»*Aber ob däs jetscht wasch mit dem Fisch-Schiff hiär zu tun habe könnt …*«

»Fisch-*Kutter*, Herr Krieglsteiner, oder einfach und kurz „Kutter“. Fisch-Schiff dürfen Sie nicht sagen, niemals.«

»*Und wohär soll ich das wisse? Isch meine, däss isch das net sage darf?*«

Gute Frage, dachte Brockmann, und wollte schon Luft holen für eine passende Antwort, als der junge Kommissar noch nachlegte: »*Und all diese andere Wörter un Begriffe ausch där Seefahrt! Woher soll ich die kenne?*«

Er atmete scharf und etwas zittrig ein. »*Könne Sie mir die net erkläre, Här Brockmann*«, fügte er kleinlaut und leise hinzu.

Brockmann überlegte eine Sekunde.

»Ja, das kann ich machen, wenn, Herr Krieglsteiner, wenn *Sie* mir bei der Suche nach Ullas Freund helfen. Eine Hand wäscht die andere. Ihre Kollegen haben bereits eine leere Ferienwohnung gefunden, die er gemietet hatte, wo er aber seit über einer Woche schon nicht mehr gesehen wurde.«

Einen Moment war wieder Stille.

»*Gud, einverschtande, dasch isch där Deal, Här*

Brockmann. Un wo tun wir uns dann träffe?«

Brockmann blickte sich um, dann sah er, was er suchte.

»Kennen Sie die *Zeidlerklause* in Sierksdorf, direkt unten am Wasser? Da gibt es guten Fisch.«

Einen Moment schwieg der junge Mann. »Gibt es auch etwas ohne Fisch, also zum Beispiel Schnitzel?«

»Es gibt sogar Maultaschen, also italienische Maultaschen, für die Schwaben unter den Touristen«, antwortete Brockmann mit einem Lachen. »Oder auch einfach nur Fritten!«

*

Moni saß gesättigt und zufrieden vor ihrem Glas Wein, schaute durch das riesige Fenster auf die dunkler werdende Wasserfläche und die aufgehenden Sterne, die man schon vereinzelt am fernen, schwarzen Horizont glitzern sehen konnte. Alle *Drei* hatten zusammen eine köstliche Fischplatte gegessen, sogar der Schwabe, der anfangs nur mal probieren wollte, aber dann schnell Gefallen fand an den unterschiedlich zubereiteten Fischsorten und den köstlichen Bratkartoffeln. Zweimal musste Brockmann davon nachbestellen.

Und am Ende gab es einen Aquavit.

»Das ist die Medizin für danach!«, erklärte der alte Kommissar verschwörerisch und grinste dabei.

Krieglsteiner nahm sogar noch einen zweiten, was den Hamburger nicht überraschte, hatte der Schwabe doch mindestens zwei Portionen Bratkartoffeln alleine gegessen.

»Fällt es Ihnen sehr schwer, Herr Krieglsteiner, hier bei uns in Norddeutschland zu leben?«, wollte Moni nach der Verdauungspause wissen.

Die Antwort des jungen Mannes aus dem Süden dauerte viel zu lange, um sie auch nur annähernd spontan und damit glaubhaft nennen zu können. Er schaute Moni aber an, als er nach einer passenden Antwort in seinem allerbesten Hochdeutsch suchte.

»Liebe Frau Brockmann«, begann er deshalb umständlich und gedehnt, »es ist immer sehr schwer, in der Fremde zu Hause zu sein oder sich dort wenigstens wohl fühlen zu können. Das wusste ich vorher. Aber ganz ehrlich ist der kulturelle Unterschied zwischen dem Norden hier und dem Süden bei mir zu Hause schon ziemlich gravierend. Das beginnt bei der Sprache, aber es ist darüber hinaus vor allem die Gastlichkeit und die Liebe zum gemeinsamen Essen, zum Essen überhaupt, die uns unterscheidet.«

Moni hatte ihn genau beobachtet und sah jetzt, wie Krieglsteiners Blick traurig wurde und er einen Orientierungspunkt hinter ihr irgendwo in dem weiten Raum des Lokals suchte, um Ablenkung zu finden. Deshalb fuhr er erst nach einer kurzen Pause etwas leiser fort: »Zum Anfang glaubte ich noch, dass ich in einer Weltstadt wie Hamburg einfach verschwinden könnte, dass mich niemand sehen oder bemerken würde. Aber das Gegenteil war der Fall, denn immer, wenn ich etwas sagte, kam meine Antwort natürlich in meiner Mundart heraus, über die sofort jeder lachte.«

Er schaute sie traurig an. »Sogar bei den Frauen war das so. *›Das klingt aber niedlich‹* sagten sie dann immer und haben dabei gekichert, ›*und so falsch!*‹.« Er schüttelte den Kopf. »*Dasch hat scho ächt wäh getan. Äscht!*«

Moni betrachtete aufmerksam das Gesicht des jungen Mannes, das sie an ihren jüngeren Sohn erinnerte. »Ich hatte gedacht, dass Menschen in Ihrem Alter in der heutigen Zeit einfühlsamer und internationaler sind, offener und der Welt zugewandter als wir es sind. Oder waren. Meine beiden Söhne sind etwa so alt wie Sie und ich habe von denen noch nie eine abwertende Äußerung in diese Richtung gehört«, versuchte sie zu rechtfertigen.

Krieglsteiner schüttelte den Kopf. »*Dasch würde isch gärne glaube tun*, Frau Brockmann, aber Sie stehen auch nicht daneben, also neben mir, oder würden diese Sprüche vielleicht sogar überhören.« Er setzte sich aufrecht in seinen Stuhl und knetete dabei verlegen seine Serviette auf dem Tischtuch herum. »Fragen Sie doch Ihren Mann, wie es mit uns beiden, also ihm und mir, vor einem Jahr begann. Mehrmals habe ich damals gesehen, wie er die Augen rollte, hatte aber anfangs gar nicht verstanden, was ich Falsches gesagt hatte. Erst *peu à peu* begriff ich, dass es die Art war, wie ich Sätze bilde.«

Verschwörerisch rückte Brockmanns Frau mit dem Stuhl nach vorne, beugte sich dann zu dem jungen Mann vor und legte ihm eine Hand auf dessen Arm.

»Kennen Sie noch die Werbung von der Landesregierung von Baden-Württemberg, die vor Jahren im Fernsehen geschaltet worden ist? ›*Wir können alles, außer Hochdeutsch!*‹ Auch damals hatte man das schon erkannt.«

Krieglsteiner lächelte dünn. »Ja, aber es hat uns Schwaben trotzdem wenig geholfen. Wir da unten

kennen alle das Problem mit dem Hochdeutsch, mit dem
wir nicht wirklich umgehen können. Aber wir haben dort
auch unsere sprachliche Blase, in der wir leben.«

»Die haben wir hier auch«, entgegnete Moni.

*»Isch bin so aufgewachse, jedä in meine Umgebung
tut so spreche wie ich.«*

Moni grinste und sagte dann ruhig und langsam auf
Plattdeutsch: *»Elkeen vun uns is as Kind mit de Spraak
vun de Öllern opwussen. Doch wenn een groot warrn
will, mutt man sik an sien nee'e Ümgegend anpassen.«*

Krieglsteiner schaute die Frau fragend an. Er hatte
kein Wort verstanden.

Moni lächelte.

»Ich hatte in der Sprache, mit der mich meine Eltern
aufwachsen ließen, nämlich Plattdeutsch, zu Ihnen gesagt, dass jeder von uns als Kind aufgewachsen ist mit
der Sprache der Eltern, dass man sich aber an seine neue
Umgebung anpassen muss, wenn man groß werden will.
Die Sprache zu kultivieren, mit der man aufgewachsen
ist, um sie zu erhalten, das ist wichtig, auch wenn es für
die Kinder dann nicht immer leicht ist. Aber in der
Fremde, also zum Beispiel hier bei uns im Norden,
möchten Sie ja auch gerne verstehen, was *wir* sagen. Das
würden Sie nicht, wenn wir hier Platt sprächen. Also haben wir uns auf Hochdeutsch geeinigt, ohne dass wir
vorher darüber verhandelt hätten. Also müssen auch Sie
sich anpassen. Das ist der Deal.«

Krieglsteiner schaute Moni bewundernd an. »Sie sind
eine bemerkenswerte Frau, Frau Brockmann, und wenn
Sie nicht verheiratet wären, dann würde ich mich jetzt in
Sie verlieben.«

Dabei wurde er leicht rot, und Moni musste lachen, weil er ihr Sohn sein könnte. Aber als Frau war sie berührt und fühlte sich geschmeichelt.

›*Was für ein wunderbares Kompliment*‹, dachte die Sechzigjährige und genoss den Moment.

»Wie schon gesagt, Peter und ich haben zwei Söhne, und wenn Sie wieder in Hamburg sind, dann werde ich die beiden bitten, sich mit Ihnen in Verbindung zu setzen und Ihnen die Stadt zu zeigen. Und die Mädels!«

In dem Augenblick kam Brockmann aus der Tiefe des Restaurants von seinem Toilettengang zurück und betrachtete amüsiert die beiden am Tisch.

»Na, Herr Krieglsteiner, Sie sind ja ganz rot im Gesicht! Hat meine Frau Ihnen einen schmutzigen Witz erzählt?«

Zufrieden nahm er neben seiner Gattin Platz.

»Nein, Peter, wir sprachen über die Sprachbarriere zwischen dem Süden der Republik und dem Norden, und Herr Krieglsteiner erzählte mir im Vertrauen, dass ihr ihn letztes Jahr bei den Ermittlungen immer mal wieder gerne habt auflaufen lassen aufgrund seines schwäbischen Dialekts. Und ich habe ihm versprochen, dass das aufhört und ich dich dabei kontrollieren werde.«

Krieglsteiner errötete erneut, weil die Frau ihm sein kleines Kompliment bewahrt hatte. Und sie schwenkte zu einem anderen, unverfänglichen Thema über, um dieses Geheimnis zu erhalten.

»Was hat Sie denn jetzt eigentlich hier nach Neustadt an die Ostsee verschlagen?«, fragte sie mit einem Augenaufschlag in Richtung Krieglsteiner.

Der musste erst einmal einen Schweißtropfen von der

Stirn entfernen und sich geräuschvoll hinter der Serviette räuspern, bevor er berichten konnte von dem Fischkutter, den die Küstenwache auf offener See aufgebracht hatte und dem geheimen Raum unter Deck und dem Blutfleck auf dem Deck und dem verschwundenen Kapitän.

»Mein Chef in Kiel hat mich hierhin abgestellt, weil niemand abkömmlich war und er wohl für mich eine Beschäftigung suchte. Und ich hatte mich in Kiel auch noch nicht in ein Team einarbeiten können.«

Er schaute dabei Moni verständnisheischend an.

»Und dann haben Ihre Kollegen in Kiel Sie hier bei den *Fischköppen* in Neustadt quasi ins Meer geworfen, und Sie müssen sich *op Platt* mit den Eingeborenen herumärgern, um einen großen Kriminalfall zu lösen?«, fragte sie sarkastisch.

Sie wollte wohl witzig klingen, nach ihrem Gespräch über Sprachbarrieren, aber Krieglsteiner wurde still, und erst nach einer Weile antwortete er: »Die haben mir einen Bericht ihrer KTU auf den Tisch gelegt, der voll ist mit seemännischen Ausdrücken, die ich nicht verstehe und die ich jeden Einzelnen in einem Wörterbuch und im Internet nachlesen muss. Und ich habe zwei Kollegen zufällig belauscht, wie sie sich darüber amüsierten, dass ich mir jeden Begriff aufschreiben muss, und dann sagten sie noch, dass man den Bericht extra mit diesen Spezialbegriffen vollgepackt hatte. Dabei schlugen sie sich auf die Schenkel, als der eine von den beiden noch hinzufügte, dass es sicherlich Wochen dauern würde, bis ich wüsste, wo Backbord sei.«

Einen Moment war es still am Tisch.

»Und die hatten Recht, denn ich kann es mir wirklich nicht merken«, fügte Krieglsteiner noch kleinlaut hinzu.

Moni starrte den jungen Mann mit großen Augen und offenem Mund an.

»Das ist ja die Höhe!«, empörte sie sich lautstark, sodass sich Gäste an umliegenden Tischen indigniert umsahen, »und ich entschuldige mich für meine Landsleute aus dem Norden!« Entrüstet schüttelte sie den Kopf, dann wandte sie sich zu ihrem Ehemann und begann mit dem rotlackierten Nagel ihres Zeigefingers auf Brockmanns Oberarm herumzustochern.

»Mit was für Kollegen bist du denn zusammen? Das grenzt ja an Mobbing! Peter, ich will, dass du etwas dagegen tust. Das ist ja erschütternd!«

Brockmann wollte bereits zu einer Entschuldigung anheben, als Krieglsteiner ihm ins Wort fiel. »Das ist sehr nett, Frau Brockmann, aber Ihr Mann kann da wenig tun. Die Kollegen aus Kiel sind speziell und darauf hat *er* keinen Einfluss!«

Moni wollte schon etwas erwidern, als Brockmann nun doch seinerseits das Wort ergriff. »Ich mache Ihnen einen Vorschlag, Herr Krieglsteiner. Wir beide werden gemeinsam diesen KTU-Bericht lesen, ich übersetze es Ihnen, und gemeinsam schauen wir in der verbleibenden Zeit nach, wo sich mein Freund Achim versteckt hält.«

»Was hat das denn jetzt mit Achim zu tun?«, wollte Moni mit großen Augen wissen.

Brockmann hätte sich ohrfeigen können für seine Unachtsamkeit, aber jetzt war es raus. »Ulla vermisst ihn seit einer Woche, hatte sie mir vor ein paar Tagen am Telefon erzählt, und weil wir ja hier Urlaub machen, habe ich ihr versprochen, nach ihm zu suchen. Er ist mit seinem VW-Bus irgendwo hier an der Ostsee, wollte tauchen, hat sich aber seit mehr als einer Woche nicht mehr gemeldet.«

»Und das sagst du mir erst jetzt? Das ist ja schrecklich! Achim ist Ullas große Liebe und der einzige vernünftige, nicht kriminelle Mann in ihrer ...«

Dann brach sie ihren Satz abrupt ab. »Ich dachte, wir wollten Urlaub machen? Du hast mir doch einen Urlaub ohne Mörderfangen versprochen, Peter Brockmann! Nur wir beide.«

»Bitte Frau Brockmann, das war *mein* Fehler. *Ich* habe Ihren Mann angerufen und ihn um Hilfe gebeten. Und nur, um auch etwas von mir als Gegenleistung dafür geben zu können, habe ich ihm angeboten, diesen Achim zu suchen. Er hat es nur für mich getan ...«

Moni schaute dem jungen Kommissar in seine blauen Augen und hob beschwichtigend eine Hand.

»Ist schon in Ordnung, Herr Krieglsteiner. Wir waren uns ja einig, dass das Mobbing aufhören muss, und Peter wird ein Auge darauf haben. Aber nur unter einer Bedingung: Das wir uns am Samstag wieder hier zum Essen treffen und Sie mir weitere, schöne Komplimente machen.«

Brockmann schaute mit großen Augen erst seine Frau an, dann den jungen Mann.

»Was für Komplimente?«

»Das geht dich gar nichts an, das ist ein Geheimnis«, antwortete Moni mit einem Lächeln in Krieglsteiners Richtung. »Also: Samstag?«

Krieglsteiner war schon wieder rot geworden.

10 Schweden

Lars Kristofferson stand etwas ratlos vor dem Tisch mit den Gegenständen der Ausrüstung des toten Tauchers, die ihm alle nichts sagten und deren Funktion er nicht kannte. Alles war einheitlich in Schwarz, sah groß und schwer aus und war trotzdem unerwartet leicht, wenn er es in die Hand nahm.

Ganz hinten auf dem Tisch lag quer der Taucheranzug des Toten aus einem matten Material, das das Licht zu verschlucken schien. Der Anzug sah dick aus, war aber doch widererwarten leicht und biegsam und fühlte sich eher wie eine zweite, wärmende Haut an und nicht so wie die harten Neoprenanzüge, die Kristofferson vom Segeln oder Windsurfen kannte. Neben dem Tauchanzug lagen die Flossen, sehr viel länger als normale, sowie Handschuhe und ein Gürtel mit Bleigewichten.

Ganz vorne auf dem Tisch lag eine Art Rucksack, groß, ebenfalls schwarz, aus dem zwei dicke geriffelte Schläuche herauskamen und mehrere dünne, die wieder in den Rucksack zurückführten. In dem Tornister selber, der geöffnet vor ihm lag, erkannte der Schwede zwei längliche Metallflaschen mit Ventilen.

Neben dem Kommissar stand der junge Mann, der schon vor einigen Tagen mit ihm in Beddingestrand war und ihn dort bereits auf die Außergewöhnlichkeit der Tauchausrüstung hingewiesen hatte. Jetzt deutete der KTU-Mann auf den Rucksack, den Kristofferson interessiert beäugte.

»Diesen Apparat nennt man einen „Rebreather", und wie das Wort schon sagt, atmet der Taucher seine Luft wieder zurück, allerdings gereinigt, also ohne das ausgeatmete Kohlendioxid. Das geschieht mit Hilfe einer Chemikalie, die in dem zweiten Behälter hier ist.« Dabei deutete er auf eine der beiden Flaschen in dem Rucksack.

»Bei Hobbytauchern ist der Sinn eines Rebreathers, dass sie durch diese Technik ihre Tauchzeit verlängern können. Aber deren Geräte kosten nur ein Bruchteil von dem, was dieses hier gekostet hat«, sagte der KTU-Mann ehrfürchtig und berührte dabei den Rucksack mit den Flaschen so behutsam wie einen heiligen Schrein. Dann zeigte er mit einer Rundbewegung seines Armes auf das auf dem Tisch ausliegende Equipment.

»Das gilt für das alles hier. Ich hatte Ihnen ja bereits am Strand gesagt, dass seine Sachen, die Tauchgeräte und sein Anzug, sehr teuer sind, so wie bei einem Profi. Und bei dieser Behauptung bleibe ich auch. Dieses Tauchequipment hier kostet sicherlich fast eine halbe Million Kronen. Alleine der Rebreather ist nicht unter zweihunderttausend zu haben!«

Kristofferson pfiff durch die Zähne.

»Sie sagten eben, dass unter Hobbytauchern solch ein Apparat eingesetzt wird, um die Tauchzeit zu verlängern. Aber wenn das ein Profi ist, warum macht *der* das?«

»Wenn man einen Rebreather beim Tauchen benutzt, atmet man keine Luft ins Wasser aus, sondern es bleibt in einer Art Kreislauf im Atemsystem. Dann gibt es keine Luftblasen. Bei Kampftauchern wird ein derartiges System benutzt, um diese verräterischen Blasen an der Wasseroberfläche zu vermeiden.«

»Weil die nicht erkannt werden wollen.«

»Korrekt!«, antwortete der junge Techniker. »Die Frage für Sie bei der Ermittlung zu seinem Tod ist also, ob er irgendwo tauchte, wo er nicht auffallen wollte oder durfte, und deshalb dieses schweineteure Zeug hatte, oder ob er doch eher weit rausschwimmen musste und deshalb die Verlängerung seiner Tauchzeit brauchte.«

Kristofferson kratzte sich am Hinterkopf. »Ja, gute Frage«, antwortete er verlegen. »Vielleicht auch beides. Aber wir haben noch überhaupt keine Ahnung, was der Taucher getan hat oder tun wollte.«

Er überlegte noch, als der junge Mann schon fortfuhr: »Was Ihnen bei den Ermittlungen dazu helfen könnte ist die Auswertung seines Tauchcomputers.« Mit dem Finger deutete er auf einen eckigen Gegenstand, der aussah wie ein Navigationsgerät, mit einem kleinen Bildschirm, vielen Knöpfen und Klettbändern. Der junge Mann zog einen Aktendeckel mit Papieren unter dem Gerät hervor und deutete dann wichtig auf die bedruckten Seiten.

»Dies ist sein Tauchcomputer. Auch dieses Gerät war teuer. Ein *Shearwater*, etwas Besonderes, für Profis.«

»So eine Art Navigationsgerät?«, fragte Kristofferson und machte einen zufriedenen Eindruck dabei. Endlich mal etwas Licht am Ende des Tunnels, denn nach der Auswertung wüssten sie wenigstens, wo der Taucher vorher war.

Aber der junge Mann von den KTU-Kollegen schüttelte nur den Kopf. »Nein, Herr Kommissar, so ein Tauchcomputer ist kein Navigationsgerät wie im Auto, sondern in erster Linie eine technische Hilfe für Tauchzeiten, Tauchtiefen und die daraus resultierenden, überlebenswichtigen Dekompressionszeiten. Das ist das eigentlich Wichtige.« Er schüttelte deshalb noch einmal den Kopf. »Aber *wo* der Mann war, steht dort nicht drin.«

Er atmete tief ein.

»Eigentlich!«, fügte er nach einer kurzen Pause hinzu, die den erfahrenen Kommissar aufhorchen ließ.

»Und un-eigentlich?«, fragte der Kommissar deshalb.

»Naja, aufgezeichnet werden ja die Tauchtiefen und die Zeiten, und wenn man wüsste, wo der ins Wasser gegangen und losgeschwommen ist, dann könnte man auf einer Seekarte nach den Tiefen suchen und daraus den Verlauf der Strecke rekonstruieren.« Er holte erneut tief Luft. »Das Auslesen des Speicherinhalts war einfach, aber die Daten sind verwirrend.«

Geräuschvoll blätterte er einige Seiten weiter und deutete dann auf eine Zeile auf einem vollgedruckten Blatt.

»Hier beginnt er seine Reise. Wie es aussieht, ist er eine gute Stunde lang offenbar mit einem Scooter geschwommen, denn seine Herzfrequenz und Atmung waren ruhig, er hatte kaum Luft aus den Flaschen verbraucht, und auch die Wassertemperatur änderte sich nur wenig. Nach eineinhalb Stunden tauchte er dann ab, das ist deutlich in den Daten aus dem Gerät zu erkennen, und begann irgendwo zu arbeiten«, wobei der junge Mann mit beiden Fingern virtuelle Anführungszeichen in die Luft malte, »denn die Atemfrequenz stieg abrupt an, die Wassertemperatur sank. Er tauchte bis auf 12 Meter runter. Und als er damit beginnt, mit der Arbeit meine ich, hat er noch Luft für zwei Stunden.«

Dann wurde der junge Mann unsicher und Kristofferson hörte, dass er erst tief Luft holte, bevor er weitersprechen konnte.

»Was dann genau geschah, können wir aus den Daten des Tauchcomputers nur vermuten. Fest steht nur, dass er etwa eine halbe Stunde bei der Tiefe von 12 Meter blieb, aber dann stieg plötzlich seine Atemfrequenz sehr stark an, er atmete heftiger, sehr heftig sogar, verbrauchte sehr viel Luft in kurzer Zeit. Fast eine halbe Stunde lang hatte er nach den Daten seines Tauchcomputers derart schnell geatmet und ist dann, nach etwa zwei Stunden Gesamttauchzeit, an die Wasseroberfläche aufgestiegen, aber viel zu schnell.«

Der junge Mann wurde wieder ruhiger.

»Doch obwohl er an der Wasseroberfläche war, war seine Herzfrequenz sehr hoch, seine Atmung sehr schnell. Immer wieder hat er offenbar die Maske mit dem Atmungsmundstück abgenommen, wahrscheinlich um Luft zu sparen. So ist der Mann etwa eine Stunde lang geschwommen, dann verschwand der Puls.«

Kristofferson schaute den KTU-Mann fragend an.

»Sie wollen mir also sagen, dass Sie den Tod des Mannes mit Hilfe seines Tauchcomputers quasi live verfolgen konnten?«

Der nickte zögerlich und hielt dem Kommissar dann

schweigend die Blätter Papier in dem Aktendeckel hin.

»Steht hier alles drin«, fügte er noch tonlos hinzu.

»Danke, gute Arbeit«, erwiderte Kristofferson und nahm den Bericht an sich wie einen schweren Stein. Jetzt lagen die letzten Stunden des Tauchers in seiner Hand.

»Haben Sie eine Idee, wo der Mann getaucht haben könnte, nachdem er eine Stunde lang im Wasser unterwegs war?«

Der KTU-Mann kratzte sich am Hinterkopf. »Man müsste sich mal eine Seekarte von der Küstenregion in Südschweden ansehen, weil auf den Karten die Wassertiefen eingetragen sind, und dann mal schauen, wo es im Umkreis von einer Stunde Entfernung von der Südküste wieder flacher wird. Meiner Erinnerung nach gibt es da nicht allzu viele Untiefen, wie man das seemännisch nennt. Und um eine so weite Strecke schwimmen zu können, braucht man auch einen Tauch-Scooter, sonst schafft man das nicht, auch nicht als trainierter Taucher. Unter Wasser schwimmt man ruhiger, aber eben auch unter Wasser, man braucht also Atemluft für viele Stunden. Es muss also irgendwo da draußen einen herrenlosen Scooter geben.«

»Wie weit kommt man denn mit einem Scooter so in einer Stunde?«

»Die guten, teuren Dinger schaffen zwanzig Knoten, das sind mehr als sechsunddreißig Kilometer in der Stunde. Weil all sein Tauchzeug teuer war, wird der auch einen teuren Scooter gehabt haben. Nehmen Sie das mal als Maßstab.«

Kristoffersons Blick überflog noch einmal die Gegenstände auf dem Tisch, als er das leere Schneidenfutteral eines Tauchermessers bemerkte.

Mit einem fragenden Blick deutete er mit dem Finger darauf. »Wo ist denn das dazu gehörige Messer? War das nicht dabei?«

Der junge Mann schüttelte den Kopf. »Nein, es fehlte. Und es fehlt auch der zweite Handschuh, also der linke.«

Kristofferson schluckte hart. »Dem toten Taucher fehlte die linke Hand. Sie meinen, dass er sich selber …«

Der KTU-Mann nickte.

»Wir müssen davon ausgehen, dass, wo immer der Mann getaucht war, sein Handschuh und das Tauchermesser noch liegen, und auch …«

*

Zurück in seinem Büro breitete Kristofferson die Fotos von dem toten Taucher auf seinem Schreibtisch aus und verteilte dann die Papierseiten mit den Daten aus dem Tauchcomputer daneben. Dann trat er vor die Seekarte, die er gestern an die Wand seines Büros geklebt hatte, weil Christa es auch so gemacht hatte, nahm ein Zentimetermaß und steckte damit einen Radius von sechsunddreißig Kilometern um den Fundort ab. Er hatte den Halbkreis um *Beddingestrand* noch nicht vollendet, da erkannte er schon, was er suchte: Eine Untiefe innerhalb dieses Schlagkreises, wo der Meeresboden bis auf weniger als zehn Meter unter der Wasseroberfläche anstieg. Es war die einzige flache Stelle im Umkreis von hundert Seemeilen um die Südküste Schwedens.

Kristofferson schob die Brille von der Stirn zurück auf seine Nase und las die winzigen Buchstaben, die auf dem

Hellblau standen: *Kriegers Flak*. Daneben war ein Symbol mit einem dreiflügeligen Propeller. Am unteren Rand der Karte suchte der Kommissar nach der Erklärung und fand ganz klein in einer Ecke die Beschreibung: das Symbol bedeutete ein Windpark auf See.

Wieder kratzte er sich gedankenverloren am Kopf. War der Taucher über fast vierzig Kilometer auf die offene See zu einem Windpark geschwommen? Das erschien absurd, dachte er bei sich, denn eine Fahrt mit einem Schiff oder einem Boot wäre deutlich einfacher gewesen. Aber wie hatte der KTU-Mann noch gesagt, wozu diese *Rebreather*-Apparate bei Profitauchern auch benutzt werden? Um unerkannt zu tauchen, ohne die verräterischen Luftblasen an der Oberfläche. Wenn der tote Taucher also zu diesem Windpark geschwommen war, dann wollte er dort vielleicht unerkannt bleiben. Und unerkannt bleiben zu wollen bedeutete auch immer, etwas Illegales tun zu wollen.

Es war zumindest ein Anhaltspunkt, wo der Tote gewesen sein konnte, bevor er auf dem Rückweg nach *Beddingestrand* starb.

Bei dem Wort stutzte er. Hatte seine Ex-Frau nicht gesagt, dass dem Taucher nicht nur eine Hand fehlte, sondern er zudem auch ein gebrochenes Bein hatte? Er zog das Telefon zu sich heran und wählte ihre Nummer wissend, dass er sich wieder ihren schlechten Launen würde aussetzten müssen.

»Sag' mal bitte, Christa: Hat sich der Taucher das Bein beim Tauchen gebrochen oder ist das erst später entstanden, als er schon tot im Wasser trieb?«

Sie war unerwartet freundlich, als sie antwortete:

»Nein, das ist definitiv entstanden, als er noch lebte. Es ist ein sehr komplexer Bruch, es gibt auch Quetschungen, und aus der Tatsache, dass noch Blut in das umliegende Gewebe eingesickert ist, schließen wir, dass im Körper noch Blut zirkulierte, also dass der Mann noch gelebt hat, als er sich diese schwere Verletzung zuzog.«

»Wie kann man sich denn *im* Wasser das Bein brechen?« Kristofferson hielt sich mit einem Ruck die Hand vor den Mund, aber da waren die Worte schon heraus. Es war eigentlich nur eine laute Frage an sich selber gewesen und keine an seine Ex-Frau, die immer nur darauf wartete, ihm aus dummen Nachfragen einen Strick drehen zu können, um ihn dann schlecht aussehen zu lassen.

Er war daher umso überraschter, dass sie nicht in Gelächter ausbrach, sondern in einen nachdenklichen Tonfall verfiel.

»Das ist eine gute Frage, Lars, eine wirklich schlaue Frage, denn das haben wir uns auch schon gefragt und noch keine Antwort darauf gefunden. Ich schicke dir nicht die Röntgenaufnahmen, denn ich weiß, wie dein Magen auf derartige Fotos reagiert. Aber lass dir wenigstens erzählen, dass sein Bein gequetscht wurde und sehr stark deformiert war, wodurch auch immer. Das muss höllische Schmerzen bereitet haben, deshalb vermuten wir, dass er letztlich ohnmächtig wurde und deshalb ertrank.«

»Ja, das deckt sich mit den Ergebnissen und Beobachtungen der KTU. Die haben den Tauchcomputer ausgewertet und sind zu einer vergleichbaren Schlussfolgerung gekommen. Dem Taucher ist im wahrsten Sinne des Wortes die Luft ausgegangen, obwohl er nur noch wenige Kilometer von der Küste entfernt war.«

»Und wo war der, ich meine, von wo kam der?«, fragte die Pathologin.

»Wenn wir die Schwimmzeit nehmen und mit der Wassertiefe korrelieren, die der Tauchcomputer aufgezeichnet hat, dann sieht es so aus, als wenn der Mann bei einem Offshore-Windpark südlich von Malmö, in der Nähe der dänischen Küste bei der Insel Møn war.«

»Aber da darf man doch gar nicht hin. Ich meine, das Gebiet ist doch für Schiffe, Boote und so gesperrt«, erwiderte die Pathologin.

»Ja?«

»Ja, Lars! Als Besitzerin eines Bootsführerscheins weiß man das, *muss* man das wissen. Solche Seegebiete sind gesperrt, da darf niemand rein. Kein Boot, kein Paddler, kein Surfer.«

Er war beeindruckt, denn das hatte er nicht gewusst, und es erklärte in der Tat, was der junge KTU-Mann vorhin gemutmaßt hatte, nämlich dass der Tote den Rebreather hatte, weil er unerkannt tauchen wollte. Und zwar möglicherweise bei dem Windpark.

Es passte zusammen.

»Das ist ja interessant«, bemerkte er. »Vielen Dank für die Auskunft.«

Dann legte Kristofferson auf und er hatte es sich wieder verkniffen, seine Ex-Frau erneut nach einer Verabredung zu fragen, denn sie war bei dem letzten Mal so ungehalten gewesen, dass er erst ein wenig Gras über die Sache wachsen lassen wollte, bevor er einen erneuten Vorstoß wagte. Dabei hatte er nur vorgehabt, sie um die Kette mit dem eingefassten, türkisenen Opal zu fragen,

den er ihr seinerzeit als Verlobungs-geschenk überreicht
hatte. Sie hatte die Kette nie getragen, weil sie den Farb-
ton nicht mochte, aber für Kristofferson war der Stein
etwas sehr Besonderes, weil er ihn in *Coober Pedy* in
Australien selber gefunden hatte. Es war sein Andenken
an eine außergewöhnliche Reise gewesen, deshalb hätte
er den Stein gerne zurück, wenn sie ihn nicht wollte.

›*Ich werde später noch einmal fragen müssen*‹, dachte
er und schloss das Thema gedanklich erst einmal weg.
Dann zog er den Laptop zu sich heran und tippte in die
Suchleiste „*Kriegers Flak*" ein, die Untiefe vor der
schwedischen Küste, wo der Taucher möglicherweise
gewesen war.

0,56 Sekunden brauchte Google, um Ergebnisse dazu
zu finden und sie aufzulisten. Ganz oben zog sich ein
Foto auf, das eine Unzahl von stählernen, weiß-rot gestreiften Türmen zeigte, an denen riesige dreiflügelige
Rotoren drehten. Darunter mehrere Hinweise auf Zei-
tungsartikel, als die Firma VATTENFALL den Windpark in
Betrieb genommen hatte, und Zahlen darüber, wieviel
Energie dieser liefere. Kristofferson scrollte mit dem
Mauszeiger weiter runter, fand noch mehr Fotos von diesen Windmühlen, aber auch eine Abbildung von einem
Modell, das einen dieser riesigen Stahltürme zeigte zusammen mit der gewaltigen Unterwasserkonstruktion,
die sonst unsichtbar unter der Oberfläche liegt. Demnach
wird der Turm in den Untergrund gerammt, dann mit Ze-
ment eingegossen und dieser Fuß der Konstruktion dann
mit riesigen Steinblöcken beschwert, die zudem die Aufgabe hatten, den Stahlkoloss vor Wellengang zu schützen.

Interessiert las Kristofferson weiter, dass die Steine aus Nordschweden und Norwegen herantransportiert und dann Block für Block in Position gehievt wurden, weil sie so schwer waren. Mehrere Tonnen, stand dort geschrieben. Die Räume zwischen den großen Blöcken wurden dann mit kleineren Steinen aufgefüllt, die immer noch sehr schwer waren, und die sich alle zusammen zu einem Gerüst verdichteten, das sich gegenseitig stützte und das Fundament absicherte.

Kristofferson betrachtete das abgebildete Modell und fragte sich, ob so ein Stein den Taucher verletzt haben konnte, vorausgesetzt, der war wirklich dort.

11 Neustadt

Das gemeinsame Abendessen mit dem jungen Kommissar aus dem Schwabenland hatte offenkundig und insbesondere Moni gefallen, denn Brockmanns Frau schwärmte noch den ganzen folgenden Morgen von dem jungen Mann.

»Der hat dir ja offensichtlich ein sehr nettes Kompliment gemacht, wenn du dich so gut unterhalten fühltest«, frotzelte der Ehemann, nachdem er die Brötchen auf den Tisch gestellt hatte.

Aber trotz der schönen Erinnerung war Moni betrübt.

»Mich beschäftigt immer noch dieses Mobbing, dass dem jungen Krieglsteiner da täglich entgegenschlägt. Bitte tue ihm den Gefallen und übersetze ihm diesen KTU-Bericht, damit er nicht den fiesen Erwartungen seiner Kollegen entsprechend aufs Glatteis geführt wird. Auch mir zuliebe, Peter!«

Deshalb bekam Brockmann nach dem Frühstück frei, brauchte nicht mit zum Strand gehen und durfte zu Krieglsteiner fahren.

»Wie geht es denn mit den Ermittlungen voran?«, fragte der alte Kommissar den jungen, nachdem er sich auf den Stuhl vor dessen Schreibtisch gesetzt hatte.

Draußen war es bereits ziemlich warm geworden und die Strecke zum Behelfsbüro war dem Alten bei der Hitze immer länger geworden.

»Här Brockmann! Sie habe aba eine äscht nätte Frau, dasch muss man Ihne lasse. Dasch war ein sähr schöner Abend, danke noch mal dafür.«

Brockmann musste grinsen. Offenkundig hatte er bei seinem Toilettengang in dem Restaurant etwas Entscheidendes verpasst. Aber er freute sich, dass er deswegen heute „frei" bekommen hatte, um sich um den KTU-Bericht zu kümmern.

Auch Krieglsteiner erfreute sich heute guter Laune und war bester Dinge. Der junge Mann zog eine dünne Akte aus dem Papierstapel auf seinem Schreibtisch heraus und reichte sie Brockmann. »Und danke der Nachfrage über die Ermittlungen. Ja, es geht voran, denn wir haben Neuigkeiten aus dem Labor. Eine traurige und eine gute. Die gute ist, dass sehr sicher noch jemand an Bord war, und zwar in diesem Geheimraum vorne im Schiff, dem Vorschiff oder Bug, wie ich gelernt habe. Und diese Person in dem Geheimraum hat uns freundlicherweise auch noch DNA-Spuren hinterlassen, weil wir Kaugummis gefunden haben.«

»Und die traurige?«

Krieglsteiner schaute ihn an.

»Die traurige muss ich der Frau Jakobsen noch übermitteln, nämlich dass der Blutfleck, den wir auf dem Deck des Kutters gefunden haben, nach der Analyse definitiv von Broder Henningsen stammt. Blutgruppe B, Rhesus negativ. Irrtum ausgeschlossen. Das bedeutet, dass es einen Kampf gegeben haben muss, und nach der

Menge Blut auf dem Deck hat der Kapitän das wahrscheinlich nicht überlebt«, resümierte Krieglsteiner.

Er freute sich trotzdem sichtbar und holte tief Luft. »Derjenige, der mit an Bord war, ist unser Hauptverdächtiger!«, schlussfolgerte der Schwabe deshalb siegessicher.

Für Brockmann war es dagegen wie ein Schlag in den Magen. Verunsichert musste er schlucken, wobei ihm tausend Sachen durch den Kopf gingen. Er wusste, dass sein Freund Achim tauchte, und dass dieser seit einer Woche verschwunden war, also genau so lange, wie dieses Schiff weg war. Brockmann wusste auch, dass sein Freund illegales Wracktauchen unternahm, weil er ihm immer wieder Fundstücke von diesen Tauchgängen gezeigt hatte. *„Dann schau' einfach weg, Peter! Es ist ein kleines Hobby von mir, es macht mir Spaß und schadet niemandem, denn diese Wracks liegen seit Menschengedenken dort auf dem Meeresgrund. Es ist nur ein Hobby!"*, hatte sein Freund mal auf eine kritische Nachfrage geantwortet. Und dann hatten sie einfach nie wieder darüber geredet.

War das jetzt alles nur Zufall, dass ein herrenloses Schiff mit einer geheimen Taucherkammer aufgefunden wurde und gleichzeitig sein Freund Achim seit einer Woche nicht mehr in seinem Feriendomizil gesehen worden war?

»Und aufgrund der Tatsache, dass *in* dem geheimen Taucher-Raum keine Pressluftflaschen gefunden wurden und kein Tauchanzug und auch kein Tauch-Scooter, gehen wir davon aus, dass die Person durch die Öffnung unter dem Schiff verschwunden ist«, dozierte

Krieglsteiner weiter.

»Hmm«, knurrte Brockmann.

Krieglsteiner sah ihn skeptisch von der Seite an. »Und das Knurren heißt jetzt was?«

Brockmanns Stirn lag in Falten, die Finger seiner Hand hatten bereits Druckstellen auf der Haut hinterlassen.

»Ich versuche mir gerade die Situation an Bord des Kutters vorzustellen. Man kommt nur von außen in den Taucherraum, also vom Wasser aus, und kann ihn auch nur durch diesen Eingang wieder verlassen. Da sitzt also eine Person in dem geheimen Raum, die sich erst komplett für einen Tauchgang ankleiden muss, geht dann raus, steigt, in voller Taucherausrüstung, unerkannt an einer kleinen Außentreppe die Bordwand des Kutters hoch zum Deck und bringt dann den Kapitän um, der das Schiff steuert. Und der hat das alles nicht bemerkt, denn die KTU hat keine Kampfspuren *im* Steuerhaus gefunden.« Brockmann rollte sichtbar mit den Augen.

»Klingt das logisch?«

Krieglsteiner nickte. *»Dasch klingt nett wirklisch überzeugend, da tu isch zuschdimme.«*

»Das klingt sogar total abwegig, wenn Sie mich fragen, Herr Kollege.«

Der Schwabe war in der Zwischenzeit zu seinem Schreibtisch zurückgegangen und studierte noch einmal kopfschüttelnd den Abschlussbericht der KTU über die Durchsuchung des Kutters.

»Tatortbeschreibungen haben wir nur von dem Gemeinschaftsraum, dem neben der Küche …«

»Der Gemeinschaftsraum ist die *Messe*, und eine

kleine Küche auf einem Schiff heißt *Pantry*,« korrigierte Brockmann fachmännisch. »Meine Frau, von der Sie so schwärmen, bat mich, diese Übersetzung des seemännischen Kauderwelsch mit Ihnen zu üben, damit dieses Mobbing aufhört, dem Sie hier ausgesetzt sind.«

»*Dasch ist aba sähr nett von ihr*«, entgegnete Krieglsteiner und wurde schon wieder sanft rot. Um abzulenken, blickte er erneut in den KTU-Bericht. »Also neben der *Pantry*. Aber mehr haben die nicht untersucht. Also nach meinem Dafürhalten waren die nicht sehr akribisch.«

Brockmann kam etwas nach vorne. »Können wir uns den Kutter nicht noch einmal ansehen? Wir beide? Dann erkläre ich Ihnen gleich vor Ort, wie die Teile des Schiffs in der Seefahrersprache heißen, und dabei suchen wir einen Raum oder Platz, wo sich jemand einige Stunden verborgen haben könnte, der nicht in dem geheimen Versteck war.«

Dabei blickte er erneut auf die Fotowand und auf das Konterfei von Broder Henningsen. »Haben Sie eigentlich schon ein bisschen in der Vita des Toten herumgestöbert, seine Freundin mal befragt?«

Krieglsteiner stand auf und ging zu der Fotowand herüber.

»Wir haben uns kundig gemacht, so gut es ging. Die Leute hier sind nicht besonders auskunftsfreudig.«

Mit einem Finger deutete er auf das Foto von Broder.

»Seine finanzielle Lage war angespannt, um es mal milde auszudrücken. Er lebte von der Hand in den Mund, Ersparnisse gibt es keine, und Kontobewegungen irgendwie auch nicht.« Dann wanderte sein Finger von

Broders Bild zu dem Foto von dessen Freundin Grit Jakobsen.

»Die lebten von ihrem Gehalt und dem Geld, was die Freundin gespart hatte, bevor die sich kennengelernt haben. Das war so vor einem Jahr, ungefähr. Frau Jakobsen arbeitet bei der Tourist Information und dem Vermietungsbüro Schneider, die auch Angelfahrten und Segeltörns verkaufen. Dort hat sie dem Henningsen Aufträge für Angeltouren zugeschanzt.«

»Und mit wem war der vorher zusammen?«

Krieglsteiner ging zu seinem Schreibtisch zurück und blätterte in der Akte.

»Mit einer Alma Becker, einer Einheimischen. Die ist hier geboren. Ihr Vater war Fischer, ist aber bei einem Sturm ertrunken. Seitdem arbeitet Frau Becker als Fischfachverkäuferin beim Lidl und abends gelegentlich in der Zeidlerklause in Sierksdorf.«

»Da wo wir essen waren? Ach ja! War mir gar nicht aufgefallen.«

Krieglsteiner schüttelte den Kopf. »Warum auch? Wir wollten ja auch nichts von der. Die hat einen anderen Freund, schon seit mehreren Jahren. Aber sie lebt noch hier im Ort.«

»Hatte der Kapitän des Kutters irgendwelche Feinde, gab es Auseinandersetzungen? Weiß man da etwas Genaueres?«

»Nee, die Freundin, ich meine die neue, wusste nichts von irgendwelchen Problemen, sagt sie zumindest.«

Brockmann stand auf und ging zu der großen Wand am gegenüberliegenden Ende des abgetrennten Raumes, dort, wo die große Seekarte hing. Krieglsteiner folgte dem Alten, der jetzt mit einem Finger auf den Punkt auf der Karte zeigte, wo der Kutter von dem Schiff der Küstenwache aufgebracht worden war.

»Der Fundort liegt nicht weit von diesem Offshore-Windpark entfernt«, sagte er, wobei er dicht an der Karte stand und offenkundig versuchte, dessen Namen zu lesen. »Hier steht *„Kriegers Flak"*, ein komischer Name für einen Ort auf einer Seekarte. Aber egal.« Brockmann schaute erneut auf die Karte. »Der Fundort des Kutters liegt in internationalen Gewässern, und auf der Karte sind keine Wracks eingezeichnet, da ist also nichts Interessantes für einen Wracktaucher.« Er kratzte sich am Hinterkopf. »Was wollte der Kutterkapitän dort in der Mitte von Nirgendwo?«

»Wie kommen Sie denn darauf, dass die auf dem Kutter Wracktauchen gemacht haben?«, fragte Krieglsteiner überrascht und schaute den Alten dabei forschend an.

Brockmann biss sich auf die Zunge, fing sich aber schnell wieder. »Kam mir nur so in den Sinn, eben weil hier so viele Wracks eingezeichnet sind.«

Dann deutete er schnell auf den Bericht, den Krieglsteiner immer noch in seiner Hand hielt, um von diesem unangenehmen Thema abzulenken.

»Haben Sie mal mit den Kollegen von der schwedischen Küstenwache gesprochen? Vielleicht ist denen etwas aufgefallen.«

Der junge Kommissar nickte. »Gute Idee, ich werde es dem Chef der Bundespolizei „See" sagen, diesem Kommodore …«

Brockmann hatte gar nicht zugehört. »Ich würde vorschlagen«, sagte er forsch und freudig, »dass wir beide

uns morgen noch einmal den Kutter ansehen und herauszufinden versuchen, ob es außer diesem Unbekannten im
Tauchraum vielleicht noch eine andere Person gegeben
haben könnte.«

12 Schweden

»Hei Knut, wie geht es *dir* denn? Schön dich zu treffen, wir haben uns ja eine Ewigkeit schon nicht mehr gesehen!«

Kristofferson war gerade auf dem Weg zu einer Besprechung, als er seinen sicherlich zwanzig Jahre jüngeren Kollegen Knut Østergaard von der Streifenpolizei in dem langen Flur, der zum Ausgang führte, erblickte. Die beiden hatten sich vor Jahren beim Badminton-Sport kennengelernt, als Kristofferson noch aktiv war, aber mittlerweile verstaubte die Tasche mit den Sportsachen bei ihm im Kleiderschrank, weil er keine Zeit mehr dafür fand.

»Gut siehst du aus«, lachte Kristofferson ihn an. »Was macht die Liebe? Noch alles beim Alten?«

Østergaard stand bereitbeinig im Korridor vor dem Ausgang, seine Polizeimütze lässig unter die Schulterklappe geschoben, die beiden Daumen im Gürtel eingehakt. Der Freund war zwar etwas kleiner als Kristofferson, aber deutlich breitschultriger und sportlicher.

Knut lachte ebenfalls und zeigte seine makellosen weißen Zähne. Aber er schüttelte seinen blonden Kopf.

»Nö, mit der Liebe hat es sich ausgeliebt. Das war irgendwie nichts mehr. Britta wollte immer zu Hause rumhängen, ausgehen mit Freunden war nicht so ihre Sache. Und sie sagte immer, meine Kumpel seien primitiv, zu derbe und raubeinig.«

Er grinste und deutete dann auf seine Tattoos auf dem Arm.

»Wir sind Fußballfans, und deshalb ist am Wochenende immer auch Party im Stadion! Jedenfalls an einem Teil des Wochenendes.«

Er zuckte mit den Schultern. »Ist aber offenbar nicht jedermanns Geschmack.«

Kristofferson lachte bei der Kurzbeschreibung von Knuts Wochenendaktivitäten und war neidisch auf den Trubel, den der erlebte, die Jugendlichkeit, mit der sein Kollege das Leben genoss.

»Dir ist das wichtig, wichtiger jedenfalls als deiner Freundin. Respekt, dass du es durchgezogen hast. Das nenne ich mal Courage«, kommentierte Kristofferson und zeigte dem jungen Kollegen einen erhobenen Daumen. »Wohnst du noch in *Solbacken*, im Norden?«

Knut schüttelte erneut den Kopf.

»Nee, nach der Trennung wollte ich nicht mehr in der Wohnung und in der Gegend wohnen. Bin deshalb letztes Jahr umgezogen, wohne jetzt ganz im Westen, in *Åkesholm*, dort, wo die Küstenstraße nach Trelleborg beginnt. Ist ganz nett da und etwas belebter. Viele junge Leute, vor allem Mädels! Und nette Bars, wo eben diese Mädels rumhängen. Ist echt kooler dort.«

Jetzt lachte Knut herzhaft und ansteckend.

»Ach wie witzig«, entgegnete Kristofferson und schaute den Kollegen neugierig an, »da bin ich ja vorgestern fast bei dir vorbeigefahren, als ich nach

Beddingestrand gefahren bin, das liegt …«

Knut stutzte bei Kristoffersons Worten und kam dann einen Schritt auf ihn zu. Dabei hielt er einen Zettel in der Hand hoch, auf den er mit der anderen Hand zeigte.

»*Beddingestrand* sagst du? Das ist ja ein Zufall«, wobei er mit dem Finger auf das Papier tippte. »Wir sollen nämlich jetzt dort hinfahren, zu einer Adresse in diesem *Beddingestrand*. Nachbarn haben sich beschwert, weil in einem Haus unten am Strand Hunde seit Tagen herumbellen. Wir sollen da mal nach dem Rechten schauen.«

»Na, dann mal viel Spaß. Aber sei nicht enttäuscht. Es gibt dort keine Strandbar und keine Mädels - ist eher ein Rentnerparadies. Das lauteste Geräusch wird der Motor eures Polizeiautos sein. Glaub mir! Und kein schnelles Bier, ihr seid im Dienst, denkt daran.«

Aber der junge Kollege schaute Kristofferson trotz des Witzes fragend und neugierig in die Augen.

»Was wollte denn die Kriminalpolizei in dem Ort? Wen hast du denn dort gesucht, Lars?«

»Wir haben niemanden gesucht, sondern jemanden gefunden, einen Toten nämlich. Einen Taucher, der angeschwemmt wurde. Aber wir wissen nicht, woher er kam, kennen seinen Namen nicht, denn leider hatte er unter dem Neoprenanzug kein Portemonnaie mit Ausweis oder Führerschein.«

Kristofferson grinste über seinen Witz und winkte dem Kollegen zu.

»Es wird wohl einen Moment dauern, bis der Tote identifiziert werden kann. Meine Ex-Frau Christa ist die untersuchende Pathologin und hat den Mann bei sich auf dem Tisch. Das kann also noch dauern.«

Er grinste zynisch bei der zweideutigen Bemerkung.

»Habt ihr noch Kontakt?«

»Müssen wir ja, wir sind ja Kollegen.«

»Und die andere Kollegin, dieser junge Feger, mit der du zusammengelebt hast?«, fragte Knut.

Kristofferson schüttelte den Kopf. »Das ist Geschichte. Swantje hatte einen anderen, jüngeren kennengelernt. So ist das Leben.«

Knut nickte. »Jaja, mal bist du der Hund und mal nur der Baum. Ich muss los, Lars, war nett, dich gesehen zu haben!«

»Ruf mich an, wenn du mal Lust auf ein Feierabendbier hast.«

13

Als Knut Østergaard und sein Kollege in dem Badeort *Beddingestrand* endlich das Haus gefunden hatten, wo angeblich Hunde so laut bellten, waren sich beide nach einem kurzen Blick einig, dass sie sich damit erst einmal eine Mittagspause verdient hatten. Sie drehten also um und fuhren die kleine Straße zurück zu der einzigen Tankstelle des Orts am Ausgang des langgestreckten Dorfes.

Als sie ausstiegen, wehte ihnen ein kalter Ostwind ins Gesicht. Knut zog hastig an dem einflügeligen, leichten Fliegengitter und drückte dann die Türe zum Verkaufsraum auf, wodurch den beiden Männern warme Luft und ein angenehmer, süßlicher Geruch nach frischen Backwaren vermischt mit dem säuerlichen Geruch von

Hotdogs entgegenschlug. Sie waren die einzigen Gäste. Der kleine Raum wirkte unordentlich, war vollgestellt mit Regalen, in denen alles aufgereiht stand, was die Tankstelle zu bieten hatte: Cola, Chips, Zeitschriften, Brot und Marmelade. In einer Ecke waren Bierkisten gestapelt, gegenüber von den Getränken hingen Angelruten und Fischernetze.

Die junge Frau hinter dem Tresen war auffällig hübsch, hatte schulterlange, braune Haare, trug ein enges T-Shirt und kokettierte damit auch nach allen Regeln der weiblichen Kunst herum, denn sie war neugierig, die beiden uniformierten Männer ihre einzigen Gäste, und, wenn der Tag so weiterging und das Wetter nicht aufklarte, sicher auch die letzten für diesen Tag.

»Was treibt euch beide denn hier in diesen einsamen Ort?«, fragte sie jugendlich unbekümmert.

Knut legte wie beiläufig eine Visitenkarte auf den Tresen und streckte seinen Rücken noch etwas durch, um größer auszusehen.

»Wir untersuchen das Verschwinden eines Mannes«, prahlte er. Sein Kollege, der neben ihm stand, starrte ihn ungläubig von der Seite an.

Genau wie das junge Mädchen.

»Krass!«, rief sie laut aus. »In diesem kleinen Ort?«

Knut wehrte mit den Händen ab, wohl auch, weil ihn sein Kollege weiter vorwurfsvoll ansah.

»Darüber darf ich nicht sprechen. Laufender Fall!«, entschuldigte er sich dann auch prompt.

»Wo denn? Sag' doch! Ich verrate es auch nicht.«

Knut schüttelte den Kopf. »Wie gesagt, laufender Fall! Keine Chance.«

Aber so schnell wollte die junge Frau nicht aufgeben und geschäftstüchtig war sie auch.

»Möchtet ihr beide etwas essen? Und einen Kaffee? Der geht auf's Haus!«, sagte sie mit einem Augenaufschlag wie Audrey Hepburn.

Wenig später rührten beide Polizisten verlegen in ihrem Kaffeebecher herum und warteten auf ihre Hotdogs. Knuts Kollege stieß ihn von der Seite an, als die Frau die Brötchen aufschnitt.

»Was sollte denn der Scheiß mit dem verschwundenen Mann? Von wem redest du denn?«, zischte er ihm zu.

»Lars Kristofferson hat es mir vorhin erzählt«, flüsterte Knut entschuldigend zurück. »Die haben einen Toten hier gefunden. Ich dachte, dass ich die Kleine damit ein bisschen beeindrucken könnte.«

Der Kollege rollte mit den Augen, als hinter ihnen mit einem Rumpeln die Tür aufflog und sich ein massiger Körper durch die schmale Eingangstür zwängte. Die beiden Polizisten fuhren erschrocken herum, aber das Mädchen rief nur wie beiläufig »Hei, Karl!« aus, ohne sich nach dem neuen Gast umzudrehen.

Wenig später fiel ein kahlköpfiger Zwei-Meter-Mann mit Holzfällerhemd und dunkelgrünem Overall auf einen der schmalen Drehstühle neben den beiden Polizisten.

Hämisch schaute er die Uniformierten an.

»Na, wen sucht ihr beiden Hübschen denn in diesem Kaff? Hat einer der Rentner hier einen anderen mit seinem aufgemotzten Rollator überfahren?« Er lachte mit einer dröhnenden, tiefen Stimme von tausend Zigaretten und zu viel Schnaps.

»Hab' ich die auch schon gefragt, aber die wollen nichts sagen«, beschwerte sich das junge Mädchen.

Der Riese grinste. »Wenn ihr nichts sagt, wird euch hier auch niemand 'was sagen. Soviel ist ma' sicher!«

Knut schüttelte den Kopf. »Wir dürfen über laufende Ermittlungen nichts erzählen. Sagt das Gesetz«, entschuldigte er sich halbherzig, »damit wir nicht aus Versehen jemanden warnen.«

Der Zwei-Meter-Mann nickte. »Kann schon sein, Chef, aber wie ich schon sagte, dann wirst du auch nichts hören. Das ist auch Gesetz, und zwar das von hier.« Dabei bewegte er einen Arm im Bogen um sich herum.

Das junge Mädchen deutete mit dem Finger auf den Riesen.

»Karl und ich sind hier aufgewachsen, wir sind die letzten jungen Leute, die hier in diesem Ort noch geblieben sind. Alle anderen sind Rentner. Die sitzen bloß in ihren Häusern, kaufen nix, trinken nix, essen nix. Also hier, meine ich, in unserer Tankstelle.«

»Die gehört ihnen?«, fragte Knut erstaunt und deutete abwechselnd auf das Mädchen und den Riesen.

»Jo!«, antwortete der. »Gehörte früher unserem *Vadder*, aber der ist gestorben, und da hab' ich die übernommen, zusammen mit meiner kleinen Schwester«, wobei er auf das Mädchen zeigte.

»Tadaa!«, erwiderte die junge Frau und machte eine Tänzerinnengeste.

Knut räusperte sich.

»Wir sind angerufen worden, weil sich in der Nachbarschaft von einem Haus unten am Strand jemand über bellende Hunde beschwert hat.« Dabei legte er den Zettel mit der Anschrift vor den Riesen auf den Tisch. Der war gerade im Begriff, sich vorzubeugen, um das Geschriebene zu lesen, als seine Schwester das Papier an sich riss und dann triumphierend in die Luft hielt.

»*Strandvejen 8*«, las sie laut vor. »Das ist da unten am Ende des Ortes. Das gehörte mal so 'nem reichen Zahnarzt aus Malmø, aber der ist schon lange tot. Jetzt wohnt da so ein dunkelhaariger Typ, auch aus Malmø, oder, Karl?«

Der nickte. »Ich hab' den 'ne paar Mal mit seinem dunklen Pickup gesehen. Sonst kennen wir den nicht. Hat sich nie vorgestellt.«

»Und wann war der das letzte Mal hier, der Dunkelhaarige, meine ich?«, fragte Knuts Kollege.

Die Schwester des Riesen überlegte lange.

»Das ist schon eine Zeit lang her. Bestimmt so 'ne Woche, oder so.«

»Wisst ihr, wie der heißt?«

Beide schüttelten unisono die Köpfe. »Nee, so gut kannten wir den dann auch nicht. Und wie gesagt, hatte sich auch nicht bei uns vorgestellt.«

»Was für ein Modell war denn der Pickup? Amerikaner oder Japaner?«

Karl schüttelte verächtlich den Kopf. »Kein Reiskocher! Ein Ford natürlich! Ein F-150 Limited in schwarz, das ältere Baujahr mit der fetten Kühlerfront. Dreieinhalb-Liter-Motor. Der zieht 'was weg! Die anderen sehen aus der Ferne alle gleich aus, aber auf so einen achte ich, der ist geil.«

Dann kamen die Hotdogs. Zwei für jeden Polizisten,

und vier für Karl.

Als Knut und sein Kollege nach der ausgedehnten Mittagspause erneut die Kiesauffahrt zu dem Haus am Strand hochfuhren, konnten sie bereits im Auto deutlich das heisere Bellen der Tiere hinter der riesigen, schwarzen Eingangstür zu dem geräumigen Bungalow hören. Sie stiegen aus und näherten sich langsam, wobei der Kies unter ihren Schuhen knirschte, worauf das Hundegebell hinter der Tür abrupt verstummte. Knut sah seinen Kollegen unsicher an und signalisierte ihm mit einer Augenbewegung, den Klingelknopf zu drücken.

‹Larsson› stand unter dem Knopf auf einem ordentlichen Namensschild. Aber kaum, dass sie geklingelt hatten, setzte das Hundegebell wieder ein, jetzt aggressiver und lauter als vorher. Nachdem sie ein drittes Mal geläutet hatten und sich immer noch nichts in dem Haus regte außer den bellenden Hunden, begannen die beiden Polizisten vorsichtig, den Bungalow zu umrunden, um einen Blick in sein Inneres zu erhaschen. Aber in den Räumen war es relativ dunkel, sodass sie auch von der Gartenterrasse aus nicht viel in dem Wohnzimmer und der angrenzenden, offenen Küche erkennen konnten. Die Tür zum Flur war geschlossen, ein Grund, warum die Hunde ihnen nicht an die Fenster gefolgt waren.

Auf dem Rückweg zum Auto warf Knut noch einen Blick durch ein kleines Fenster in die freistehende Garage am Ende der Auffahrt, aber auch da drin konnte er nichts Auffälliges oder Verdächtiges erkennen.

»Das geht schon seit zwei Tagen so mit diesem Hundegebell«, hörte er plötzlich eine tiefe Stimme hinter einer schulterhohen Thuja-Hecke, und erst auf den zweiten Blick erkannte er durch die losen Äste der ungepflegten Begrenzung einen älteren Mann mit grauen Haaren, Gärtneroverall und Gummistiefeln. Seine Lesebrille hatte er auf die Stirn hochgeschoben, in der Hand wog er eine Gartenschere.

»Haben Sie uns angerufen, Herr …?«

»Sigvardson, Erik Sigvardson. Ja, das war ich, denn neben dem Lärm, den wir dauernd ertragen müssen, tun mir die Tiere leid, um die sich augenscheinlich niemand kümmert. Der Besitzer war schon sehr lange nicht mehr da, bestimmt eine Woche oder so.«

»Steht das Haus denn leer?«, wollte Knut wissen.«

»Nein, nein! Gunnar, also Herr Larsson, ist vor zwei Jahren verstorben. Aber vorher hatte er das Haus noch vermietet, an einen jungen Mann, so ein ganz schicken, großen, mit schwarzen Haaren. Aber der wohnt auch sonst eigentlich in Malmø. Gelegentlich hat der hier Partys gefeiert, deshalb kennen wir Lärm. Das ist auch ok, aber dieses Gebell geht jetzt schon etwas zu lange.«

»Wissen Sie, ob hier in der Gegend jemand einen Schlüssel zu dem Bungalow hat?« Knut deutete mit seinem Blick auf das Haus.

Sigvardson schüttelte den Kopf. »Schauen Sie doch mal unter der Fußmatte nach oder unter einem Blumentopf, halt da, wo sonst immer Hausschlüssel aufbewahrt werden. Aber wenn Sie einen gefunden haben, wird Ihnen das auch nichts nützen, denn hinter der Tür warten zwei Dobermann-Rüden, und die werden Sie nicht respektieren, auch wenn Sie Uniform tragen.«

Knut nickte verständig. »Vielen Dank, Herr Sigvardson. Wir werden den Besitzer ermitteln und dann mit einem Tierarzt kommen, um die Hunde zu befreien. Sollte der Besitzer in der Zwischenzeit doch noch auftauchen, rufen Sie uns bitte an, damit wir nicht den weiten Weg hierher umsonst fahren.«

Er hielt dem Nachbarn eine Visitenkarte hin.

»Von der Polizei in Ystad?«, fragte der alte Mann, nachdem er das Kärtchen kritisch gelesen hatte. »Müssen *sie* sich darum kümmern? Ganz von Ystad aus, den ganzen Weg?«

Er schüttelte ungläubig den Kopf.

Knut war verunsichert, denn der alte Mann hatte im Grunde Recht, aber er wollte auch loyal sein zu seinem Arbeitgeber und dem Staat Schweden. Das hatte er ja geschworen.

»Wir wissen alle, dass man vor zwanzig Jahren begonnen hatte, all die kleinen, lokalen Polizeistationen auf dem Land zu schließen. Das finde ich auch nicht gut, denn deshalb müssen *wir* den ganzen Weg von Ystad kommen. Aber es ist kostengünstiger, und Sie wollen ja auch nicht ewig steigende Steuern hinnehmen, oder?«

Erneut schüttelte der Nachbar den Kopf. »Nein, natürlich nicht, aber wenn es lokale Polizisten gäbe, so wie Leif Olufsen früher, der jeden im Ort kannte und immer ein Auge auf Häuser, Menschen und Vieh hatte, dann gäbe es auch weniger Verbrechen, weil diese schreckliche Anonymität enden würde. Keiner kennt hier mehr den Nachbarn.«

Knut deutete hinter sich zu dem Bungalow.

»So wie den? Hat der sich mal vorgestellt?«

Sigvardson winkte verächtlich mit der Hand ab.

»Junge Leute und Benehmen oder Freundlichkeiten? Vergessen Sie es! Ich habe ihn nur einmal gesprochen, als er diese riesige Garage gebaut hat. Da war eine Unmenge fremder Leute hier, haben geholfen, aber in einer Sprache, die anders war, ich glaube Russisch oder Lettisch oder so. Sein Auto war auch nicht in Schweden zugelassen, sondern in Estland. Das machen viele junge Schweden, weil das dort sehr viel günstiger ist.«

Knut nickte und versuchte Verständnis zu haben für den Alten. Sein Vater war auch nur noch am Meckern, ließ kein gutes Haar an dem Land, in dem er seit fast achtzig Jahren lebte und das ihn ernährt hatte und beschützt.

»Danke für die Informationen, Herr Sigvardson. Und melden Sie sich bitte, wenn der Nachbar in der Zwischenzeit doch wieder auftauchen sollte.«

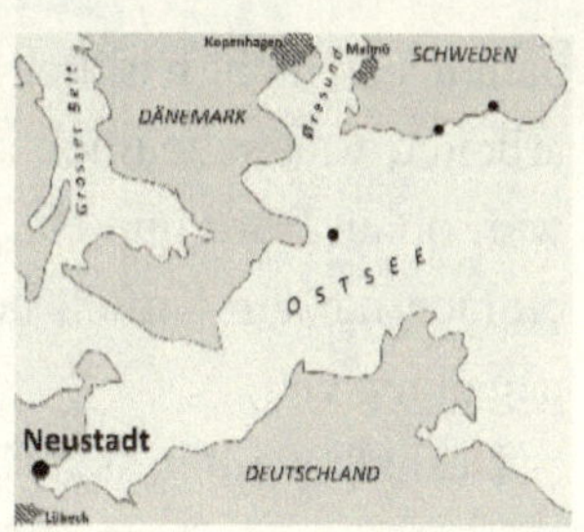

14 Neustadt

Brockmann musste für Moni einen Strandkorb organisieren, weil sie dann doch nicht den ganzen Tag auf dem sandigen Badetuch liegen wollte. Außerdem wollte sie eine Sitzgelegenheit haben, damit sie auch etwas essen konnte. Deshalb musste ein Strandkorb her, mit Tischchen und einer verstellbaren Rückenlehne. Und er hatte Eiscreme gekauft, die beide in dem neuen Sitzmöbel genießen konnten und sich dabei über ihr Leben freuten – jeder auf seine Art. Moni schaute ihren Mann von der Seite an während sie ihr Eis leckte und gab anerkennend zu, dass ihr Ehemann wirklich liebevoll um ihr Wohlergehen bemüht war, ihr klaglos den Rücken eincremte und den Sand vertrieb, den sie nervig fand.

Deshalb bekam er wieder frei, nachdem er aufs Neue versprach, sich um die „Übersetzung" des KTU-Berichts für den jungen Kommissar Krieglsteiner zu kümmern. Was er Moni nicht erzählt hatte war, dass er sich mit genau diesem jungen Kommissar sowieso verabredet hatte, um den auf hoher See von der Küstenwache aufgebrachten Fischkutter von Broder Henningsen noch einmal zu untersuchen.

Der KTU-Bericht über die erste Untersuchung war nämlich sehr dürftig gewesen, die Damen und Herren hatten sich nicht wirklich sorgfältig durch das Schiff gearbeitet, wahrscheinlich auch, weil weiter völlig unklar war, ob an Bord nun ein Mord stattgefunden hatte oder einfach nur ein Unfall, bei dem der Kapitän über Bord gegangen war.

Deshalb wollten sich Brockmann und Krieglsteiner in Neustadt am Hafen treffen, um den Fischkutter noch einmal genauer zu durchsuchen.

Und dabei wollte er dem Schwaben den einen oder anderen seemännischen Begriff erklären.

Die Luft war herrlich, es wehte nur eine seichte Brise vom Meer her, die erneut diesen unverwechselbaren Geruch von Seeluft und Sonne heranbrachte, gepaart mit dem glucksenden Geräusch der Wellen, wenn diese gegen die im Hafen vertäuten Schiffe schlugen. Und kaum, dass Brockmann, der alte Hamburger, das schwankende Deck des kleinen Fischkutters betreten hatte, umwehte ihn der Geruch von Maschinenöl, Teer und Salzwasser, der Schiffen so eigen ist wie Babys ihr Duft nach Penaten Creme.

Das Holz der Decksplanken war faserig und alt, die Decksspillen sahen rostig aus genauso wie das Drahtgeschirr für die Fischernetze. Brockmann zog den unsicher gehenden Krieglsteiner über die schmale, metallische Gangway zu sich herüber auf das Schiff und deutete dann mit beiden ausgestreckten Händen geradewegs auf das Steuerhaus.

»Also: Wenn jemand Fremdes an Bord kommt, dann ist das seine erste Ansicht. Hier das Steuerhaus mit der einzigen Treppe, die runter ins Schiff führt. Da hinten rechts, und das nennt man nebenbei bemerkt das Achterschiff, gibt es nur einen schmalen Niedergang, so heißt Treppe auf seemännisch, aber der führt direkt in den Maschinenraum.«

Er drehte sich einmal um sich selber.

»Wenn die ominöse dritte Person also über einen Steg wie diesen auf das Schiff kam, als der Kutter vertäut im Hafen lag, dann musste es schnell gehen, denn dort unten am Yachthafen, wo die Kutter normalerweise liegen, ist immer was los, sind viele Menschen unterwegs, zu jeder Tages- und Nachtzeit.«

Er stellte sich neben Krieglsteiner.

»Die fremde Person, wer auch immer es war, kam hier über die Gangway an Bord und musste schnell Deckung suchen, weil alles auf der Pier hell erleuchtet ist.« Er schob Krieglsteiner in Richtung auf eine schmale Tür am Steuerhaus. »Die Person stand also hier und musste schnell weg. Wohin?«

Er schaute Krieglsteiner an.

»Nach unten, würde ich sagen«, antwortete der und zeigte auf das Steuerhaus. »Vorausgesetzt, die dritte Person kannte sich etwas aus, denn *ich* wäre wahrscheinlich erst einmal planlos umhergeirrt, um den Eingang zu finden, weil ich nicht gewusst hätte, dass die einzige Treppe nach unten durch die Kommandobrücke hier geht.«

Brockmann nickte anerkennend. »Diese Kommandobrücke nennt man das *Steuerhaus*. Nur nebenbei bemerkt, weil wir ja einen Lehrauftrag haben.« Er grinste dabei. Dann sah er sich noch einmal um. »Aber egal wie es genannt wird, Sie haben Recht, Herr Kollege, und das ist eine sehr gute Vermutung: Diese Person muss sich ausgekannt haben auf einem solchen Schiff, um schnell und unauffällig aus dem Sichtfeld verschwinden zu können.«

Bei den Worten drückte er die Türklinke zum Steuerhaus herunter und zog den fröstelnden Krieglsteiner hinter sich in die warme, abgestandene Luft des kleinen Raumes, die auch nach Jahren noch geschwängert war von tausend gerauchten Zigaretten, altem Holz und abgestandenem Kaffee. Das Steuerhaus, die Kommandozentrale des Schiffes, war vollgestellt mit wenigen und eher zweckdienlichen Möbeln: einem Kartentisch, auf dem mehrere Seekarten aufgeklappt herumlagen, einem Regal mit Erste-Hilfe-Büchern sowie Nachschlagewerke über Seezeichen und eines über Fischereirecht.

Ganz hinten, am Ende des Regals, stand ein vielgelesenes, zerfleddertes Exemplar der Bibel. Andächtig und vorsichtig zog Brockmann das in schwarzes Leder eingebundene Exemplar heraus und klappte es behutsam auf. Dabei fiel ein kleines Stück Papier heraus und landete auf dem Fußboden. Krieglsteiner bückte sich und hielt es dann Brockmann hin.

Der alte Kommissar und zweifache Vater erkannte sofort, was das auf dem Foto war.

»Das ist eine Ultraschallaufnahme von einem Fötus«, sagte er erstaunt. Er nahm es aus Krieglsteiners Hand und drehte das Bild im Uhrzeigersinn herum, um die am Rand aufgedruckten Patientendaten zu lesen: Jakobsen, Grit, 27.6.2023, Praxis Dr. Elvira Prüßmann.

»Die Freundin von diesem Kutterkapitän ist schwanger?«, entfuhr es Krieglsteiner erstaunt.

»Ja, Herr Kollege, sieht ganz danach aus. Im vierten

Monat. Diese Aufnahme ist keine zwei Wochen alt.«

Der Alte drehte das Ultraschallbild um und las auf der Rückseite: *Herzlichen Glückwunsch Papa Broder*. Dahinter war ein Herz gemalt.

»Stecken Sie das mal bitte ein. Wir werden der Frau noch mal einen Besuch abstatten müssen, weil sie uns das vorenthalten hat. Aus welchem Grund auch immer.«

Brockmanns Blick schweifte noch einmal im Kreis durch den kleinen, dunklen Raum. Die Fenster des Steuerhauses waren trübe von ungezählten Stürmen und Wellenfluten, die das Schiff abgewettert hatte. Im Sichtfeld des Kapitäns, vor dem kleinen, hohen Drehstuhl, waren um die vorderen Fenster herum verschiedene nautische Geräte angeschraubt wie Fischfinder, Radar, Kompass und ein etwas betagtes Funkgerät. In der hinteren Ecke des Steuerhauses war ein kleiner Tisch mit einer Kaffeemaschine darauf, auf dem eine Ansammlung schmutziger Becher stand, in denen teilweise noch der alte Kaffee herumschwappte.

Brockmann schaute sich die Becher an, ohne einen zu berühren.

»Haben Sie mal eine Taschenlampe?«

Krieglsteiner hatte eine, natürlich, und reichte sie ihm.

»Da schau doch einer an!«, entfuhr es dem alten Kommissar entzückt. »Lippenstift!«

Mit einer Hand winkte er Krieglsteiner näher. »Haben Sie eine Plastiktüte dabei?« Krieglsteiner reichte ihm die Tüte, aber dann trat Brockmann einen Schritt zurück und fotografierte die Bechersammlung. Danach winkte er mit dem Zeigefinger ab.

»Wir werden keinen der Becher mitnehmen, weil ich

befürchte, dass wir sonst Spuren verwischen und gar vernichten könnten. Sagen Sie den KTU-Leuten morgen früh bitte Bescheid, dass die diese Tassensammlung hier auf Fremdspuren und DNA untersuchen.«

»Aye aye, Käpt'n!«, entgegnete Krieglsteiner und grinste.

Brockmann schaute sich weiter um und war schon im Begriff, die Tür zum Niedergang nach unten mit der Hand zu öffnen, als er doch noch die Tüte, die ihm Krieglsteiner gegeben hatte, über seine Hand stülpte.

»Und die sollen die Türklinken im ganzen Schiff auf Fingerabdrücke und DNA-Spuren untersuchen.«

Er schaute Krieglsteiner prüfend an, bis der zustimmend nickte. Erst dann drückte Brockmann vorsichtig die Türklinke der hölzernen Tür herunter, die von dem Steuerhaus oben an Deck nach unten in das Innere des Schiffes führte.

15 Schweden

Knut setzte sich mit seinem Kantinentablett neben seinen Freund und Kollegen Lars Kristofferson, der lustlos vor einem Salatberg saß und genervt darin herumstocherte. Neidisch schaute der Kommissar auf den vollgehäuften Teller des Kollegen, wo Pommes Frites und ein Schnitzel um das wackelige Gleichgewicht rangen. Neben das Tablett stellte Knut seine Cola und ein Stück Kuchen.

»Hast du noch Großes vor heute Abend«, fragte Kristofferson seinen Kollegen.

Der schaute ihn nur mitleidig an.

»Lars, wenn du nur zweimal pro Woche ins Fitnessstudio gehen würdest anstatt vor dem Fernseher hirnlose Netflix-Serien zu schauen, dann müsstest du nicht so'n Hasenfraß essen müssen. Du wirst noch Karnickelohren davon kriegen und trotzdem nicht abnehmen, denn bei Salt gilt die Regel: Viel drauf, in Klammern Schadstoffe, aber nichts drin, in Klammern Nährstoffe!«

»Ich habe einfach keine Zeit …«, wollte sich Kristofferson entschuldigen, aber Knut wehrte mit einer Hand ab.

»Komm Mann, Sport geht immer, wenn es dir *wichtig* ist.«

Dabei schob er eine Handvoll Pommes zu seinem Freund herüber. »Die sind dafür da, damit du bessere Laune kriegst!«, sagte er und grinste. »Und apropos Laune: was macht eigentlich dein toter Taucher? Habt ihr schon seine Identität herausgefunden?«

»Na super, Knut, soviel zum Thema Gute-Laune-machen. Danke für die Nachfrage, jetzt schmecken auch die Fritten nicht mehr. Ich war heute Morgen nämlich bereits beim Chef, weil der Innenminister nach dem Stand der Ermittlungen zu dem toten Taucher gefragt hatte. Keine Ahnung, warum *den* das interessierte. Jedenfalls hatte mich der Chef langgemacht, warum wir noch nichts haben und noch nicht einmal wissen, wer der Tote ist.«

Er schüttelte den Kopf und biss dann doch von einem Pommes-Stab ab.

»Ich habe versucht ihm klar zu machen, dass es unter zweihundertvierzig Millionen Europäer nur *einen* gibt, den wir suchen, und von dessen Verschwinden wir auch nur Kenntnis haben könnten, wenn diese Vermisstenanzeige ihren Weg hierher in die Polizeidienststelle nach Ystad findet. Die Politiker reden zwar immer von Digitalisierung und von dem IT-Projekt *Behörde Vier Punkt Null*, aber ich weiß, dass jedes europäische Land sein eigenes Polizeisystem hat und nicht einmal diese einwandfrei und ohne Fahndungspannen funktionieren. Und wir hier in Ystad können doch noch nicht einmal Eins Punkt Null!«

Während seines Wortschwalls hatte er sein Handy aus der Tasche gezogen und legte jetzt das Foto von dem toten Taucher vor Knut auf den Tisch.

»Das ist er, und das ist auch schon alles was ich habe. Christa hat keine auffälligen Merkmale an dem Mann gefunden.« Er räusperte sich und grinste dann. »Außer dass der ein mächtig großes und auch langes Teil hatte, was *ihr* natürlich sofort aufgefallen war. Sieht ihr ähnlich.«

Knut schaute seinen Kollegen erneut mitleidig an. »Immer noch nicht darüber hinweg, Lars, dass Christa nichts mehr von *dir* will, nachdem *du* sie sitzengelassen hast? Wie lange soll das noch so gehen mit dir?«

Dabei schüttelte er den Kopf, zog dann aber Kristoffersons Handy mit dem Foto des toten Tauchers näher zu sich heran und betrachtete es längere Zeit.

Kristofferson schaute ihn fragend an. »Kennst du den etwa?

Knut schwieg, machte mit zwei Fingern das Bild etwas kleiner und schaute sich dann das Gesicht auf dem Foto noch einmal an.

»Ich weiß nicht. Wir waren doch gestern Nachmittag in *Beddingestrand*, weil wir zu einem Haus gerufen wurden, wo schon seit Tagen Hunde bellten. Und vorher hatten wir bei der Tankstelle im Ort noch etwas gegessen und dabei die Schwester des Besitzers gesprochen, die von dem Mann erzählte, der immer mal wieder in dem Haus mit den Hunden war. Und ihre Beschreibung passt ganz gut zu diesem Typ hier: wellige, schwarze Haare, etwas dunklerer Teint, schöne Zähne. Frauen achten auf so etwas.«

Er drehte das Handy wieder herum und schob es zu Kristofferson zurück.

»Ist nur so ein Gefühl. Schick mir doch das Foto mal

zu, dann fahre ich nachher nach Feierabend in den Ort zurück und zeige es dem Mädchen und diesem Nachbarn, diesem Erik Sigvardson.«

Eine kurze Pause entstand, in der Kristofferson seinen Freund neugierig von der Seite anschaute.

»War sie hübsch?«, fragte er dann.

Knut nickte.

»Ja, sah schon ziemlich cool aus!«

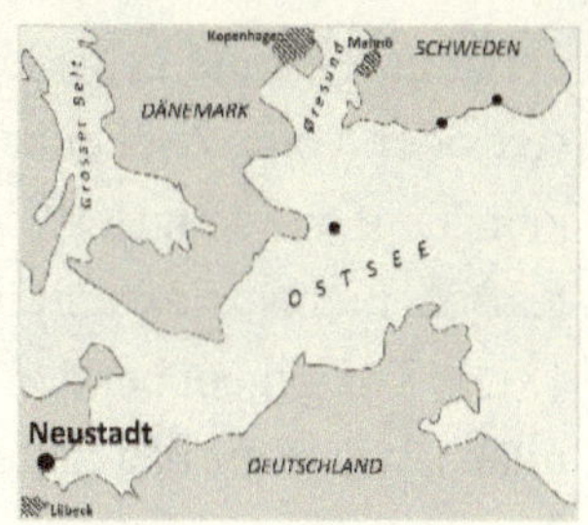

16 Neustadt

Mit einem Quietschen und Knarren zog Brockmann die schmale Holztüre im rückwärtigen Teil des Steuerhauses zu sich heran und öffnete den Weg unter Deck in das Innere des Fischkutters.

Er musste seinen Kopf einziehen, die steile Treppe nach unten vorsichtig mit den Füßen ertasten und gleichzeitig aufpassen, sich nicht an der scharfen Kante der Wand über ihm zu stoßen. Als er unten am Fuß des Niedergangs stand, erstreckte sich vor den beiden Männern ein schmaler, langer Gang, von dem zu beiden Seiten eine Reihe von Türen abgingen. Es roch nach alter Luft, kalten Zigaretten, abgestandenem Essen und gekochten Kartoffeln, der grünliche Linoleumfußboden war abgewetzt und stellenweise eingerissen, die Wände schmutzig und dunkel und vollgehängt mit Schwimmwesten, Regenmänteln und Mützen.

Die erste Tür auf der rechten Seite führte in die *Messe*, die auf Schiffen der Ort ist, wo gegessen wird. Es war ein schmaler, langgestreckter Raum, der sich über die Steuerbordseite des Kutters erstreckte, mit zwei Tischen rechts und links und einer kleinen, abgetrennten Küche an seinem hinteren Ende. Trotz aller Unordnung und Schmuddeligkeit auf dem Schiff war der Raum aufgeräumt, es stand kein Geschirr herum, keine Kaffeetassen oder volle Aschenbecher. Die Pantry war sauber, kein Topf auf dem Herd, kein Kessel für einen schnellen Kaffee, nichts wies auf einen hektischen Aufbruch hin.

Die Tür gegenüber der Messe war die Kabine des Kapitäns, wie in großen Lettern darauf stand: *„Kapitän. Betreten verboten"*.

Brockmann drückte die Klinke und schob die schmale Holztüre langsam auf.

Auch dieser Raum war ordentlich aufgeräumt. Handtücher waren auf einem schmalen Toilettenregal gefaltet abgelegt, zwei hingen an Haken. Sogar die Sitzbank hatte zwei kleine Kissen mit oben ordentlich eingekerbtem Rand. Nur auf dem Tisch waren zwei Seekarten ausgebreitet worden und mit Bechern beschwert, damit sie sich nicht aufrollten.

Brockmann schaute auf die eingezeichnete Route und zeigte mit dem Finger darauf.

»Der Endpunkt dieses Kurses liegt in einem Gebiet, das *‚Kriegers Flak'* genannt wird. Also das dänische Wort „Flak" für „Flach", also Untiefe. In der Nähe davon ist der Kutter auch aufgebracht worden.«

Brockmann fotografierte die Karte, schob dann sein Handy wieder in die Tasche und blickte sich weiter um. Im Gegensatz zu der ordentlich aufgeräumten Kabine war die Koje des Kapitäns nicht gemacht, das Bettzeug lag benutzt und wirr zurückgeschlagen herum, das Kopfkissen war noch hinten in die Ecke gedrückt.

Nachdenklich drehte sich der Ex-Kommissar mehrmals um. Das Erscheinungsbild des Raumes passte nicht zu dem Auslauftermin morgens in aller Herrgottsfrühe, wie es in dem Logbuch des Hafenkapitäns vermerkt war. Danach kam der Kapitän Broder Henningsen kurz vor Sonnenaufgang auf das Schiff und ist dann sofort ausgelaufen. Die Koje des Kapitäns dagegen sah so aus, als hätte dort jemand geschlafen. Aber wenn der Kapitän keine Zeit mehr für ein Nickerchen gehabt hatte, weil er gleich nach seiner Ankunft auf dem Schiff ausgelaufen ist, wer lag dann in der Koje, wie es das ungemachte Bett suggerierte?

»Haben die Mitarbeiter von der KTU die Koje des Kapitäns auf Fremdspuren untersucht?«, wollte Brockmann wissen.

Krieglsteiner blätterte durch den kurzen Bericht, den er mitgebracht hatte, blätterte wieder zurück, musste dann aber erneut den Kopf schütteln.

»Nein, das sieht nicht so aus.«

»Was haben die denn überhaupt auf dem Schiff untersucht?«, fragte Brockmann laut und winkte dann genervt ab. »Bitten Sie die Damen und Herren doch auch in diesem Raum noch einmal nach Fremdspuren zu suchen. Denn wenn der Kapitän nicht in seinem Bett geschlafen, sondern oben im Steuerhaus gesessen und das Schiff geführt hat, dann lag hier vielleicht jemand anderes drin.«

Gedankenversunken öffnete er dabei den kleinen Mülleimer, der halb verdeckt in der Ecke unter dem Tisch stand, beugte sich behäbig runter und langte mit dem Plastikbeutel, den Krieglsteiner ihm oben im Steuerhaus als Handschuh gegeben hatte, in den Eimer hinein.

»Sie doch mal einer an!«, sagte er leise und mehr zu sich selber, als er einen kleinen Kaugummiklumpen zwischen den Fingern hielt.

Eilfertig zog Krieglsteiner einen weiteren Plastikbeutel aus der Tasche.

»Das müssen die KTU-Leute übersehen haben«, entschuldigte er die Spusi-Truppe.

»Wahrscheinlich! War auch schwer zu finden«, bemerkte Brockmann zynisch und schaute ihn dabei verärgert an. »Sie sollten die Techniker bitten, diese Kabine noch einmal bitte *sehr* gründlich zu untersuchen, weil wir, also *Sie*, den Verdacht haben, dass sich hier eine Person aufgehalten hat …«

Er hielt mitten im Satz inne und schaute sich erneut in dem kleinen Raum um.

»Wasch haben Sie dänn, Här Brockmann? Wasch tut Sie denn irritiere?«

Der Alte kratzte sich am Hinterkopf.

›*Ja, was irritiert mich eigentlich an diesem Raum so?*‹, fragte er sich ebenfalls und ließ seinen Blick noch einmal schweifen. Dann hob er wissend den Zeigefinger der Hand.

»Es ist nichts *an* diesem Raum, es ist viel mehr die Erkenntnis, dass man sich *in* diesem Raum eigentlich nicht verstecken kann. Wenn jemand von oben, also vom Steuerhaus, herunterkäme, säße man hier in der Falle. Und trotzdem liegt eine Person hier offenbar im Bett, ruht sich aus und wartet, und kaut dabei sogar in aller Seelenruhe noch ein Kaugummi. Nichts deutet auf Hektik hin, nichts darauf, dass sich derjenige versteckt hätte.«

Er kratzte sich erneut den Kopf. »Man hat fast den Eindruck, als wenn die Person das hier gekannt hatte.«

»Seine Freundin!«, platzte es aus Krieglsteiner heraus.

Brockmann nickte zustimmend. »Wäre eine Idee. Hat die ein Alibi für die Nacht?«

Krieglsteiner blätterte hektisch durch seine Unterlagen, schüttelte aber den Kopf. »Nein, wir haben sie noch nicht dazu befragt.«

Brockmann deutete noch einmal mit einer Kreisbewegung auf den ganzen Raum.

»Umso wichtiger, dass die KTU es dann dieses Mal gründlich macht. Ok?«

Der junge Kommissar nickte betroffen.

»Dann wollen wir uns mal weiter umsehen«, versuchte Brockmann die Peinlichkeit zu verdrängen und schob sich durch die schmale Kabinentür nach draußen in den Gang. Sie wendeten sich einige Schritte bugwärts, bis sie an die Tür kamen, wo es zu dem vorderen Kühlraum des Schiffes ging.

Dort lag der geheime Raum, wo jemand in der Nacht auf seinen Taucheinsatz gewartet hatte. Er blickte sich in dem schmalen Gang um: über ihnen war das Deck, man konnte sogar von hier aus Autogeräusche und die Stimmen von Menschen draußen auf dem Kai hören - gedämpft, aber doch klar und deutlich. Möglich also, dass der wartende Taucher in dem Raum da vorne alles mitbekommen hatte, was auf dem Deck an dem fraglichen Morgen geschehen war.

Als die beiden Kriminalisten eine Stunde später den Kutter verließen, war es bereits Nachmittag, die Sonne stand schon tief und die ersten Abendwolken zogen heran. Die Zeit war verflogen, Brockmann hatte es nicht gemerkt, weil er so im Bann der Untersuchung war.

Er blickte deshalb Krieglsteiner nur kurz an, während er hektisch sein Fahrrad aufschloss.

»Jetzt muss ich mich aber beeilen, um zurück zu meiner Frau zu kommen, sonst überspanne ich den Bogen!«

Er grinste dabei und winkte dann dem jungen Kollegen zum Abschied.

»Wir telefonieren«, rief der dem Alten hinterher, »und grüßen Sie Ihre Frau von mir!«

17

Als Brockmann von dem Ausflug zu Krieglsteiner zurückkam, traf er seine Frau wie erwartet mit einer bedrohlich schlechten Laune an, und noch bevor er etwas zu seiner Verteidigung herausbringen konnte, polterte die bereits los.

»Also nur fürs Protokoll, Herr Brockmann, und damit dokumentiert ist, dass wir darüber gesprochen haben: Du warst den ganzen Tag weg, obwohl du nur mal *kurz* zu dem jungen Kommissar fahren wolltest. Aber du erinnerst dich schon noch daran, dass *wir* hier zusammen Urlaub machen wollten? Also, Peter, was machst du die ganze Zeit? Du sagst, du fährst mit dem Rad herum, aber wahrscheinlicher ist, dass du rumfährst, um den wenig bekleideten Mädels am Strand nachzuschauen!«

Moni war sauer und schaute ihn deshalb mit grimmigem Blick aus schmalen Augenschlitzen heraus an, um sicher zu sein, dass er das auch erkannte. »Unter dem

Begriff „gemeinsamer Urlaub" verstehe *ich* nämlich etwas anderes!«

Sie war wirklich sehr sauer.

Aber Brockmann hatte es kommen sehen, denn in der Tat hatte er schon seit Tagen ein schlechtes Gewissen, weil er seiner Frau das Gemeinsame an dem gemeinsamen Urlaub versprochen hatte. Nur war damals, als er das sagte, noch nicht der Freund von Ulla verschwunden und er hatte damals noch nicht versprochen, ihn zu suchen, und der Fischkutter war auch noch nicht in dem Bild gewesen.

Aber Moni hatte Recht – wie immer.

»Ich war bei Justus Krieglsteiner, dem sollte ich doch helfen, den Bericht der KTU in eine für ihn verständliche Sprache zu übersetzen. Hattest du doch heute Morgen noch gesagt. Sogar gebeten hattest du darum! Das habe ich gemacht, und jetzt bin ich hier, damit wir Essen gehen können. Wir beide!«

Seine Frau schaute ihn fortgesetzt misstrauisch an.

»Das ist alles?«, fragte sie.

Brockmann zuckte mit den Schultern. »Ja, du hattest mich doch darum gebeten.« Dann ging er auf sie zu und nahm sie in den Arm. »Moni, du weißt, dass ich nicht der Strandlieger bin, im Gegensatz zu dir, die stundenlang in der Sonne braten kann und Spaß daran hat, sich zu wenden und zu drehen. Mir tut nach einiger Zeit der Rücken weh und die Arme schlafen ein. Aber ich fahre nicht herum, um den Mädchen nachzuschauen. Geschworen!«

Sie schaute ihn von der Seite an, wie sie das immer tat, wenn sie feststellen wollte, ob er die Wahrheit sagte und es ernst meinte.

Aber sie hatte sich bereits etwas beruhigt.

»Und das ist alles, Peter Brockmann? Das ist der Grund, warum du nicht mit mir am Strand bist? Weil dir der Rücken weh tut und es zu warm ist?«

Sie schaute sehr skeptisch. »Du hast doch einen Strandkorb herbeigeschafft. Der geht nicht?« Ihr Blick verriet ihm, dass sie Brockmann das nicht abnahm. »Aber ok! Vielleicht versuchst du es ja wenigstens mal, dort zu sitzen. Mir macht das jedenfalls Spaß, und immerhin bin ich ja jetzt braun und knackig, wie du ja gesagt hast, und sitze dort nur wenig bekleidet.«

Er wollte schon durchatmen, weil er glaubte, den Sturm abgewettert zu haben, als Moni noch einmal Luft holte.

»Aber stell' dir mal vor, ich habe Gerd Liebezeit getroffen, meinen Kollegen aus dem Büro. Ist das nicht komisch? Der hat ein Zimmer die Strandstraße runter in einer kleinen Pension. Wir können uns ja mal zum Bier verabreden, was meinst du?«

Brockmann erstarrte in seiner Bewegung und ein leichter, kalter Schauer lief ihm den erhitzten Rücken hinunter. Dieser Bürokollege war zwar nur etwas jünger als Moni, aber er war groß und sportlich und vor allem war er unverheiratet. Kurzum: er war ein echter Kontrahent, wenn Brockmann sich nicht gebührend um seine Frau kümmerte! Erst gestern diese Andeutungen über Komplimente, die der junge Krieglsteiner offenkundig gemacht hatte und die Moni so geschmeichelt hatten, und jetzt dieser alleinreisende Kollege aus dem Büro!

Er musste sich mehr bemühen, und zwar besser heute

als morgen!

»Würdest du denn eine Entschuldigung von mir annehmen in Form einer Einladung zum Essen im *Wolkenlos* in Timmendorf, mit Blick auf das Wasser und die Bucht? Draußen auf der Pier?«

Sie sah ihn an. »Willst du gutes Wetter machen?«

Er nickte. »Ich will es wieder gut machen. Und ich werde es ändern.«

Der Blick aus dem Panoramafenster des Restaurants auf die abendliche Ostsee und den beginnenden Sternenglanz am Himmel hatten die erhoffte Wirkung auf die miesmutige Laune seiner Frau, denn es war ruhig in dem Speisesaal, der Nachtisch fantastisch gut komponiert auf dem Teller angerichtet worden und der junge Klavierspieler im Hintergrund auch eine optische Augenweide für die Frauen im Raum.

Draußen auf dem Strand spielten junge Leute noch Volleyball.

Brockmann deutete auf die Frauen, die unbekümmert im Bikini umhersprangen.

»Moni, warum glaubst du eigentlich, dass mein einziges Ziel des Tages ist, wenig bekleideten jungen Mädchen nachzuschauen, wenn ich mit dem Rad unterwegs bin? Nur, weil ich ein Mann bin? Muss ich mich da bei dem Männerbeauftragten des Urlaubsveranstalters wegen Diskriminierung beschweren?«, grinste er und schaute seine Frau verliebt an.

Die schüttelte nur den Kopf.

»Das habe ich nicht ernst gemeint, Peter, aber ich höre gerade, dass der Männerbeauftragte dir rät, dich heute

Nacht sehr intensiv um die junge Frau an deiner Seite zu kümmern, weil die sich sonst bei dem Beauftragten beschweren wird!«

Brockmann schaute seine Frau mit großen Augen an und rief dann sofort nach dem Ober für die Rechnung.

18 Schweden

»Jaja, das ist der Typ, der dort unten in dem Bungalow wohnt. Ganz sicher!« Der Blick des jungen Mädchens war auf das Foto gerichtet und ihre Stimme überschlug sich fast vor Begeisterung über den Anblick. »Ich habe den zwar nur ein paar Mal gesehen, aber der sieht doch echt süß aus, oder nicht?«, fügte sie noch euphorisch hinzu. Dann schaute sie noch einmal auf das Bild auf Knuts Handy. »Aber wieso sieht der denn auf dem Foto so komisch aus? So leblos?«

Knut ging nicht auf die Frage ein und steckte das Handy schnell weg.

»Einen Namen hatte der nicht? Hat der mal mit einer Kreditkarte bezahlt, oder Sie mal zum Essen eingeladen?«

Das Mädchen lachte laut auf.

»Wo sollte man denn hier zum Essen hingehen, wenn nicht hier in unsere Tankstelle. Und dann steht Karl die ganze Zeit daneben und schaut zu?« Sie schüttelte den Kopf. »Vergessen Sie es. Der würde jeden umbringen, der sich mir nähert, glauben Sie mir. Der will seine kleine Schwester immer noch beschützen. Vor allem vor solchen ausländischen Typen.«

»Aber Sie haben den „süßen“ Typ jetzt auch schon

länger nicht mehr gesehen, oder?«, fragte Knut etwas neidisch und betonte das Wort „süß" dabei.

»Nee. Das letzte Mal war der hier, als dort drüben das Werbeplakat aufgebaut wurde. Daran kann ich mich noch erinnern, weil er mit seinem Pickup, diesem fetten Teil, kaum aus der Ausfahrt unserer Tankstelle kam. Das ist zwei Wochen her. Karl war sauer auf ihn, weil er mich wirklich gefragt hatte, ob wir nicht mal schwimmen gehen wollten. Karl hatte es gehört und ihm dann gesagt, dass er sich verpissen solle.«

Sie schüttelte den Kopf, als wenn sie sich die Szene noch einmal vor Augen geführt hätte.

»Mein Bruder und ich haben danach gestritten, weil ich ihm sagte, dass es unserem Geschäft nicht guttäte, wenn er die wenigen Kunden, die wir haben, auch noch vergraulte. Aber er wollte nicht mit sich reden lassen. Er ist manchmal echt ätzend.«

»Sind Sie dann noch hinterher? Ich meine dem süßen Typ?«

»Sind Sie bescheuert? Karl ist nett, meint es gut mit mir und passt seit dem Tod unseres Vaters auf mich auf. Da werde ich es bestimmt nicht übertreiben wegen eines Schönlings wie dem da!«

Knut war schon fast an der Tür, als er sich noch einmal umdrehte. »Haben Sie sich das Kennzeichen von dem Pickup merken können? Oder haben Sie gar eine Videoüberwachung?«

Das Mädchen schüttelte den Kopf.

»Nee, Video ist zu teuer, und hier kommen nur Leute hin, die bezahlen. Dafür sorgt schon Karls Figur.« Dann dachte sie einen Moment nach. »Das Kennzeichen?! Ja, da war etwas Besonderes, und es war kein schwedisches Kennzeichen, aber ich habe keine Ahnung mehr, ich habe auch mehr auf den Typ geachtet.«

Sie lachte erneut herzlich und Knut rollte mit den Augen.

Wieder draußen zog er das Telefon aus der Tasche und rief seinen Kollegen Kristofferson an.

»Dein Toter, dieser Taucher, war hier in *Beddinge-strand* und wohnte in einem Bungalow direkt am Strand. Ich gebe dir gleich die Adresse durch. Ich werde in einer Stunde wieder im Präsidium sein, vielleicht kannst du ja in der Zwischenzeit herausfinden, wie der heißt, dein unbekannter Taucher.«

Während er sich durch den Feierabendverkehr von Ystad quälte hatte er noch Zeit gehabt, sich um ein nettes Lokal für seine Verabredung für den morgigen Abend zu kümmern. Er hatte lange überlegt, ob er sie anrufen sollte, denn das Mädchen von der Tankstelle wollte einfach nicht aus seinem Kopf gehen. Schließlich hatte er sich doch getraut und am Ende sogar Glück gehabt, dass sie selber am Telefon war. Der Bruder war zum Angeln gegangen.

»Klar möchte ich. Klingt doch lustig, ein Abend in Ystad. Mal etwas anderes.«

»Ok, also dann bis morgen Abend«

»Aber ich komme zu dir. Also, du brauchst mich nicht abzuholen, meine ich. Ich habe ein Auto. Wo wollen wir uns treffen?«

Als er wenig später im Präsidium eintraf, freute er sich auf die Verabredung morgen, war aber auch neugierig, wie der tote Taucher jetzt hieß und ob sich seine Nachforschungen ausgezahlt hatten. Also lief er zwei Stockwerke hoch zu Lars Büro.

»Klopf, klopf!«, sagte er halblaut und etwas außer Atem, als er in der Tür stand.

Kristofferson drehte sich erschrocken um.

»Ach, du bist es, Knut. Ich hatte nicht mehr mit dir gerechnet, dachte, dass du schon nach Hause gegangen bist. Du hattest doch Frühschicht heute und hast doch schon lange Feierabend.«

Knut grinste und schaute nun seinerseits den Kollegen von der Seite an. Der sah müde aus und hatte Ringe unter den Augen, seine Haut war gerötet und der Bart ungepflegt.

»Mach' dir mal um *mich* keine Sorgen. Geht es dir denn gut, Lars? Ich meine, du siehst echt fertig aus. Ist alles ok?«

Kristofferson drehte sich ganz zu seinem Freund hin und holte dabei umständlich tief Luft: »Nee, ich meine ja, Knut. Aber danke, dass du fragst. Es ist alles ok.«

Der Freund schüttelte ungläubig den Kopf und legte Kristofferson eine Hand auf die Schulter. »Glaub' ich nicht, Lars. Also hör auf, mir so'n Scheiß zu erzählen.«

Aber der Kommissar drehte sich weg und holte statt einer Antwort nur ein Blatt Papier von seinem Schreibtisch.

»Der tote Taucher heiß Bo Svensson. Hat den Bungalow von dem Sohn eines ehemaligen Zahnarztes aus Malmø gemietet und damals die Miete für ein Jahr im Voraus bezahlt. Betreibt einen Importhandel für teure alte Autos, sogenannte *Vintage*-Cars, also alte Mercedes-Modelle und Bentleys und so. Mehr konnte der Sohn nicht sagen. Der ist auch schon etwas älter, über sechzig, und wirkte auf mich nicht so, als wenn ihn das Leben seines Mieters interessieren würde, solange das Geld fließt.«

Er seufzte.

»Ich habe dann unsere Datenbank nach diesem Bo Svensson an der Adresse befragt, aber das System kennt ihn nicht. Weitersuchen konnte ich auch nicht, denn es gibt alleine in Ystad etwa vierhundert Männer mit diesem Namen, da werden wir nicht weiterkommen.«

Dabei deutete er auf den Bildschirm seines Computers, wo eine Maske leuchtete, auf der Passbilder in großer Geschwindigkeit durchliefen.

»Zurzeit sucht unser System nach einem Match zu dem Gesicht des Toten, aber das kann dauern. Der Computer ist auch schon zweimal dabei abgestürzt und beginnt dann immer wieder von vorne. Das ist sicherlich auch ein Grund, warum ich genervt aussehe!«, fügte er noch entschuldigend hinzu.

Knut schaute seinen Freund mitleidig an. »Polizei Vier Punkt Null?«

Kristofferson nickte. »Kannst du völlig vergessen!«

Knut stimmte mit einem Augenzwinkern zu, überlegte dann aber einen Moment.

»Da sind doch zwei Hunde ganz alleine in dem riesigen Haus, offenbar schon seit Tagen, denn der Nachbar sagte mir noch gestern, dass er Hundegebell zwar in Ordnung findet, aber das ginge jetzt schon sehr lange. Vielleicht sollten wir noch einmal dorthin, in den Bungalow meine ich, um die Tiere zu retten? Dann könnten wir uns dort nebenbei in dem Haus umsehen! Was meinst du?«

»Gefahr im Verzug für die Hunde?«, fragte Lars hintersinnig und seine Augen wurden groß.

Knut nickte zustimmend. »Das Wohl von Tieren ist in diesem Land wichtiger als das von Menschen, da bin ich absolut sicher.«

»Also los, dann lass‘ uns die Hunde retten. Ich rufe den Tiernotdienst an und einen Veterinär, denn sonst kommen wir an den zwei Dobermann-Tölen nicht vorbei. Wie hießen die noch bei Magnum?«

»Zeus und Apollo!«, antwortete Knut. »Genannt „Die Jungs“.«

»Jungs, wir kommen!«

19 Neustadt

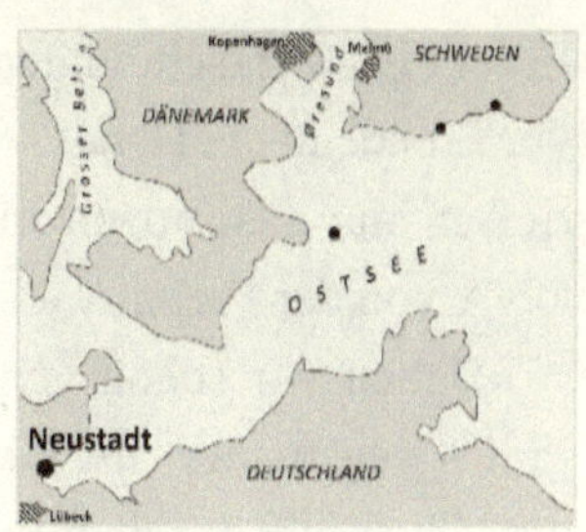

Der Laborbericht aus Kiel nach der wiederholten kriminaltechnischen Untersuchung des Fischkutters war erneut dünn - zu dünn, sodass Brockmann sofort aus seiner eigenen, aktiven Vergangenheit als Kriminalkommissar wusste, dass darin wenig Substantielles und Neues stehen würde. Krieglsteiner drehte dann auch den graugrünen Aktendeckel etwas zögerlich zu Brockmann, klappte ihn auf und deutete mit dem Zeigefinger auf einen Absatz auf der ersten Seite.

»Das Wesentliche ist hier in den drei Sätzen zusammengefasst: Es gab in der Kapitänskajüte eine Unzahl von Fingerabdrücken von zig Personen, sodass diese Spur nicht weiterverfolgt wurde. Aber an dem Kaugummi, das Sie in dem Mülleimer gefunden haben, konnte das Labor DNA-Spuren einer unbekannten Person, einer Frau, extrahieren, nur war ein Abgleich mit der Datenbank leider negativ. Auch der Lippenstift auf dem Kaffeebecher, den Sie im Steuerhaus entdeckt hatten, stammt ebenfalls von dieser Person, nur ist diese nicht identisch mit der Person, die in dem geheimen Taucherraum gesessen hatte, denn das war ein Mann, wie die DNA-Analyse ergab.«

Er blickte Brockmann an, wie um sich für das magere

Ergebnis zu entschuldigen. Aber der klatschte trotzdem vor Freude in die Hände. »Na, das ist doch wunderbar!«, rief er laut aus, »dann müssten Sie jetzt nur noch die DNA von der Freun… «

»Haben wir schon gemacht, Herr Brockmann«, fiel ihm Krieglsteiner ins Wort und dämpfte die Euphorie des Alten wie mit dem Schlag eines Hammers auf Metall, »und das Ergebnis wird Ihnen nicht gefallen, denn die DNA an dem Kaugummi aus dem Papierkorb in der Kapitänskajüte stammt nicht von der schwangeren Freundin, dieser Grit Jakobsen.«

Er schaute noch einmal in den KTU-Bericht. »Mehr gibt es leider nicht zu berichten.« Dabei zuckte er mit den Schultern, und auch Brockmann sackte in sich zusammen. Das war ernüchternd. Krieglsteiner reichte ihm den Untersuchungsbericht.

»Hier, lesen Sie selber.«

Durch die wenigen Seiten konnte Brockmann schnell blättern, der Inhalt war in der Tat überschaubar. Mit den Augen deutete er auf Krieglsteiners Schreibtisch, wo ein weiterer grüner Pappordner lag.

»Was ist denn das für ein Bericht? Gehört der dazu?«
Krieglsteiner hob den Pappdeckel auf.

»Nein, dies ist der Bericht über die Durchsuchung der Ferienwohnung, wo ihr verschwundener Freund gewohnt hat. Das habe ich ja auch noch auf meiner Agenda.«

Brockmann nahm den zweiten Bericht und blätterte durch die Seiten. Er wollte dem jungen Kommissar die Akte schon zurückgeben, als sein Augenmerk auf die Liste mit den in Achims Ferienwohnung gefundenen

Gegenständen und Kleidungsstücke fiel. Alles war akribisch aufgelistet, jeder Pullover, jede Unterhose, Schuhe, sogar die Lebensmittel. Auch das Interieur des VW-Busses war aufgeschrieben worden: Coladosen, Zigaretten, eine Propangasflasche.

Brockmann stutzte.

»War das alles, was Ihre Kollegen von der KTU gefunden haben?«

Krieglsteiner schaute auf die Liste und nickte dann zögerlich. »Wenn das gründlich untersucht wurde, ist es auch gründlich aufgelistet worden«, antwortete er unsicher. »Warum fragen Sie?«

»Schon gut«, entgegnete der Alte. »Aber entschuldigen Sie mich bitte kurz, ich muss mal telefonieren.«

Es dauerte eine Ewigkeit, bis das dumpfe Tuten unterbrochen wurde.

»Ich hab' keine Zeit, Brocki, ich muss den Einkauf für die Kneipe noch zusammenstellen!«, antwortete die rauchige Stimme barsch und unfreundlich.

»Ulla, ich freue mich auch sehr, dich zu hören, und danke der Nachfrage, es geht mir gut, ich komme mit der Arbeit, die ich für dich mache, voran.«

»Was willst du?«

»Ulla, ich reise für dich an der Ostsee herum und suche deinen Freund, hast du das schon vergessen? Du könntest also etwas netter zu mir sein und mich unterstützen. Aber gut, du hast keine Zeit dafür, deshalb mache ich es kurz: Hatte Achim nicht sein Tauchzeug mitgenommen? Wollte er nicht tauchen gehen?«

Einen Moment war Stille am anderen Ende der

Leitung.

»Wieso fragst du mich das? Hast du ihn gefunden?«

Brockmann hörte ihren schweren Atem.

»Nein, Ulla, aber die Polizei hat seine Ferienwohnung gefunden, nur war da lediglich seine Kleidung in den Schränken, aber kein Tauchequipment, kein Neoprenanzug, keine Flossen und so. Deshalb meine Frage: Er hatte das doch mitgenommen, oder?«

»Er ist nur aus dem einen Grund dahingefahren, nämlich um zu tauchen.«

Wieder hörte er nur das schwere Atmen der Barfrau.

»Hast du ihn gefunden, Brocki?«

»Nein, Ulla, ich oder die Polizei haben Achim nicht gefunden. Es ist alles ok!«

Nachdem er aufgelegt hatte, wusste er, dass seine plötzlich aufgekommenen Magenschmerzen die Sorgen um den Freund symbolisierten. Das Tauchequipment war nicht auf der Liste gewesen, weil Achim es für einem Tauchgang mitgenommen hatte.

Er war also irgendwo auf der Ostsee.

Als er in Krieglsteiners provisorisches Büro zurückkam, war der junge Kommissar hinten an dem Kaffeeautomaten beschäftigt. Brockmann zog den Bericht über die Untersuchung des Kutters noch einmal zu sich heran und versuchte sich die Telefonnummer und den Namen des untersuchenden Laborassistenten zu merken, der die DNA-Analyse des Kaugummis aus der geheimen Tauchkammer gemacht hatte.

»Herr Krieglsteiner!«, rief er in den hinteren Bereich der Halle. »Haben Sie etwas dagegen, wenn ich Ihre Kollegen von dem Labor in Kiel noch mal befrage, ob die wirklich alles akribisch untersucht haben?«

Krieglsteiner schaute genervt von dem Kaffeeautomaten hoch, der einfach nicht funktionieren wollte, und nickte dabei. Er hatte gerade andere Sorgen. Brockmann hatte deshalb Zeit, die Telefonnummer des Laboranten von Krieglsteiners Festnetznummer aus anzuwählen. Das würde auch mehr Eindruck machen und der Angelegenheit Nachdruck verschaffen.

»Guten Tag, Herr Krieglsteiner, was verschafft mir denn …«, antwortete der Laborant im vorauseilenden Gehorsam und ohne sich vorzustellen, aber Brockmann fuhr ihm ins Wort.

»Entschuldigung, Herr Torwald, ich bin nicht Herr Krieglsteiner. Der Kommissar ist gerade am anderen Telefon beschäftigt. Mein Name ist Peter Brockmann, und ich helfe dem Herrn Krieglsteiner …«

»O ja, ich kenne Sie, Herr Brockmann, er hat schon mehrfach von Ihnen gesprochen«, entgegnete der Labormitarbeiter ehrfürchtig.

Brockmann fühlte sich geschmeichelt. Und das würde sein Anliegen auch leichter machen.

»Herr Torwald, ich habe eine Bitte. Sie haben doch das Kaugummi aus dem geheimen Tauchraum auf dem Kutter untersucht, und irgendwo in Ihrem Labor muss es auch Asservaten aus einer Ferienwohnung geben, die gestern durchsucht wurde, weil der Bewohner vermisst wird. Das war eine Durchsuchung in der Ferienhaussiedlung *Buddha Beach* in Sierksdorf.«

»Jaja, das liegt dort hinten«, sagte der Laborant zu Brockmanns Erleichterung. »Was ist denn damit?«

»Würden Sie mir den Gefallen tun und einen DNA-

Vergleich an einer charakteristischen Probe von diesen Asservaten aus der Ferienwohnung mit der Speichelprobe von dem Kaugummi aus dem Kutter machen? Wir haben den Verdacht, dass die von ein und derselben Person stammen.«

Er machte eine Pause.

»Aber das muss momentan noch unter uns bleiben. Tun Sie mir deshalb bitte den Gefallen und schicken das Resultat ihrer Untersuchung erst an mich? In einem separaten Umschlag an mich, Peter Brockmann?«

»Ja, das kann ich tun, kein Problem, Herr Kollege! Wird jedoch ein paar Tage dauern.«

In Gedanken entschuldigte sich Brockmann bei Krieglsteiner für die Anmaßung, aber die Sorge um den Freund war größer und er brauchte Gewissheit. Ohne allerdings zu wissen, was er mit der Gewissheit dann anfangen sollte.

»Kein Problem, ich danke schon mal für die Unterstützung. Und bitte vergessen Sie nicht, es in einem separaten Umschlag direkt an mich zu schicken.«

»Aber an die Adresse von dem Kommissar, oder?«

»Ja klar,«, antwortete Brockmann, »wir wollen doch nicht, dass das Schreiben in falsche Hände gerät.«

20 Schweden

Nach Feierabend ein SEK für einen Einsatz gegen Schwerverbrecher oder Terroristen zu einem Tatort zu bekommen, war im familienorientierten Schweden nur mit viel Überredungskünsten und Wohlwollen eines Richters und *aller* zuständigen Vorgesetzten möglich – also eigentlich gar nicht. Aber Kristoffersons Hinweis am Telefon, dass zwei Hunde wohlmöglich bereits seit Tagen unversorgt, vernachlässigt und eingesperrt in einem Haus dahinvegetierten, wie er sich übertrieben emotional ausdrückte, machte die Bereitstellung eines Rollkommandos in Minuten möglich, wofür sonst zig Formblätter und Genehmigungen nötig gewesen wären.

Daher standen jetzt ein Tierarzt mit einem Narkosegewehr und zwei Hundefänger der Polizei sowie ein weiterer Veterinär, der eine gepolsterte Transportbox mit Beatmungsgeräten vorbereitet hatte, vor dem Haus in *Beddingestrand*. Letzterer für den vagen Fall, dass es bei der Befreiung der Hunde aus ihrem Gefängnis zu einem für die Tiere lebensbedrohlichen Zwischenfall kommen sollte.

Es war also vorgesorgt – für jeden erdenklichen Fall.

Knut dagegen hatte einfach seine Ohren gespitzt als er zusammen mit dem Rollkommando eintraf und dabei festgestellt, dass, anders als am Vortag, kein Hundegebell mehr zu hören war. Er hatte diese Beobachtung dem leitenden Veterinär, einem kleinen, untersetzten Mann mit weißem Ärztekittel, Glatze und Schweißtropfen auf der Stirn mitgeteilt, wurde aber von diesem barsch zurückgewiesen mit der Aufforderung, doch besser aus dem Gefahrenbereich zu verschwinden und ihn seine Arbeit machen zu lassen.

Deshalb beobachteten Knut und sein Kollege Lars Kristofferson jetzt aus der Entfernung, wie sich ein Techniker mit dem Werkzeug für das Öffnen der Tür langsam vorschob und dann theatralisch einige Minuten an dem relativ einfachen Schloss herumfummelte, bis er bedächtig und langsam eine Hand hob und damit signalisierte, dass die Tür offen sei und mit Hilfe der mitgebrachten langen Stange aufgestoßen werden konnte.

Aber nichts geschah, nachdem die Tür weit wie ein schwarzer Schlund geöffnet war.

Irritiert starrte der kleine dicke Chef-Veterinär aus sicherer Entfernung in das dunkle Loch, wo sich auch nach einigen Minuten nichts bewegte. Nur ein bestialischer Gestank nach Fäkalien und Tod sickerte langsam nach draußen, und erst nach einer ganzen Weile hatten die Damen und Herren vom Tierschutz begriffen, dass die Hunde von alleine nicht herauskommen würden – oder konnten.

Kristofferson ging deshalb zu dem Leiter im weißen Kittel und teilte ihm mit, dass die Polizei auf ihren Einsatz warten würde, nämlich das Haus zu durchsuchen. Der Veterinär schaute ihn fassungslos an, weshalb Lars nachlegte: »Um eventuell noch andere Tiere in dem

Haus zu finden.«

»Noch andere?« Einen Moment schien der Mann über die Tragweite dieser Aussage nachdenken zu müssen. Dann klatschte er in die Hände und rief laut und deutlich »Zugriff!«, worauf sich die Tierfänger und die Tierschützer in das dunkle Loch der Eingangstür vorwagten.

»Ein Hund ist leider tot, der andere wird es vielleicht überleben«, sagte der kleine Veterinär wichtig und zeigte bedeutsam auf die Transportbox mit einem völlig abgemagerten und verdreckten Tier. »Dank unseres beherzten Eingreifens konnten wir Schlimmeres verhindern!«

Knut schaute seinen Kollegen Lars Kristofferson an und beide Männer rollten sichtbar die Augen, aber sie ersparten sich einen Kommentar. Die Haustür war offen, die Wachhunde weg, das eigentliche Ziel erreicht – sie konnten das Haus des toten Tauchers durchsuchen.

Kristofferson ging vor, musste sich dabei aber wegen des Gestanks die Hand vor die Nase halten, und drückte deswegen mit der anderen die einzige Tür auf, die zum angrenzenden Wohnzimmer führte.

Vor den beiden lag ein großer Raum mit Holzpaneelen an der Decke und plüschigen Gardinen vor den Fenstern, in dem nur wenige Möbel wahllos herumstanden, ein Sofa, zwei Lehnsessel und ein kleiner niedriger Couchtisch. Hinter der Sitzgarnitur erhob sich drohend eine beeindruckende Eiche-Schrankwand, die über die gesamte Breite des Zimmers reichte, in der Ecke gegenüber thronte ein überdimensionierter Fernseher auf einer niedrigen Kommode. Aber trotz aller Gewaltigkeit der

Möbel fiel auf, dass alles Mobiliar alt war und schäbig, auch der Fernseher hatte Schrammen, die Armlehnen der Sessel waren abgenutzt.

Für einen Moment standen die beiden Polizisten deshalb ratlos in dem weiten Raum. Es drang nur ein gedämpftes Licht in das Zimmer, obwohl alle Türen offenstanden. Rechts von ihnen lag die Küche, links ging es zum Schlafzimmer. Knut blickte zurück in den Flur, wo am Ende neben dem Hauseingang eine Tür mit der Aufschrift ‚*WC*‘ die Gästetoilette anzeigte.

Außer dem monotonen Ticken einer Uhr war kein Geräusch zu hören.

Behutsam gingen sie weiter in die Küche und schauten bewundernd auf die ordentlich aufgereihten Gläser und Wandteller. Die Spüle war aufgeräumt, nichts stand herum was auf einen erzwungenen, hektischen Aufbruch des Bewohners hinwies.

Zurück im Wohnzimmer öffnete Knut vorsichtig die oberste Schranktür. Dahinter stand nur ein Aktenordner ohne Aufschrift. Neugierig zog er ihn heraus und war erstaunt über das geringe Gewicht. Der Ordner war leer. Danach zog er die darunter befindlichen Schubladen auf und stutzte. Ungeöffnete Briefe von der Gemeindeverwaltung, mehrere von der Stadtverwaltung in Malmø, Rechnungen für Strom und Gas, einige geöffnet, andere noch verschlossen, dazu Dutzende anderer Schreiben verschiedener Absender, alle adressiert an einen *Bo Svensson, Strandvejen 8.*

Knut schüttelte irritiert den Kopf.

Nachdem er alle Schubladen wieder ordentlich verschlossen hatte, gingen die beiden Männer weiter ins

Schlafzimmer, öffneten auch hier den großen Kleiderschrank, fanden aber außer Bettwäsche und Hemden nichts von Interesse. Erst als Kristofferson sich schon fast weggedreht hatte, fiel ihm auf, was in diesem Raum befremdlich anders war: Alles war akkurat zusammengelegt und gestapelt, nirgends lag Schmutzwäsche herum, und auch das Bett war ordentlich bezogen, aber für *zwei* Personen und in einem Stil, der eher für alte Leute sprach.

Daraufhin öffnete er noch einmal die Schranktür, hinter der die Kleidung hing, und strich mit seinen Fingern über die ordentlich auf Bügel drapierten Anzüge und Hemden. Alles war alt, keine modernen Dinge hingen an den Stangen, und die Anzüge waren fadenscheinig und altmodisch.

Zurück im Wohnzimmer ließ er die Szene noch einmal auf sich wirken. Auch hier war alles nicht nur alt, sondern atypisch für einen Mann von nicht einmal dreißig Jahren. Häkeldeckchen lagen über den Sofalehnen, Deckchen auf dem Sofatisch, und es gab keine Pflanzen auf der halbhohen Fensterbank.

»Hier wohnt niemand!«, entfuhr es Kristofferson. »Ich meine, hier wohnt niemand richtig.«

»Und was sollte das sonst sein, wenn keine Wohnung?«, fragte Knut.

»Gute Frage! Gibt es ein Arbeitszimmer, oder einen Keller? Einen Raum, wo man etwas lagern kann?«

Knut schüttelte den Kopf.

»Diese alten Häuser haben keinen Keller, so etwas hatte man damals hier nicht gebraucht.«

Von hinten näherte sich eine der Polizeihundeführerinnen, die bei dem Einsatz auch mit anwesend waren. Es war ja das volle Programm genehmigt worden – wegen der Gefährdung des Tierwohls.

»Brauchen Sie uns noch, Herr Kommissar?«, fragte die Frau in der dunklen Polizeiuniform. Der Schäferhund an ihrer Seite wirkte unruhig und nervös, aber die Polizistin war souverän und entspannt. Sie warf einen Seitenblick auf Knut und lächelte ihn an.

»Nein, wir sind hier fertig, denke ich. Aber vielen Dank für ihre umfangreiche Hilfe und Unterstützung«, antwortete Kristofferson und war neidisch auf den jüngeren Kollegen.

»Ist der immer so nervös? Ich dachte, dass Polizeihunde die Ruhe selbst sind«, fragte Knut die Frau.

»Ich verstehe das auch nicht. Sie ist eigentlich nie so, aber seit wir in diesem Haus sind, ist sie kribbelig. *Hanna*, so heißt die Hundedame, wird mal ein Drogenspürhund sein, ist aber noch in der Ausbildung. Deshalb musste sie heute mit zu diesem Einsatz. Training sozusagen, um die Gegenwart fremder Hunde zu spüren …«

Die Hündin war während des Gesprächs schnüffelnd an der wuchtigen Bücherwand vorbeigelaufen, hatte immer wieder geniest und dabei den Kopf geschüttelt, sodass die Ohren gegen die Lefzen klatschten. Aber jetzt, während die Polizistin mit Kristofferson sprach, legte sie sich ganz plötzlich mit allen Vieren platt vor die Schrankwand.

Die Frau fuhr erschrocken zusammen.

»Hanna, was hast du denn?«

Die Hündin bewegte sich keinen Millimeter, schaute stattdessen ihr Frauchen erwartungsvoll an.

Der Kommissar deutete auf das Tier: »Will er uns mit dieser Haltung etwas anzeigen? Äh, Entschuldigung, ich meine, will *sie* uns etwas damit anzeigen?«

Die Hundeführerin nickte, schüttelte aber dann auch gleich den Kopf. »Sie ist erst wenige Monate in dem Spürhund-Programm. Es kann also auch einfach eine Kurzschlussreaktion sein. Aber …«

Ihre Hündin war plötzlich aufgesprungen und winselte jetzt lautstark vor der Bücherwand herum, begann, mit den Vorderpfoten an dem Laminat und dem Holz der Bücherwand zu kratzen.

Kristofferson ging zu dem Tier und beugte sich herunter zu der Stelle, wo der Hund gescharrt hatte.

Auf dem Fußboden waren schwach bogenförmige Schleifspuren zu erkennen, die von der Bücherwand wegführten als wäre ein Türblatt immer wieder über diesen Bereich geschoben worden. Kristoffersons Forscherblick betrachtete die Stelle, wo die Kratzer abrupt unter der Bücherwand verschwanden.

Ein feiner Schlitz war dort in dem Holz zu erkennen.

»Knut, komm' doch mal bitte! Siehst du diese Schleifspuren auf dem Fußboden? Die enden hier, an dieser Stelle. Lass' uns mal schauen, ob wir in der Bücherwand nicht eine versteckte Tür finden können.«

Es dauerte eine ganze Weile, bis die beiden Polizisten die Umrisse einer Tür im Holz der Bücherwand entdeckt hatten. Aber wie sie es auch anstellten, es gab keinen erkennbaren Mechanismus, um diese aufzuziehen.

Es war Knut, der die bahnbrechende Idee hatte.

»Wir bauen die gesamte Wand ab! Von den Rändern her. Dann werden wir ja sehen, wo diese geheime Tür eingehakt ist.«

Eine Stunde später standen die beiden in Bergen von Büchern, Regalböden und Zierleisten, aber eben auch vor einer massiven Stahltür, auf deren Türblatt ein billyartiges Bücherregal aufgeschraubt war.

»Also eigentlich gar keine Raketentechnik. Nur solide verschraubt«, stellte Knut nüchtern fest und wackelte dabei an dem Regal.

»Aber wir sind trotzdem noch nicht drin!«, dämpfte Kristofferson den Enthusiasmus seines Kollegen, denn in der Tat konnten sie noch immer kein Schloss oder überhaupt einen Schließmechanismus erkennen.

»In irgend so einem Agententhriller hab' ich mal gesehen, dass eine Tür von starken Magneten im Rahmen gehalten wurde. Strom an – Tür zu, Strom aus – Tür auf. Vielleicht kannte der Erbauer dieser Geheimtür ja auch diesen Film«, sinnierte Knut und tastete an dem Möbel entlang.

Und trotzdem dauerte es noch einmal eine Stunde, denn auch nach mehreren Versuchen, den Strom zu unterbrechen, bewegte sich die Türe nicht. Erst nachdem der herbeigerufene Elektriker von dem Stromversorger die Sicherung für das Hauptkabel herausgeschraubt hatte, sprang die Stahltüre mit einem sachten „Klick" auf, als wäre es nie anders gewesen.

21 Neustadt

Das Wetter an der deutschen Ostseeküste war umge-schlagen, es nieselte und es wehte ein zwar warmer, aber böiger Wind, der lautstark an den Fahnenmasten auf der nahen Promenade rüttelte. Ein Strandtag würde das nicht werden, soviel stand schon mal fest, dachte sich Brock-mann, als er das Kaffeepulver in den Filter löffelte.

Auch Moni hatte den Wetterwechsel bemerkt.

»Da fallen ja meine frischen Brötchen heute wohl buchstäblich ins Wasser«, hörte er seine Frau im Schlaf-zimmer herummaulen und vernahm, wie sie sich mies-mutig auf der Matratze herumwarf. Er grinste, denn er konnte sich das Bild seiner schmollenden Frau gut vor-stellen - schlechtes Wetter im Urlaub, schlechtsitzende Haare oder kalte Füße drückten immer sofort auf die weibliche Stimmung, knapp gefolgt von Hunger und un-aufmerksamen Ehemännern auf den Plätzen gleich da-hinter.

Bisher war es Brockmann bei ihrem Kurzurlaub red-lich gelungen, Monis Laune hoch zu halten. Er hatte für einen Strandkorb an dem richtigen Stück Strand gesorgt, hatte ihr immer wieder den Rücken mit Sonnenschutz-mittel eingecremt, kühle Getränke herbeigeschafft und auch sonst seine Aufmerksamkeit so gut es eben ging auf sie gerichtet. Er hatte es ohne Murren getan, denn es freute ihn, dass seine Frau seit dem Beginn des Urlaubs nicht mehr von ihrem Büro gesprochen hatte und sichtlich entspannt wirkte. Und deshalb war auch Brockmann entspannt, bis auf ihre Erwähnung dieses unverheirateten Kollegen, der scheinbar auch irgendwo hier Urlaub machte.

»Hast du Lust, drüben im Hotel zu frühstücken? Brunch am Morgen? Nur wir beide zusammen mit hundert anderen Hotelgästen?«

Er hatte mittlerweile die Gardinen des Appartementfensters ganz zurückgeschoben und wusste, dass das Wetter Moni wirklich schlechte Laune bereiten würde.

»Und nach dem Frühstück schauen wir uns Neustadt an, mit dem *Kremper Stadttor* und dem Stadtmuseum. Ich bin sicher, dass die auch ein Café mit leckerem Kuchen haben.«

»Was führst du im Schilde, Peter Brockmann?«

Moni war unvermittelt in der Tür vom Schlafzimmer aufgetaucht und stand in dem Rahmen in ihrem karierten Schlafanzug.

»Nichts Moni. Wieso?«, antwortete er wahrheitsgemäß.

»Hast du ein schlechtes Gewissen, weil du eine Nebenbeschäftigung hast und deshalb meinst, dass du den Fremdenführer und Unterhalter geben musst, damit mir das Wetter nicht die Laune verdirbt?«

»Naja …«, stotterte er, weil er sich ertappt fühlte und um eine Antwort verlegen war.

»Oder ist es, weil mein Kollege hier in der Stadt ist und du eifersüchtig bist und mich nicht aus den Augen lassen willst, wenn ich mich langweile?«

Es trat ein langer Moment anhaltender Stille ein. Das war kein gutes Thema, und Moni merkte es sofort. Ihre Ehekrise lag zwar schon ein paar Jahre zurück, aber die Wunden waren noch nicht bei allen verheilt.

»Es tut mir leid, Peter, ich wollte das nicht sagen, es war mir einfach rausgerutscht.«

Sie kam zu ihm, umarmte ihn, aber beide wussten, dass sie diesen Satz nicht einfach aus dem Raum schieben konnte. Und jedes weitere Wort dazu und darüber würde es jetzt auch nicht besser machen.

»Ich ziehe mich schnell an, und dann gehen wir frühstücken. Das war eine tolle Idee«, versuchte sie abzulenken und entschwand ins Schlafzimmer.

Aber diese ungewollte Äußerung brauchte Zeit, um zu verschwinden, und wenn Moni sagte, dass sie sich *schnell* umziehen wollte, dann dauerte das in der Regel eine gute Stunde, in der mehrmals die Garderobe ausgetauscht oder die Kombination der Kleidungsstücke umgestellt wurde.

Das würde vielleicht die benötigte Zeit bringen.

Brockmann setzte sich deshalb mit einem Becher Kaffee in der Hand auf den Sessel am Fenster und starrte in die Ferne, wo die grauen Regenwolken ohne erkennbare Grenze in das Grau des Ostseewassers übergingen.

Beide hatten die Ehekrise seit Jahren nicht mehr angesprochen. Er hatte damals zwar eine Therapie bei einem Psychologen gemacht und danach gehofft, die Angst um den Verlust seiner Ehefrau beherrschen zu können, doch er hatte sich offenbar geirrt, so einfach ging das scheinbar nicht, denn kaum, dass Moni selbst im Scherz von der Möglichkeit eines anderen Mannes sprach, war das Trauma wieder da. *Er* war das Problem, seine Angst um sie war sein Problem, nicht ihre Worte oder ihr Verhalten.

Wie hatte der junge Mann damals gesagt, der Psychotherapeut, ein junger Mann mit Bartflusen im Gesicht und einem Pferdeschwanz und kaum älter als seine Söhne: ›*Spüren Sie ihre Frau. Versuchen Sie ihr ohne Worte Halt zu geben und zeigen Sie ihr, dass sie ok ist! Einfach so, ohne Wenn und Aber!*‹.

›*Es ist nicht einfach vorbei*‹, sagte Brockmann zu sich selber, als er seinen Blick aus der Ferne wieder in die Gegenwart des Appartements lenkte und Monis Badezimmergeräusche hörte. ›*Ich muss weiter daran arbeiten. Ich werde den Bartflusen-Mann noch mal anrufen!*‹, schwor er sich selber.

Aber er hatte in der Tat auch ein schlechtes Gewissen, das stimmte, denn er hatte seiner Frau seine *gesamte* Aufmerksamkeit versprochen und war doch auf Verbrecherjagd gegangen, wenn auch für den Lebensgefährten von Ulla.

Das Rauschen des Wassers im Badezimmer zeigte ihm, dass mit einem schnellen Ankleiden von Moni nicht zu rechnen war, weshalb sich Brockmann problemlos dem Email-Eingang auf seinem Handy widmen konnte. Krieglsteiner hatte geschrieben, und die Nachricht klang ebenfalls miesmutig, denn der junge Kollege beschwerte sich darin, dass der Chef in Kiel Druck machen würde und Ergebnisse erwartete.

Brockmann nickte innerlich und konnte trotz seiner gedrückten Stimmung grinsen. Der junge Schwabe musste noch lernen, mit Druck umzugehen, den andere ihm machten. Das war ein Teil des echten Lebens, des Erwachsenenlebens.

Auch Brockmann wollte Ergebnisse, und zwar von dem DNA-Vergleich des Kaugummis vom Geheimraum des Kutters mit einer Probe von Achim aus dem Ferienappartement. Seit er vorgestern dem KTU-Laboranten den Auftrag gegeben hatte, wartete er ungeduldig auf das Ergebnis obwohl der doch eingeräumt hatte, dass es dauern würde.

Er scrollte deshalb trotzdem durch den Eingangsordner und fand zu seiner großen Überraschung wirklich die E-Mail mit dem Bericht von dem Kieler Labor. Eine ganze Weile schwebte sein Finger über der Betreffzeile, erst dann machte er einen Doppelklick und öffnete die Nachricht.

Unsicher betrachtete er den Bericht von der KTU mit dem Logo des Labors im Briefkopf und der Betreffzeile, schob dann die Lesebrille noch einmal auf der Nase zurecht und las zuerst den entscheidenden Satz in der Mitte des Schriftstückes mit der bedeutsamen Zahl: *„Einhundert Prozent Übereinstimmung“*.

Seine Hand zitterte leicht, wodurch auch das Display des Handys wackelte, aber er hatte den Inhalt des Schreibens bereits begriffen, bevor er die Details des Berichts studiert hatte: Die DNA von dem Kaugummi, das man in dem geheimen Tauchraum in Broder Henningsens Kutter gefunden hatte, war identisch mit einer DNA-Probe, die der Laborassistent von einer Haarprobe aus Achim Lehmanns Ferienwohnung genommen hatte. Zu einhundert Prozent, ein Irrtum war ausgeschlossen.

Der Unbekannte im Tauchraum war definitiv Ullas vermisster Freund!

Brockmann rutschte das Herz in die Hose und sein Magen krampfte schmerzhaft. Es dauerte deshalb auch eine Weile, bis er wieder ruhig atmen konnte. Diese Übereinstimmung war für seinen Freund Achim sehr belastend, bewies sie doch, dass der auf dem Fischkutter war, als dieser in den frühen Morgenstunden vor einer Woche auslief mit Kurs auf die schwedische Küste. Und damit war sein Freund der Letzte, der Broder Henningsen lebend gesehen hatte, wenn man davon absah, dass der Lippenstiftabdruck auf dem Kaffeebecher und das Kaugummi in der Kapitänskajüte möglicherweise zwar auf eine Frau hinwiesen, deren Anwesenheit an dem Morgen des Auslaufens allerdings nur eine Hypothese war und mit den beiden Indizien nicht bewiesen werden konnte.

Und während er darüber nachdachte, liefen kleine Schweißperlen auf seiner Stirn herunter, denn *er*, der Ex-Kommissar, hatte durch die Analyse des Labors die Verbindung hergestellt zwischen dem Unbekannten im Tauchraum und dem verschwundenen Freund der Barfrau, aber auch diesen Laborbericht mit der belastenden Hypothese dazu unterschlagen.

Er begann stark zu schwitzen, und das nicht, weil es plötzlich warm in dem Appartementzimmer geworden war. Vor seinen Augen türmten sich die Probleme auf, die er selber heraufbeschworen hatte.

Er brauchte Rat, richtigen Rat, und Moni war die Einzige, der er vertraute und deren Weitsicht er schätzte. Aber die war erst einmal nicht ansprechbar, das würde also warten müssen.

Brockmann wählte deshalb Krieglsteiners Telefonnummer, um Ablenkung zu bekommen.

Aber der junge Mann war auch keine Aufheiterung.

»Wir haben immer noch nicht viel, auch wenn Sie es immer schönreden wollen, Herr Brockmann. Wer ist diese Frau, deren DNA wir an dem Becher und an dem Kaugummi gefunden haben? Es war nicht die Lebensgefährtin, das wissen wir. Und dann: Wer war der Unbekannt in dem Geheimraum? Der ist weg, der Kapitän ist weg, und die Frau ist ein Gespenst. Was soll ich denn da meinem Chef in Kiel antworten, wenn er nach Ergebnissen fragt?«

»Haben Sie mal rumgehorcht, ob der Kapitän Feinde hatte, oder ob jemand einen Streit beobachtet hatte? Vielleicht denken wir falsch und es hat nichts mit den Drogen zu tun, sondern mit seinem privaten Umfeld!«

Er hörte deutlich, wie Krieglsteiner seufzte und er konnte sich den jungen Kommissar gut vorstellen, wie der an seinem Schreibtisch saß und mit den Augen rollte.

»Ist nur eine Idee, Herr Krieglsteiner«, fügte Brockmann deshalb entschuldigend hinzu.

»Ok, und vielleicht haben Sie Recht. In jedem Fall ist das eine Idee. Ich werde mich mal umhören.«

Brockmann überlegte.

»Fangen Sie doch mit den beiden Kollegen aus Scharbeutz an. Ich glaube, der eine kannte den Kapitän persönlich. In jedem Fall kommt der auch aus dieser Gegend, vielleicht kann er weiterhelfen oder Verbindungen knüpfen.«

Brockmann hatte kaum aufgelegt, als Moni nach ihrer

Badrunde erneut in der Schlafzimmertüre auftauchte, jetzt in einem schicken Sommerkleid mit freiem Rücken und gebräunten Beinen.

»Ich habe Hunger, Herr Brockmann, führst du mich aus?«, fragte sie kokett.

Sie hatte immer noch ein schlechtes Gewissen – und das Thema war auch immer noch da.

Nachdem sich die beiden in einer Ecke des Speiseraums des mondänen Hotels gesetzt und Kaffee und zwei große Frühstücksgedecke bestellt hatten, musterte Moni ihren Ehemann mit kritischen Blicken.

»Ist wieder alles in Ordnung mit dir, Peter? Es tut mir leid, dass ich vorhin so unbedacht mit diesem Kollegen gedroht hatte. Es war einfach nur ein dummer Spruch von mir, bitte mache dir keine Gedanken.«

Sie versuchte ein Lächeln und Brockmann erinnerte sich wieder an den Ausspruch des Psychotherapeuten: ›*Zeigen Sie ihr, dass sie ok ist! Einfach so, und ohne Wenn und Aber!*‹.

»Es ist alles gut, Moni, und ich werde es als einen Spruch von dir abhaken. Du bist wunderbar, so wie du bist. Und trotzdem werde ich noch mal diesen Therapeuten aufsuchen, bei dem ich damals war. Mein Rentnerdasein schadet meinem Selbstbewusstsein und meiner eigenen Achtung vor mir selber. Mir fehlen Erfolgserlebnisse, und ich erhoffe mir von Gesprächen mit dem jungen Mann, mehr Selbstwertgefühl zu lernen, auch aus kleinen Dingen des Lebens.«

Monis Augen waren größer geworden, während ihr Ehemann seine kurze psychoanalytische Selbstbetrachtung vor ihr ausbreitete.

»Wow, Peter, das nenne ich mal eine Überraschung! Und ich dachte immer, dass dir deine Kriminalfälle, die du in den vergangenen Jahren ermittelt hattest, immer auch die Erfüllung deines Selbstwertgefühls waren. Das hatte ich mir also nur eingebildet?«

Brockmann schüttelte den Kopf und nickte gleichzeitig. Deshalb musste er lachen, und auch Moni grinste ob dieser widersprüchlichen Körpersprache.

Aber das Thema war ernst, und beide wussten es.

»Hast du immer noch das Gefühl, dass du mir etwas beweisen musst, etwas darstellen musst?« Sie rückte vor und schaute Brockmann dabei tief in die Augen.

»Peter, die Krise damals war nicht, weil du zu wenig Selbstbewusstsein zeigtest oder versäumt hattest, mir etwas bedeuten zu müssen. Die Krise war entstanden, weil du dich nicht für *mich* interessiert hast, dein Büro mit nach Hause genommen und für mich keine Zeit hattest. Aber du hast dich geändert, du bist heute aufmerksam und einfühlsam, und das sage ich nicht nur, weil du mir bisher einen schönen Urlaub gemacht hast. Für das Wetter kannst du nichts. Aber für Selbstzweifel ist das auch nicht der richtige Zeitpunkt.«

Er schaute sie an, die Frau, mit der er schon über dreißig Jahre verheiratet war und die ihn genau kannte.

»Was ist also der eigentliche Grund für deine Zweifel?«, fragte sie deshalb gnadenlos hart und offen heraus.

Brockmann schluckte. Sie hatte ihn durchschaut.

»Ich habe etwas Unüberlegtes getan!«

Moni schaute ihn mit großen Augen an, etwas Angst flirrte in ihrem Blick. Langsam legte sie das Brötchen auf den Teller zurück und blickte ihrem Mann dann tief in die Augen.

»*Was* hast du getan?«, flüsterte sie zögerlich und leise und betonte dabei jedes Wort.

Brockmann erzählte ihr ausführlich von Ullas Anruf, dem vermissten Freund, seiner Suche und Achims Ferienwohnung, dem Fischkutter und dem Kaugummi und der DNA-Analyse.

Und der Bedeutung der DNA-Analyse.

»Du hast dieses Belastungsmaterial unterschlagen? Sag' mal, Peter Brockmann, bist du bescheuert?«, rief Moni laut aus, sodass sich einige Gäste an den Tischen pikiert umdrehten und in ihre Richtung tuschelten.

Aber Brockmann war das egal, denn genau *das* hatte er mit „Ratschlag" gemeint - und Weitsicht und Offenheit. Denn Moni hatte Recht, wieder einmal, und er wusste es.

»Ich kann diese Verbindung des Unbekannten aus dem Tauchraum zu Achim nicht einfach so öffentlich machen, Moni«, versuchte er seine Tat zu rechtfertigen. »Er wäre sofort der Hauptverdächtige, und sie würden sich auf ihn stürzen, schon weil sie bei dem Fall völlig im Dunkeln tappen und keine Idee haben, wer überhaupt als Täter in Frage käme. Wenn ich jetzt diese Verbindung Ferienwohnung-Fischkutter bringe, dann ist Achim dran. Der Krieglsteiner ist nett, aber er ist sehr unbeholfen und kann mit Druck seiner Chefs nicht umgehen. Und der Kieler will Ermittlungsergebnisse, und zwar schnell!«

Brockmann seufzte tief.

Dann fuhr er fort: »Aber Achim ist mir wichtig, er

bedeutet mir etwas, und *ich* glaube nicht, dass er diesen Broder Henningsen umgebracht hat. Deshalb wollte ich diese Bestätigung aus der Vergleichsprobe abwarten. Und jetzt, wo ich sie habe, muss ich erst einmal im Verborgenen recherchieren und weiter nach Achim suchen, bevor ich die große Kapelle losstürmen lasse.«

Er blickte Moni an, als er endete, und hatte eigentlich auf einen wilden Protest seiner Frau gewartet, hatte sich auf eine Flut von Gegenargumenten und Verfluchungen eingestellt.

Aber Moni blieb ruhig.

»Ich kann dich verstehen, was dein Vorgehen angeht«, entgegnete sie sehr zu seiner Überraschung. »Er ist dein Freund, und auch wenn du seine Wrackräuberei nie akzeptiert hast, sogar wissentlich darüber hinweggesehen hast, bleibt er dein Freund, der dir wichtig ist. Aber bedenke, dass du dich selber strafbar gemacht hast, weil du dem Krieglsteiner diesen Zusammenhang nicht mitgeteilt hast. Du musst also auch in deinem eigenen Interesse einen anderen Mörder finden!«

Sie nahm seine Hand und drückte sie zärtlich, während er ihr in die Augen schaute.

»Eine direkte Verbindung zwischen dem vermissten Mann in der Ferienwohnung und dem Kaugummi mit der DNA in dem Kutter gibt es zurzeit noch nicht«, antwortete er leise. »Nur *ich* kenne diesen Zusammenhang. Aber wie du richtig kombiniert hast, wird die Polizei, wird Krieglsteiner, wenn sie diese Spur finden, sich sofort auf Achim als Hauptverdächtigen stürzen. Aber das wird erst in ein paar Tagen der Fall sein. Frühstens! Ich habe also etwas Zeit, private Ermittlungen anzustellen, um seine Unschuld, *wenn* er unschuldig sein sollte, zu beweisen.«

Moni nickte zustimmend.

»Aber über dein Versprechen, hier während unseres Urlaubs keine Räuber, Mörder und Brandstifter zu suchen, kommen wir noch mal zurück«, sagte sie zwar ruhig, verzog aber dabei sichtbar ihre Mundwinkel zu einem tiefen Schmollen.

22 Schweden

Langsam und zögerlich zog Kristofferson im Schein von einem halben Dutzend Taschenlampen die schwere Eisentür auf, und gemeinsam blickte die Gruppe bleich aussehender Gesichter in einen schmalen, weißgetünchten Raum, der hinter der Schrankwand abgetrennt war. Das Zimmer war leer, nur an seiner Längsseite war eine durchgehende Tischplatte angeschraubt, auf der mehrere Feinwaagen und Dutzende Glasschalen und Becher standen. An der Wand hingen Rollen mit Plastiktüten zum Abreißen.

Allen war sofort klar, was sie hier gefunden hatten. Auch dem Hund, denn das arme Tier wusste gar nicht so schnell, wo es sich hinlegen sollte, um seine Funde zu markieren, weshalb die Polizistin das Tier mit viel Lob und Leckerlies aus dem Raum weglocken musste.

»Dies ist eine Verpackungsstation für Drogen!« rief Kristofferson erstaunt aus, nachdem er als Erster die Worte wiedergefunden hatte.

Knut deutete auf einen Papierkorb in einer Ecke des Raumes. »Dort ist 'ne Menge Plastikmüll drin. Vielleicht die Großverpackung, in der das Zeug kam.«

In ihrem Rücken vernahmen sie das Räuspern des Elektrikers der Stadtwerke. »Wenn die Herren nichts dagegen haben, würde ich jetzt gerne wieder Feierabend machen. Ich müsste aber den Strom wieder anstellen, nur geht dann auch die Tür wieder zu. Wir sollten sie also vorher mit Keilen sichern, damit sie nicht zufällt, wenn sie hier drin sind.«

Kristofferson zog seinen Kollegen aus der Enge des Raumes, damit die KTU-Leute ungestört weiterarbeiten konnten, und beide gingen hinaus vor die Tür in den warmen Sommerabend auf dem Land. Noch im Gehen fummelte der Kommissar eine zerknüllte Zigarettenpackung aus der Jackentasche und steckte sich eine an, kaum dass sie draußen waren. Genussvoll blies er den Rauch in einem langen Strahl in den Himmel.

»Bo Svensson, der tote Taucher, verpackte also Drogen in kleinere Päckchen für den Straßenverkauf. Aber warum hier? Wo es in diesem kleinen, verschlafenen Ort doch jeder sofort bemerken würde, wenn viele und noch dazu fremde Autos im Ort herumfahren. Hier gibt es keine Anonymität.« Er schüttelte den Kopf. »Das ergibt keinen Sinn.«

Dann deutete er mit seiner Hand zum Nachbargrundstück. »Hier hast du keine Abgeschiedenheit, ganz im Gegenteil, jeder Schritt wird registriert. Das Risiko ist doch viel zu groß, aufzufliegen. Also: was macht diesen Ort so einzigartig und wichtig, dass ein Dealer dieses Risiko trotzdem auf sich nimmt?«

Nach ein Paar weiteren Zügen an seiner Zigarette schnippte Kristofferson die Kippe weg, deren Stummel gegen die Wand der Garage flog und die Glut noch einmal aufflammen ließ. Abwesend blickte er den glimmenden Brocken nach. »Schicke Garage. So ganz anders als das alte Haus mit den alten Möbeln«, bemerkte er. Beiläufig rüttelte er an dem zweiflügeligen Garagentor, aber es war verschlossen. »Hier haben wir ja noch gar nicht reingeschaut. Hol' doch mal bitte den …«, wollte er sagen, als sich einer der beiden Torflügel öffnete und Knuts Gesicht erschien.

»Hinten war offen«, grinste der Kollege breit, »kannst aber auch hier vorne reinkommen.«

Nachdem sie das Deckenlicht angeschaltet hatten, sahen sie sich in dem großen Raum ehrfürchtig um.

»Wow!«, entfuhr es Kristofferson, als er das alte Auto sah, das auf der einen Seite der breiten Garage stand. »Ein altes Mercedes Cabriolet aus den Fünfzigern! Was für ein geiles altes Auto aus den goldenen Zeiten des Automobilbaus.«

Dann blickte er sich weiter um. Die Garage war geräumig, hell gestrichen und neu gebaut, im Gegensatz zu dem Wohnhaus. Der Boden war gefliest, ein unregelmäßiges Muster kleiner Bodenplatten mit Mosaik, an den Wänden standen Regale mit Autoreifen, Motorenöl, und Werkzeug. Ein Aufsitz-Rasenmäher war in der Ecke geparkt.

Kristofferson betrachtete die Gegenstände in den Regalen, schob einige Dinge zur Seite, um einen Blick auf dahinterstehende Dosen und Pakete zu bekommen. Aber es gab nichts Auffälliges. Die Garage war aufgeräumt. Rechts stand der alte Mercedes, der Platz daneben war frei, sehr wahrscheinlich für Svenssons anderes Auto, den Ford-Pickup.

Knut wanderte ebenfalls suchend in dem großen Raum umher.

»Ziemlich massive Bauweise für eine simple Garage, und nur, um Autos unterzustellen.«

Er schaute sich den Boden an. »Und das Muster der Fliesen ist ja auch total idiotisch, da wird man ja irre. Also ich kann da nicht lange draufgucken.«

Kristofferson erstarrte wie vom Blitz getroffen. »Knut, du bist genial!«

Er ging langsam auf die Knie und schaute sich dabei suchend auf dem Fußboden um. »Wie lang ist so ein Pickup eigentlich? Ich meine, wenn du den rückwärts hier reinfährst, weil du etwas entladen willst, bis wohin reichte denn wohl der Wagen?«

Knut ging zum Garagentor, nahm Maß und machte dann sechs meterlange Schritte. Ein gutes Stück vor der rückwärtigen Mauer kam er zum Stehen.

»So bis hier etwa, würde ich mal tippen.«

Sein Kollege robbte auf Knien heran und inspizierte jeden Quadratzentimeter des Bodens, tastete mit den Fingern und wischte über die Fliesen.

»Hier! Ich habe es gewusst! Wie in dem Geheimraum, eine kleine Spalte. Und weil dieses Muster so nervig unruhig ist, kann man es nicht sofort erkennen. Liegt da irgendwo Klebeband herum?«

Knut schaute ihn etwas irritiert an, ging dann aber klaglos auf die Suche. Als er Kristofferson das weiße Klebeband reichte, war dieser schon ein gutes Stück auf dem Boden weitergekrochen. Nach kurzer Zeit hatten die beiden einen rechteckigen Rahmen auf dem Fußboden abgesteckt, der durch einen feinen Spalt in den Fliesen markiert war.

»Und wie kommen wir jetzt da rein?«, fragte Knut.

»Ich würde mal tippen genauso wie in den anderen Geheimraum! Also müssen wir noch mal den Elektriker aus seinem Feierabend herbeiholen!«, antwortete Kristofferson, wobei er mit den Fingern seiner Hände den Spalt im Fußboden entlangfuhr.

Wieder gab es nur ein leises, klickendes Geräusch, als der Elektriker etwas später das Hauptstromkabel des Hauses trennte, und in dem hellen Licht von Taschenlampen sah Kristofferson, wie das markierte Rechteck im Boden der Garage ein kleines Stück aufsprang. Mit den Fingern ließ sich die Bodenluke danach federleicht aufziehen und problemlos zur Seite hochklappen.

Zu ihren Füßen gähnte ein dunkles Loch. Kristofferson leuchtete mit einer Stabtaschenlampe in die Finsternis, und in dem fahlen Lichtkegel sahen die Männer Taucheranzüge, Flossen, Masken, Pressluftflaschen und Tampen und Seile. Knut war währenddessen schon mutig die schmale Stahltreppe hinabgestiegen und stand jetzt unten in dem Kellerraum unter der Garage.

»Das musste du dir anschauen, Lars. Die Garage ist komplett unterkellert. Hier liegen und hängen mehrere komplette Tauchgarnituren, die Pressluftflaschen sind an einen Kompressor angeschlossen. Sogar Tauch-Scooter gibt es hier. Aber ein Anschluss ist frei, da fehlt also offenbar ein Gerät. Genauso wie ein Kleiderhaken bei den Tauchanzügen leer ist.«

Kristofferson beobachtete von oben, wie sich sein Kollege in dem Raum unter ihm noch einmal umdrehte.

»Und es ist auch ein Kompressor Anschluss unbenutzt. Da fehlt also auch eine Garnitur Pressluftflaschen«, bemerkte Knut.

Der Kommissar oben in der Garage nickte. »Das ist wohl das Zeug, was unser toter Taucher anhatte. Komm 'rauf, Knut, damit die KTU-Leute ihren Job machen können. Wir müssen uns jetzt mal Gedanken machen, was wir da eigentlich gefunden haben und was für Schlüsse wir daraus ziehen können.«

Als die beiden Polizisten eine Stunde später in Kristoffersons Büro in Ystad saßen, war es fast Mitternacht geworden. Aber nach Schlaf war beiden nicht zumute. An dem White Board hatten sie einige Schlagwörter notiert, die ihnen zu dem möglichen Ablauf des Todes des Tauchers sowie zu den beiden entdeckten, geheimen Räumen in dem Haus eingefallen waren. Eine lose Sammlung loser Gedanken ohne roten Faden.

Kristofferson warf entmutigt den Filzstift zurück auf seinen Schreibtisch. »Wir haben die Räume in dem Haus gefunden, die jemand sehr sicher in krimineller Absicht dort gebaut und eingerichtet hat, und trotzdem haben wir nicht die geringste Ahnung, wie sie zusammenhängen. Was haben der Drogenraum im Wohnzimmer mit dem Tauchgerätehaus unter der Garage gemeinsam?«

Er erhob sich schwerfällig und ging dann zu der Landkarte an der Wand. Daneben waren Fotos von dem toten Taucher angepinnt, dazu auch ein Portraitfoto von Bo Svensson.

»Unser Taucher lebte hier in Beddingestrand, am Arsch der Welt. In seinem Geheimraum hinter dem Wohnzimmer portionierte er Drogen in kleinere Päckchen. Warum? Weil er sie in großen Paketen erhält! Ok! Aber von wem? Und warum hier?«

Knut hob die Hand zur Wortmeldung, denn anders sah er keine Möglichkeit, seinen aufgebrachten Kollegen zu bremsen und auf sich aufmerksam zu machen.

»Dieser unbekannte Fremde, dieser „Andere", lieferte ihm nur große Pakete, weil er nur große Pakete liefern kann«, entgegnete er.

Kristofferson schüttelte den Kopf. »Du meinst, Bo Svensson der Taucher ist auch der Großhändler, der die Drogen für den Straßenverkauf konfektioniert und dann auch in der Großstadt verteilt? Ich weiß nicht. Wir hatten doch schon an dieser Theorie bemängelt, dass sie zweifelhaft ist, weil es keinen regelmäßigen Transportverkehr von und nach *Beddingestrand* gab. Zumindest hat das keiner beobachtet. Außerdem wäre das viel zu riskant gewesen, denn in so einem kleinen Ort wären fremde Personen und fremde Autos sofort aufgefallen. Nein, das machen die Dealer nicht. Die arbeiten lieber in der Anonymität einer Großstadt. Außerdem sind sie da viel näher am Markt.« Er schüttelte noch einmal nachdrücklich seinen Kopf. »Aber wenn es nicht so wäre, warum also hier?«

Er holte Luft und drehte sich dann zur Fotowand und tippte auf das Foto von Bo Svensson. »Der arbeitete alleine dort in seinem Haus in *Beddingestrand*, deshalb fiel er nicht auf. Aber wie kamen die Drogenpakete in sein Haus? Und warum ausgerechnet dorthin?«

Knut betrachtete die bunte Seekarte an der Wand und seine Augen wurden plötzlich trotz der Müdigkeit groß.

»Wegen der Nähe zum Meer, Lars!«, rief er laut aus. »Ist doch klar! Die Tauchausrüstung! Der holt die Pakete aus dem Meer, er holt sie selber, macht daraus die kleinen Päckchen und verkauft die in der Stadt an die Straßendealer. Das Zeug kommt aus dem Meer, deshalb arbeitete der dort in dem Strandhaus!«

Einen Moment war es still. Dann nickte Kristofferson zustimmend, ohne etwas zu antworten. Deswegen fuhr Knut fort: »Haben wir eine Idee, wo der tote Taucher getaucht ist? Ich meine, wo der war?«

Kristofferson nickte. »Es gibt da einen selbsternannten Fachmann bei der KTU, der etwas vom Tauchen versteht. Er hat sich den Tauchcomputer des Toten angesehen und die Daten ausgelesen. Laut seiner Analyse könnte der Taucher bei einer flachen Stelle auf dem Meeresboden südlich der Küste gewesen sein.« Müde schlurfte er erneut zu der Seekarte und deutete auf einen Punkt in dem Blau des Wassers. »Die Daten aus dem Tauchcomputer deuten darauf hin, dass der Mann sehr wahrscheinlich hier war, bei diesem Gebiet, das sich *„Kriegers Flak"* nennt. Ein Windpark. Denn das ist die einzige Stelle im Umkreis von hundert Seemeilen, wo es flach ist.«

Dabei machte er einen ausgedehnten Gähner und rieb sich die Augen. Knut legte seinem Kollegen eine Hand auf die Schulter.

»Komm' Lars, wir machen jetzt Feierabend. Das war ein langer Tag und wir brauchen morgen einen klaren Kopf.«

Er deutete auf die Sammlung der Schlagwörter und Beobachtungen auf dem *White Board*. »Ist ja eine verwirrende Story, die da aufgelistet ist. Ich steige da jedenfalls nicht mehr durch.« Mit einem Blick deutete er zur Tür. »Komm schon!«

23 Ostsee

Der blaue Himmel über der schwedischen Ostsee strahlte mit der gelben Sonne um die Wette und es war herrlich warm geworden, weshalb die leichte Brise auf dem Wasser guttat.

Carla Nyqvist lenkte ihr kleines, wendiges Motorboot gekonnt durch die Kaskade riesiger Stahltürme, die in regelmäßigen Abständen aus dem Wasser hundert Meter hoch in das wolkenlose, blaue Nichts über der glatten Wasserfläche ragten. An jeder Spitze drehte sich ein gigantischer, dreiflügeliger Rotor und lieferte Strom für Nordwest-Europa – Tag und Nacht, bei Wind und Wetter.

Wobei nicht jeder Wind und jedes Wetter gut waren.

Erst vor etwas mehr als einer Woche gab es einen unerwarteten Sturm in diesem Seegebiet, das *Kriegers Flak* genannt wurde, der vom dänischen Seewetterdienst nicht in der Stärke vorhergesagt wurde, weshalb die Techniker des Betreibers VATTENFALL erst viel zu spät begonnen hatten, die Rotoren aus dem starken und vor allem sehr böigen Wind herauszudrehen. Denn zu viel Wind bedeutete eine extreme Belastung für die riesigen Rotorblätter, die wie gigantische Tragflächen durch den Wind schnitten. Zu starker Wind konnte den Turm, an dem die Rotoren hingen, in gefährliche Schwingungen versetzten, oder das Getriebe im Kopf der Anlage überhitzen, und zudem pflanzten sich die Vibrationen durch die gigantische Stahlkonstruktion bis in das Fundament fort, welches die Konstruktion im Meeresboden hielt, weshalb dieses auch mit tonnenschweren Granitsteinen beschwert und abgesichert wurde, die alle sorgsam übereinandergestapelt waren, damit sie nicht verrutschen konnten.

Carla Nyqvists Aufgabe an diesem sonnigen Morgen war eine Inspektionsfahrt, um eben diese Fundamentsteine nach dem Sturm auf eventuelle Schäden zu untersuchen.

Deshalb fuhr sie mit ihrem Motorboot innerhalb der gesperrten Zone zwischen den Windrädern umher, genoss die Ruhe und die Wärme, war aber konzentriert auf ihre Aufgabe. Bei schlechter Sicht im Wasser lief ein Sonargerät auf ihrem Schiff mit, welches den Untergrund abtastete und das Ergebnis wie mit einem von oben aufgenommenem Foto festhielt. Diese Bilder würden später von Fachleuten noch einmal daraufhin untersucht, ob die Steine noch lückenlos an den richtigen Stellen lagen.

An diesem fast windstillen Tag, an dem das Meer ruhig war und das Wasser nicht aufgewühlt, konnte die Inspekteurin einen Teil der Beobachtungen sogar von ihrem Schiff aus machen. Sie steuerte dafür ihr kleines Boot gekonnt dicht an den Türmen vorbei, blickte dabei in das kristallklare Wasser und schaute, ob etwas auffällig war. Seit Stunden war sie auf diese Art und Weise zwischen den Stahltürmen hin- und hergekreuzt, hatte sich gelegentlich Notizen gemacht, wenn sie rostige

Stellen an der Metallkonstruktion bemerkte oder massiges, sperriges Treibgut wie Holzbalken oder Plastikfässer gesichtet hatte, die sie nicht selber herausziehen und aufnehmen konnte.

Nyqvist hatte im Norden des weitläufigen Windparks begonnen und war mittlerweile am östlichen Rand des Feldes angekommen.

Fasziniert wie beim ersten Mal schaute sie zwischendurch immer wieder an einem Stahlmast hinauf, betrachtete die riesigen Rotorblätter, welche langsam von oben auf sie zudrehten, und stellte sich jedes Mal wieder vor wie es wäre, auf der Spitze eines Flügels zu sitzen und mit ihm dann in die Höhe gezogen zu werden. Und danach wieder von ganz oben herunterzufallen.

Sie hing diesen Gedanken noch nach, als es plötzlich einen dumpfen Schlag gegen den Plastikrumpf ihres kleinen Schiffes gab, so, als wenn sie eine Boje oder ein anderes, kleines Schiff gerammt hätte. Erschrocken hielt sie sich am Steuerrad fest, versuchte das Gleichgewicht auf dem kurzzeitig stark schwankenden Boot zu halten und schaute sich dann in Panik um, konnte aber auf der Wasserfläche vor dem Schiff nichts erkennen.

Carla stoppte den Motor, sodass das Boot antriebslos auf der ruhigen Wasserfläche umherdümpelte und lauschte dann angestrengt, wobei sie sich immer wieder umschaute.

Aber es war nichts zu hören außer dem Gurgeln des Wassers an der Bordwand.

Vorsichtig ließ die junge Frau das Ruder los, ging zur Steuerbordseite und schaute über die Kante ins Wasser, dessen Oberfläche in der Sonne glitzerte und das Licht schmerzhaft selbst durch ihre tiefschwarze Sonnenbrille reflektierte.

Deshalb erkannte sie erst auf den zweiten Blick, dass vor dem Bug ihres kleinen Schiffes eine Art langgestreckter Schwimmkörper mit dem Kiel nach oben trieb und sich offenkundig mit einem losen Seil im Anker an der Bordwand ihres kleinen Motorbootes verfangen hatte.

Hastig holte sie eine lange Stange mit einem Haken am Ende und stocherte damit eine Weile neben dem Plastikgefährt herum, bis sie es an einer Kante zu fassen bekam. Aber es ließ sich nicht heranziehen. Sie beugte sich noch weiter vor, kämpfte dabei immer wieder mit dem Gleichgewicht, zog und zerrte an dem Ding, konnte es aber nicht greifen, weil es auch zu groß war und die Oberfläche rutschig, sodass sie es alleine nicht aus dem Wasser heben konnte.

Erst nach einigen Fehlversuchen bemerkte die zierliche Frau, dass das Gefährt zudem noch an einem weiteren schwarzen Tampen festhing, der neben dem Plastikrumpf in der Tiefe des Wassers verschwand. Mit dem Bootshaken fingerte sie nach dem Tau, konnte es sogar greifen, aber als sie daran zog, holte sie nicht das Seil aus dem Wasser, sondern bewegte lediglich ihr kleines Schiff darauf zu, was ein Zeichen dafür war, dass das Seil irgendwo tief unter ihr am Meeresboden festhing.

Frustriert gab sie auf, fluchte laut in den Himmel, denn sie konnte schon die Scherze ihrer männlichen Kollegen hören, die sicherlich lachen würden, weil sie es nicht geschafft hatte, dieses Gerät an Bord zu holen. Es würde Sprüche geben von ,*typisch Frau*‘ über ,*musst eben mehr trainieren*‘ bis hin zu derben Kommentaren, die immer unter die Gürtellinie zielten.

Sie seufzte.

Aber es ließ sich nicht ändern.

Carla ging zum Ruder, notierte die Position, wo sie dieses Gerät gefunden hatte, in ihr Bordbuch und gab dann Vollgas zurück nach *Klintholm Hafen* auf der Insel Møn in Dänemark, um ihre Kollegen zu benachrichtigen.

Aber auch die beiden Männer, die zwei Stunden später zusammen mit der Inspekteurin auf ihrem Schlepper herangedampft kamen, konnten das Seil nicht vom Meeresboden lösen, so sehr sich die beiden auch abmühten. Durchschneiden wollten sie es nicht, weil unklar war, ob nicht etwas Wichtiges unten dranhing, und daran zerren durften sie nicht, weil sie dadurch möglicherweise die Steinblöcke in Bewegung versetzen würden.

Natürlich hatten sie über ihre Kollegin Nyqvist gelacht, als die zugab, den Tampen nicht vom Grund befreit haben zu können. Aber jetzt schauten sich die beiden Männer zwar etwas irritiert an, drehten dann aber schlussendlich doch ab, um am folgenden Tag ein drittes Mal und dieses Mal mit Verstärkung zu dieser Stelle zurückzukommen. Ein Taucher sollte nachsehen, woran das Seil hing.

Eine Entschuldigung in Richtung der jungen Frau für die Sprüche gab es dennoch nicht.

Aber was der Bergungstaucher, ein junger, blonder Mann Anfang zwanzig, am nächsten Tag unter Wasser fand, erschreckte ihn so stark, dass er abbrechen musste und wieder auftauchte.

»Hier liegt ein toter Taucher eingeklemmt unter einem schweren Steinblock!«, hatte er panisch in sein Unterwassermikrofon gebrüllt, als er sich bis zum unteren Ende des schwarzen Tampens vorbearbeitet hatte. »Das Seil, dieser Tampen von dem Schwimmkörper, ist an seiner Hand befestigt. Aber der Mann ist unter dem Stein eingequetscht. Der ist total platt!«

Als der arme Kerl nach dieser Entdeckung wieder an Deck saß und sich beruhigt hatte, schüttelte er trotzdem immer wieder seinen Kopf, als er den Beamten von der schwedischen Küstenwache das grausame Bild zu beschreiben versuchte.

Ein zweiter, erfahrener, älterer Taucher war in der Zwischenzeit für die Bergung des Toten hinuntergeschickt worden.

»Ich hatte mich von oben kommend schon bis zum Ende des Seils vorgetastet, das da von oben von dem Scooter herunterhing«, beschrieb der junge Mann seinen Tauchgang.

»Viel erkennen konnte ich nicht, nur, dass der Tampen irgendwo zwischen großen Steinblöcken verschwand, aber ich konnte nicht sehen, wo genau er festhing. Also bin ich noch dichter herangeschwommen, weil das Wasser in der Nähe der Steine wirklich sehr trübe war, aber ich konnte trotzdem nichts erkennen.«

Er atmete tief durch.

»Ich sah nur, dass der Tampen an etwas festhing und alles zusammen zwischen zwei Steinblöcken eingeklemmt war. Deshalb hatte ich den beiden vom

Schlepper gesagt, sie sollten mal das Hebegeschirr klarmachen, damit wir den einen Stein vielleicht anheben könnten, um den Tampen frei zu bekommen.«

Er wendete sich angewidert ab und musste erneut einige Male tief ein- und ausatmen bei der Erinnerung an das, was er dann gesehen hatte.

Erst dann fuhr er fort: »Der Mann war völlig zerquetscht, widerlich! Ganz offensichtlich waren mehrere große Steine bei dem Sturm in Bewegung geraten und hatten nur noch in trügerischer Ruhe relativ lose zusammengelegen und sind sofort nachgerutscht, als der Taucher zwischen den Steinblöcken herumgeschwommen ist.«

Er schüttelte sich erneut vor Abscheu.

»Und wo haben sie diese abgetrennte Hand gesehen?«, fragte der Beamte und schaute den Taucher dabei an.

Der arme junge Mann kämpfte sehr sichtbar mit seinem Magen.

»Die war ebenfalls unter einem der Steinblöcke eingeklemmt. Sie ist mir anfangs gar nicht aufgefallen. Erst als mir die glitzernde Schneide des Tauchermessers bemerkte und ich es aufnehmen wollte, sah ich die Hand. Aber sie hing auch zwischen den Steinen fest. Der Kollege wird sie mit nach oben bringen, wenn die den Steinblock angehoben haben.«

»Und diese beiden schwarzen Pakete haben Sie auch dort unten gefunden? Waren da noch mehr? Sind Sie sicher, dass das alles war?«, wollte der zweite schwedische Beamte wissen.

Der junge Bergungstaucher schüttelte wortlos den

Kopf und antwortete erst nach einer Weile mit müder, tonloser Stimme.

»Ja, die lagen zwischen den Steinen, unmittelbar neben dem toten Taucher. Hatte ich zuerst auch gar nicht gesehen, denn die waren gut versteckt. Aber mehr davon hab' *ich* nicht gesehen. Sie können ja noch einmal selber nachsehen, wenn Sie mir nicht glauben, aber *ich* gehe da nicht mehr runter, darauf können Sie einen lassen!«

24 Schweden

»Lars, hast du mal kurz Zeit, dir etwas bei mir anzuschauen? Ich meine, auf meinem Tisch? Ich glaube, dass du das hier sehen solltest!«

Schon als er die Nummer seiner Ex-Frau Christa auf dem Display seines Telefons sah, machte sein Herz einen unangenehmen Sprung und seine Hände wurden feucht, und als er abnahm, klang ihre Stimme wie erwartet hart durch den Hörer, ohne Emotionen, nüchtern, auch noch so viele Jahre nach der Trennung, sodass er fröstelte und deshalb gar nicht genau zugehört hatte.

»Wer soll sich was ansehen?«, fragte er leicht stotternd.

»Sag' mal, hast du gehört, was ich gesagt habe? Hörst du mir überhaupt zu?«

Er musste das Handy etwas vom Ohr weghalten.

Sie hatte sehr schlechte Laune.

»Ja klar, Christa. Wann hast du denn Zeit?«

»Jetzt gleich, das würde am besten passen!«

Er legte auf und ärgerte sich im gleichen Augenblick über sich selber. Immer wieder knickte er ein, wenn *sie* etwas von ihm wollte. Das war auch einer der Gründe für die Trennung seiner Freundin Berit von ihm gewesen, die ihm damals vorwarf, immer noch nach Christas

Pfeife zu tanzen und sofort zu springen, wenn die Ex etwas wollte. Lange verstand er nicht, was genau Berit damit gemeint hatte, aber irgendwann dämmerte ihm, dass er immer noch emotional erpressbar war.

Er hatte immer noch ein schlechtes Gewissen! Auch nach all den Jahren!

Christa stand hochnäsig und breitbeinig in dem hell erleuchteten Pathologensaal, als Kristofferson etwas atemlos in den Raum stolperte. Die Labore und Untersuchungssäle lagen zwar im Keller des gleichen Gebäudes, aber die Flure waren endlos und Lars in Hektik sogar die letzten Meter gelaufen, weil er drohte, zu spät zu der Verabredung zu kommen. Sie trug ihren grünen, langen Kittel und eine Chirurgenkappe auf dem Kopf, auf der Plastikschürze waren Blutspritzer.

»Schön, dass du es noch einrichten konntest«, zischte sie ihn an und drehte sich dann ohne weitere Begrüßung nach links zu einem großen Fenster in der Wand, durch das man auf den daneben liegenden Untersuchungsraum blicken konnte. Mit dem Finger deutete sie auf die Bahre in dem Nebenraum.

»Ich wollte dir den Anblick des zerquetschten Tauchers ersparen, weil ich weiß, wie dein Magen darauf reagiert.«

Der Kommissar starrte auf den dunklen Haufen.

»Danke, ist lieb«, murmelte Kristofferson betreten.

»Das ist nicht „lieb“ von *mir*, Lars, sondern nur eine Vorkehrung, damit wir hier nicht saubermachen müssen, wenn du kotzen musst. Nur deshalb!«

»War trotzdem nett von dir!«, murmelte er.

Aus gebührendem Abstand starrte er durch das Fenster auf die Leiche im Taucheranzug, die auf dem Tisch aus Chrom und Stahl lag. Und trotz der Distanz musste er sich bemühen, seinem Magen nicht die Vorherrschaft zu überlassen und seiner Ex-Frau damit die Bestätigung seiner Schwäche zu geben.

»Wo habt ihr *den* denn her?«

»Der kam heute Morgen dadurch herein«, grinste die Pathologin zynisch und zeigte dabei auf die Tür.

Kristofferson rollte mit den Augen.

»Ja, war ein Scherz! Wir haben den heute Morgen von der Küstenwache aus dem Windpark *„Kriegers Flak"* bekommen. Ein Taucher hat den Toten bei einer Inspektion des Fundaments eingeklemmt zwischen großen Felsblöcken gefunden. Der Bergungstaucher, der den Toten gefunden hatte, war völlig fertig mit den Nerven, weil er auf derartige Ereignisse nicht vorbereitet war. Der Körper des Mannes dort ist völlig zerquetscht.«

Sie deutete auf den Toten.

»Gleiche sportliche Erscheinung wie dein erster toter Taucher, und auch ihm ist bei der Ausübung seines Sports ein Malheur geschehen, denn er wurde unter einem riesigen Stein eingeklemmt. Der war sehr sicher sofort tot.«

Der Sarkasmus der Pathologin war nicht zu überhören und er fand den immer schon fehl am Platze.

»Viel werde ich da nicht mehr untersuchen können. Insbesondere, was die Todesursache angeht. Die musst du mir einfach glauben. Nach optischen Gesichtspunkten festgestellt.«

Sie lachte wieder hell und laut. Aber dann zog sie

Kristofferson unvermittelt von dem Fenster weg und deutete stattdessen in den hinteren Bereich des zweiten Untersuchungsraumes, der daneben lag, wo ebenfalls ein chromblitzender Tisch stand.

Mit etwas Kleinem, Nacktem darauf.

Sie deutete auf den Gegenstand.

»Aber warum ich dich eigentlich angerufen hatte war, weil ich glaubte, dass dieser Gegenstand dort dich interessieren würde. Denn neben dem zerquetschten Taucher haben die Männer von der Küstenwache mir noch etwas gebracht, was sie neben dem Toten dort hinten gefunden haben. Und von dem ich weiß, wo es eigentlich ran gehört.«

Sie waren bei dem Tisch angelangt und der Kommissar, der vorher nur Augen für seine Ex-Frau hatte, erschrak heftig, als er den Pathologentisch betrachtete.

Dort lag eine Hand!«

»Woher hast du *die* denn?«, fragte er.

»Die kam mit dem toten Taucher. Hatte der Bergungstaucher neben dem zerquetschten Toten gefunden, ebenfalls eingeklemmt unter dem Stein. Daneben lag auch noch das Tauchermesser. Und irgendwie sagte mir mein Gefühl, dass die Hand zu dem ersten toten Taucher gehört, was bedeutet, dass er sich die Hand selber abgetrennt hat, um sich zu befreien. Wir werden das noch untersuchen, aber ich bin mir ziemlich sicher.«

Kristofferson schüttelte sich und ihn fror bei den Bildern, die sich vor seinem inneren Auge abspielten. Er hatte schon mehrfach davon gehört, in den Nachrichten davon gelesen, aber dieses war jetzt sehr real, sehr dicht neben ihm.

Sprichwörtlich!

Die Pathologin, bemerkte die veränderte Stimmung und ahnte Kristoffersons Gedanken.

»Wir können uns nicht vorstellen, so eine grausame Verstümmelung selber an uns vornehmen zu müssen. Aber dem Mann war sicherlich klar, dass er ersticken würde, wenn seine Atemluft erst einmal zur Neige geht. Wahrscheinlich hat er in Panik gehandelt und nicht darüber nachgedacht, wie er hinterher, also nach der Amputation, die Blutung stillen könnte.«

Kristofferson nickte seine Zustimmung.

»Und da ist noch etwas - hat mir einer deiner Kollegen von der Küstenwache vorhin im vertraulichen Gespräch verraten. Die haben zwei Pakete mit Drogen an der Stelle gefunden, wo der Tote eingeklemmt war. Wie es aussah, waren die beiden Taucher also offenbar gekommen, um diese abzuholen. Aber die beiden toten Unterwasser-Spezialisten sind infolge eines Unfalls umgekommen, sodass die Küstenwache diesen Fall dem Drogendezernat übergeben wird.«

»Danke Christa, ich werde mit dem Polizeipräsidenten den Fall erläutern, damit die Ermittlungen bei uns bleiben.«

Er schaute die Frau auf der gegenüberliegenden Seite des Chromtisches an.

»Hättest du mal Zeit für ein Wein?«, fragte er leise.

Erst starrte sie ihn an, als hätte sie den Leibhaftigen gerade neben ihm gesehen, dann schüttelte sie energisch den Kopf, kaum dass sein letztes Wort in dem gekachelten Raum verhallt war.

»Nein, Lars, vergiss es! Ein für alle Mal.«

Am folgenden Tag lag der Bericht der Autopsie des zweiten Tauchers auf seinem Schreibtisch.

Nach ihren Untersuchungen war der zweite Mann sehr viel älter als der erste, Christa schätzte ihn auf deutlich über fünfzig. Helle, graue Haare, noch relativ sportlich für sein Alter, und nach dem Gebissstatus und dem Zustand der Zähne hatte sie auf Westeuropäer geschlossen. Und nach dem Zustand seiner Hände und Finger tippte die erfahrene Pathologin darauf, dass der Mann in der Vergangenheit eher weniger mit den Händen gearbeitet hatte. Aber weitere Anhaltspunkte zu seiner Herkunft hatte die Frau in ihrem Bericht nicht gegeben. Aber das war wichtig, würde es doch die Suche eingrenzen.

Er musste deshalb doch wieder anrufen. Sein Magen krampfte.

»Jedenfalls nicht aus Italien oder Spanien«, antwortete sie kühl, »dafür ist seine Haut zu hell und die Haare nicht so schwarz, wie man das von Südeuropäern erwarten würden. Auch nicht …«

»Bitte, Christa, ich bin etwas in Zeitnot, weil ich zur KTU rüber muss. Hau' einfach mal raus, was du glaubst. Du bist ja sonst nicht so zimperlich, wenn es darum geht, deine Meinung zu äußern.«

»Ätz, ätz! Wie immer, aber egal. Aufgrund der gepflegten Zähne würde ich sagen Deutschland, Dänemark, oder einer hier von uns, ein Schwede.«

Kristofferson stutzte. »Wieso nicht auch Franzose oder Holländer?«

»Holländer haben oft ein fliehendes Kinn und einen schmalen Oberkiefer, sind relativ groß von Statur und die meisten niederländischen Männer haben in dem Alter dieses Toten hier keine Haare mehr auf dem Kopf. Und Franzose ist er nicht, weil die in der Regel schlechte Zähne haben aufgrund generell mangelnder Zahnhygiene durch zu viel Wein und starkes Rauchen.« Sie kicherte hörbar. Ihre Laune hatte sich offenbar gebessert. »Eine Reihe unqualifizierter Vorurteile«, kommentierte sie ihre Schlussfolgerung, »die jeder wissenschaftlichen Grundlage entbehren. Aber du wolltest einen Schnellschuss! Peng! Da ist er.«

Lars sackte innerlich zusammen.

»Das reduziert das Untersuchungsgebiet signifikant«, entgegnete er frustriert. »Jetzt brauchen wir nur noch einhundert Millionen Menschen zu checken, ob einer vermisst wird. Trotzdem vielen Dank, Christa.«

Er wollte bereits auflegen, als sie noch etwas in den Hörer rief.

»Lars, warte bitte mal ganz kurz!«

»Ich muss rüber zu den KTU-Leuten!«

»Nur ganz kurz! Es tut mir leid, dass ich gestern so ätzend war, als du gefragt hattest, ob wir ein Glas Wein trinken wollen.«

»Und? Willst du?

Einen Moment war nur rauschende Stille im Telefon, als wenn sie sich besinnen würde, aber dann hörte Kristofferson unvermittelt ein lautes Poltern bei der Pathologin im Büro und die Stimme ihres Chefs im Hintergrund.

»Ich melde mich wieder bei Ihnen, Herr Bergström«, sagte sie plötzlich laut und vernehmlich. Dann war die Leitung unterbrochen.

Leider. Aber Kristofferson musste sich auch beeilen.

Die Labore der KTU lagen etwas abseits vom Polizeipräsidium in einem separaten Trakt mit eigenem Eingang. Die Forscher und Sucher kriminalistischer Tathergänge wollten nicht mit den Polizisten verglichen werden, deren schnöde Aufklärungsarbeit auf Befragungen, Spekulationen und Gefühlen basierten. In den hellerleuchteten Laboren wurde in jede Ritze eines Beweismittels geschaut und jede Anhaftung akribisch untersucht. Nichts wurde hier dem Zufall oder gar einem „Gefühl" überlassen.

Auf dem großen Tisch vor Kommissar Kristofferson lagen zwei ein Meter lange, rundliche, beindicke Pakete, von denen eines mit einem Schnitt geöffnet war, sodass der Inhalt, ein weißliches, zusammengepresstes Pulver, zu erkennen war. Die zwei Drogenrollen lagen auf schwarzen, dicken Plastikfolien, in die jedes eingewickelt war, jede lange Rolle bestand aus mehreren kürzeren und war dann noch einmal von mehreren Lagen schwarzer Folie umwickelt.

Beide Rollen waren mit grauglänzend, hellem Panzerband zusammengeklebt worden, und zusätzlich war dieses große Paket noch mit einem bunten, rötlichen Seil umwickelt, dessen anderes, freies Ende aufgerollt auf dem Tisch lag.

Kristofferson stand am Rand und beobachtete die Gruppe der Polizeikollegen, die gespannt um den Tisch herumstanden. Neben den beiden KTU-Leuten waren noch drei Kommissare vom Drogendezernat dabei sowie sein Kollege Knut Østergaard.

Er kannte die Drogenfahnder gut von Besprechungen und gemeinsamen Einsätzen. Sie taten ihm immer wieder leid, denn ihr Kampf gegen die Mafia wurde mit jedem Jahr aussichtsloser, vor allem seit neben den Türken und Afghanen jetzt auch noch Russen und Syrer im großen Stil auf dem schwedischen Markt mitmischten. Das Problem des Drogenschmuggels war die sogenannte „grüne" Grenze, die eigentlich eine blaue war. Über die Ostsee kamen Waffen, Drogen und illegale Einwanderer, und in dem riesigen, weiten Land mit seinen laschen Gesetzen war die Polizei immer in der Verteidigungshaltung, konnte nie agieren, immer nur hinterherlaufen.

Aber auch sein, Lars Kristoffersons Job, war schwieriger geworden, weil die Hemmschwelle für Mord infolge des inflationären Einstroms von Waffen aus osteuropäischen Armeebeständen immer weiter absank. Morde durch bandenmäßige Kriminalität, vor allem bei Drogengeschäften, überstieg mittlerweile die Anzahl aller anderen Tötungsdelikte in Schweden und hatte sich seit der Jahrtausendwende fast verdoppelt. Sogar Kinder und Jugendliche dienten sich den Gangs an, weil sie den Kick und die Anerkennung wollten und sehr genau über die Gesetze Bescheid wussten in denen stand, dass sie strafunmündig waren – egal, was sie getan hatten.

Die Welt stand am Abgrund.

Der Leiter der KTU trat vor und begann mit nüchterner Stimme seine Einführung.

»Guten Morgen, meine Herren. Wir haben vorgestern von der Küstenwache zwei Pakete bekommen, welche Bergungstaucher einer Windparkfirma unter den Fundamentblöcken eines Rotors gefunden hatten. Zusammen mit einem eingequetschten, toten Taucher. Wir haben die Pakete geöffnet und sie heute eingeladen, um sich den Inhalt dieses Drogenfunds anzusehen und gegebenenfalls zu kommentieren, ob ihnen mit Blick auf die Art der Verpackung, das benutzte Klebeband oder andere Dinge vielleicht irgendwelche Ähnlichkeiten zu anderen Funden einfallen, die uns Hinweise auf die Herkunft der Pakete geben könnten.«

»Wieviel ist denn das?«, fragte einer der Drogenbeamten ganz rechts.

»Das sind zwei mal acht Kilogramm.«

Ein anderer Mitarbeiter pfiff durch die Zähne.

»Dann hat der Fund einen Straßenwert von über zwanzig Millionen Kronen! Glückwunsch an die Küstenwache.«

Der KTU-Leiter grinste unbeholfen.

»Es war ein Zufallsfund. Wie gesagt, die Pakete waren unter Steinen verborgen und wurden offenbar von Tauchern dort platziert und auch von Tauchern eingesammelt. Dieser Fund stellt erst einmal einen neuen Transportweg dar und sollte uns einen Hinweis darauf geben, dass sich die Dienststellen neu aufstellen müssen.« Er holte tief Luft und deutete dann wieder auf die Exponate.

»Fällt Ihnen irgendetwas auf, meine Herren? Haben Sie so eine Lieferung schon mal gesehen?«

Die meisten der Anwesenden schüttelten die Köpfe.

»Sieht zumindest nicht sehr professionell verpackt aus, finde ich. So ein wenig zusammengetackert, würde ich sagen«, kommentierte der Chef der Drogenermittler, ein kleiner Mann mit dunkler Haut und schwarzen Haaren und einem Vollbart. Lars wusste, dass er gebürtiger Türke war, dessen Eltern nach Schweden gekommen waren, als er zwei Jahre alt war.

»Ja, das war uns auch schon aufgefallen«, gab der KTU-Leiter zurück, »und ist möglicherweise auch ein Indiz für die Herkunft und den Täter. Und das unprofessionelle Aussehen lässt uns auch hoffen, dass wir es eben nicht mit Fachleuten zu tun haben und deshalb vielleicht Fingerabdrücke auf den Plastikfolien finden könnten.«

Er atmete tief ein.

»Es gibt weitere auffällige Besonderheiten bei dem Fund, lassen sie mich ihnen also einen nach dem anderen präsentieren.«

Dabei deutete er mit dem Finger auf das Seil, mit dem alles umwickelt war. »Solch eine Art von Seil, oder Tau, wie man in der Seefahrt sagt, ist ungewöhnlich für Hobbysegler. Das ist ein Kevlar Seil und es ist Profimaterial, welches eigentlich nur in der kommerziellen Seefahrt verwendet wird. Man kann es nicht als Meterware im Baumarkt kaufen, sondern nur auf Trommeln. Und schon die Schwierigkeit, es zu zerschneiden, ist ein Hinweis darauf, dass diese Pakete von einem See erfahrenen Mann geschnürt wurden, zum Beispiel von einem Fischer oder Hochseesegler, denn zum Schneiden braucht man einen Bolzenschneider, der diese Art von Seil durchtrennen kann. Alle anderen Arten von Messer oder Scheren funktionieren nicht.«

Dann zeigte er mit dem Finger auf die Klebefolie.

»Gleiches Bild wie bei dem Seil. Dieses ist sogenanntes *Duct Tape*, und aus dieser Kategorie von Klebe-

bändern ist es ebenfalls die Profiausführung, das sogenannte „*Gorilla Tape*". Das wird häufig in der Seefahrt
eingesetzt, weil das Zeug wie die Sau klebt, auch auf
feuchten Untergründen. Auch hier würden wir folglich
sagen, dass dieses Paket von einem Profi aus der Seefahrt verpackt wurde.«

Dann ging er etwas weiter um die längliche Paketrolle
herum und bedeutete den Umstehenden, seinem Finger
zu folgen.

»Was wir als sehr vielversprechende Spur entdeckt
haben ist, dass der oder die Einwickler dieser Pakete eine
Zeitung benutzt haben, und zwar eine aus Deutschland,
genauer gesagt aus Neustadt, das in der Nähe von Travemünde bei Lübeck liegt. Das engt möglicherweise den
Suchradius der Täter etwas ein.«

»Und was ist das dort auf der Zeitung? Hat da jemand
draufgeschrieben?«

Kristofferson deutete mit seinem Zeigefinger auf die
Zeitung und zeigte auf Buchstaben, die mit schwarzem
Filzstift in großer Eile ziemlich krakelig notiert worden
waren.

Der KTU-Mann nickte wissend.

»Gut beobachtet! Jemand hat mit wasserfestem Filzstift etwas da draufgeschrieben. Der erste Buchstabe ist
ganz deutlich ein „S", dann kommt ein kleines L, würde
ich meinen«, sagte der KTU-Leiter, »oder ein großes i.«

Lars nickte. »Und dann ein „F"!« Er stutzte. »Oder ein
„E", wenn man dieses hier unten in dem Foto auf der
Zeitung nicht als Balken, sondern als etwas Geschriebe-
nes nimmt. Also wie zu einem „E" gehörend.«

»Und dann folgen zwei „Z"«, ergänzte der KTU-

Mann.

Kristofferson schrieb auf einem Blatt in seiner Kladde die Buchstabenfolge. ‚SIEZZ‘ stand auf dem Papier.

»Und das soll jetzt was bedeuten?«, fragte er in die Runde.

Der KTU-Leiter schüttelte leicht den Kopf. »Wir wissen es leider nicht. Völlig unklar, ob das ein Kürzel ist oder ein Code.«

Kristofferson war gerade dabei, die Buchstabenkombination auf dem Einwickelpapier zu fotografieren, als das Handy vibrierte und einen alten Schlager aus den Achtzigern abspielte, *Man after Midnight* von ABBA. Der KTU-Mann blickte ihn genervt an, und auch die anderen im Raum murrten hörbar.

»Nun gehen Sie schon ran, den Klingelton hält ja niemand lange aus!«

»Ich mag den Song nun mal«, entschuldigte sich Kristofferson und verdrückte sich dann in eine Ecke des Raumes. Am anderen Ende der Leitung war der Polizeichef.

»Hast du mal einige Minuten Zeit, Lars? Ich möchte gerne etwas sehr Wichtiges mit dir besprechen.«

Kristofferson schaute sich unsicher um und traf den Blick des KTU-Leiters, der ihm aber mit einem Winken signalisierte, dass er gehen könne. Mit dem abgespreizten Daumen und kleinen Finger symbolisierte der Mann ein Telefon und wollte damit anzeigen, dass der Kommissar später noch einmal anrufen sollte. Dabei deutete er auf das merkwürdige Kürzel auf den Drogenpaketen. Kristofferson verstand den Hinweis, verbeugte sich kurz höflich gegenüber den anderen im Raum und entschwand dann aus dem Labor.

Der Polizeichef war ein massiger Mann mit wenigen
Haaren auf dem Kopf, die jedoch akkurat zur Seite ge-
kämmt waren. Sein Gesicht war feist, rund und glatt, die
hellen Brauen dafür umso buschiger und ungepflegt,
aber die Augen waren freundlich und blau, passend zu
seiner Uniform, die tadellos saß, mit einem gestärkten
Hemd und einer etwas zu enggebundenen Krawatte, sodass ein Speckring um den Hals hervorquoll.

Er nickte immer wieder zustimmend, während Kristofferson ihm den Fall des ersten toten Tauchers von
Beddingestrand erläuterte, die geheimen Räume beschrieb, die sie in dessen Haus am Strand gefunden hatten, und das Tauchequipment. Zum Ende der Beschreibung erwähnte der Kommissar auch noch den zweiten
toten Taucher und die abgetrennte Hand, die beide im
Windpark „*Kriegers Flak*" gefunden wurden.

Bei der Beschreibung der Hand verengte der Polizeichef seine Augen wie aus eigenem Schmerz.

»Das würde jemand tun? Sich das selber antun?« Er
schüttelte den Kopf. »Drogendealer sagtest du?«

Die beiden Männer kannten sich schon lange. Aber
während Lars in seiner Arbeit als Kriminalist hängen geblieben war, hatte sein damaliger Freund und ehemaliger
Mitbewohner sehr eindeutig ehrgeizigere Ziele verfolgt
und diese auch gegen seine Freunde durchgesetzt. Deshalb saß *er* jetzt als Chef auf der Seite des Schreibtisches
mit dem bequemen Sessel.

Bedächtig wog er seinen Kopf, als Lars geendet hatte,
und schaute Kristofferson dann durchdringend an.

»Ich habe dich hergebeten, weil ich gestern ein Tele-
fongespräch mit dem Chef der deutschen Küstenwache

hatte, einem Kommodore Johannes Schlüter, der nach einem ausgedehnten, langatmigen Intro über die supergute Zusammenarbeit zwischen beiden Ländern beiläufig fragte, ob wir in den letzten beiden Wochen irgendetwas Auffälliges in unserem Seegebiet entlang der schwedischen Südküste gehabt hätten. Er erzählte mir dann, dass die deutsche Küstenwache vor einer Woche einen herrenlosen, deutschen Fischkutter in internationalen Gewässern aufgebracht hatte, auf dem es wohl einen Mord gegeben haben muss, weil sie viel Blut auf dem Deck gefunden hatten, aber keine Leiche. Der Kutter trieb südlich von dem Windpark *„Kriegers Flak“*, also genau dort, wo die VATTENFALL-Leute den Toten, also den zweiten toten Taucher, gefunden haben. Das habe ich dem Deutschen aber nicht erzählt, nur hatte *ich* mich nach dem Telefonat natürlich auch gefragt, ob es da nicht eine Verbindung geben könnte.«

Er schaute den Kommissar und ehemaligen Freund fragend an.

Der aber schüttelte den Kopf und zuckte mit seinen Schultern. »Auf schwedischer Seite haben wir einen Drogenfund sowie zwei tote Taucher, die offenbar das Kokain holen wollten und dann von rutschenden Gesteinsblöcken aus dem Fundament eines Rotors eingeklemmt wurden. Das ist zurzeit unsere Arbeitshypothese. In beiden Fällen waren es Unfälle, bei denen dieses Mal die richtigen, nämlich die Bösen, umkamen. Mehr gibt es da bei uns in Schweden nicht.«

»Ja, Lars, das stimmt, und das bezweifelt auch niemand. Aber wie kam denn das Kokain dort hin, und vor allem durch wen?«

Kristofferson schaute seinen Chef genervt an, zuckte dann erneut mit den Schultern und machte mit den Händen eine abwehrende Bewegung.

»Erik! Ich habe einen Schreibtisch voll mit Fällen, die vielleicht alle einen Zusammenhang zueinander oder miteinander haben könnten, aber ich habe einfach keine Zeit, diese entfernten Verbindungen zu suchen. Im Falle dieser Windpark-Taucher und ihren Drogen kannst du doch die Leute aus der Drogenfahndung fragen, woher das Zeug kommen könnte oder wie es dorthin kam. Das ist deren Arbeitsbereich. Aber auch von denen hat sicherlich niemand Lust, für die blöden Deutschen neben all der täglichen Arbeit die Hintergründe über den Verlust einer Kutterbesatzung herauszufinden.«

Er lachte, aber der Polizeichef lachte nicht mit.

Ganz im Gegenteil.

Der holte tief Luft und kam bei seinen Worten etwas nach vorne, um ihnen Nachdruck zu verleihen. Er hatte sich bereits festgelegt und hatte Kristofferson nicht hereingerufen, um mit ihm zu diskutieren.

»Der Deutsche erzählte mir, dass der Kutter umgebaut und als Angelschiff getarnt war und eigentlich eher eine Tauchbasis für ein oder zwei Taucher war.«

Kristoffersons Augen wurden größer und der Polizeichef sah das deutlich.

»Der Kutter liegt jetzt in Neustadt, das ist in der Nähe von Lübeck. Vielleicht willst du da mal hinfahren, um zu sehen, ob diese Fälle nicht doch irgendwie zusammenhängen? Die Deutschen sind gründlich, keine Frage, aber sie brauchen Ewigkeiten, bis sie alle Vorschriften und Gesetze durchgesehen und berücksichtigt haben.

Schau' doch mal, ob du unsere toten Taucher da nicht doch irgendwie einbauen kannst.«

Kristofferson wollte sich schon erheben, weil er dachte, dass das Gespräch beendet sei, aber der Polizeichef hob nur mahnend seinen Finger und machte eine Bewegung mit der Hand, die Lars von ihm von früher kannte. Und schon damals hatte sich Kristofferson immer wieder darüber geärgert, dass dann auch wirklich alle verstummten.

»Ich lasse dich dort hinfahren, Lars, weil ich mit diesem Chef von der deutschen Küstenwache übereingekommen bin, dass wir angesichts der internationalen Krisen und Verbrechen unsere Zusammenarbeit verstärken sollten - deshalb sollst *du* hinfahren. Du arbeitest dort etwas mit und machst einen guten Eindruck, bestätigst unser Bemühen um gute Zusammenarbeit. Du bist mein bester Mann, also gib dir Mühe und mache wenigstens den Eindruck, dass es uns wichtig ist. Aber halte es kurz und mach' da kein großes Fass auf. Der Fall der toten Taucher bei uns ist abgeschlossen, wie du ja schon richtig geschlussfolgert hast.«

Kristofferson rollte mit den Augen, gab aber auf, weil er wusste, dass der Chef diese Entscheidung schon gefällt hatte und nicht darüber diskutieren würde. »Hast du ein Foto von dem Kutter, ich meine, damit wir in unserer unbotmäßig üppigen freien Zeit noch mal alle Küstenbewohner in Südschweden fragen können, ob sie ein paar Mann von der deutschen Besatzung als Schwarzarbeiter angestellt haben? Um dem Fachkräftemangel zu begegnen.«

Jetzt musste sogar der Polizeichef lachen. Grinsend

schob er seinem ehemaligen Freund das Archivfoto von Broder Henningsens Kutter hin.

Kristofferson warf einen oberflächlichen Blick darauf und war schon dabei, es wieder zurückzugeben, als sein Blick auf der Kennung des Kutters am Bug des Schiffes wie magisch hängenblieb. Mit seinem Zeigefinger deutete er auf die Zeichenfolge.

»Was bedeuten diese Buchstaben und Zahlen?«

»Die Deutschen geben allen kommerziellen Fischfangschiffen ein Kürzel, woher sie kommen, zusammen mit einer Nummer. Dieser Kutter kommt aus Sierksdorf, das liegt bei Neustadt in Schleswig-Holstein und die Zeichen …«

Kristofferson war bereits hektisch aufgesprungen und drehte sich nur noch kurz zu dem Chef um.

»Schick' mir bitte die Kontaktdaten von deinem Gesprächspartner bei den Deutschen, diesem Kommodore soundso. Ich werde hinfahren, nach Lübeck, und wir werden ihm helfen bei der Suche nach der Fischkutterbesatzung.«

»Neustadt, Lars, nicht Lübeck!«, entgegnete der Polizeichef, aber da war Kristofferson schon draußen. Er hatte ihn einfach stehen gelassen, der sich bei seinen letzten Worten etwas mühselig aus dem viel zu engen Stuhl erhoben hatte, um Kristofferson zum Abschied die dickliche Hand entgegenzustrecken.

Er zog sie deshalb unverrichtet wieder zurück und murmelte nur noch einmal: »Neustadt!«

26 Neustadt

Nach acht Stunden Seefahrt verließ Kristofferson
müde und genervt das riesige Fährschiff, das ihn von
Trelleborg in Schweden nach Travemünde in Schleswig-
Holstein gebracht hatte. Müde deshalb, weil das Schiff
nicht nur ihn, sondern auch eine heillos betrunkene Fuß-
ballmannschaft junger Schweden mitgenommen hatte,
die von dem Moment, als die Fähre ablegte, bis zum
Festmachen in Deutschland ununterbrochen getrunken
hatten und dabei natürlich immer lauter geworden waren. Und wie es das ansonsten immer wieder strapazierte
„Schicksal" so wollte, lag auch seine Kabine noch in
demselben Flur wir die der Saufbrüder.

Die grelle Morgensonne blendete ihn deshalb sehr, als
er die gläserne Gangway vom Schiff zum Ankunftsge-
bäude durchschritt. Und schon hier konnte er bereits
wieder die junge Schwedentruppe hören, die sich oben
am Ausgang des Schiffes erneut sammelte. Er schämte
sich dafür, und kramte bei dem Zollbeamten sein aller-
bestes Deutsch hervor, um nicht mit denen, die sich hinter ihm lautstark auf Schwedisch bemerkbar machten, in
einen Topf geworfen zu werden.

Kristofferson ging an den Zöllnern vorbei und war
schon im Begriff, sein Telefon herauszuholen, um eine

Nummer zu wählen, die man ihm als Kontakt gegeben hatte, als ein großgewachsener, älterer Mann um die Sechzig plötzlich vor ihm stand.

»Mr. Kristofferson, from the Police in Ystad? My name is Peter Brockmann, assistant of Mr. Krieglsteiner from the Federal Police in Neustadt.«

Kristofferson war beeindruckt. Perfekter Empfang in perfektem Englisch, sehr höflich vorgetragen von einem älteren Mitarbeiter der Kriminalpolizei. *Das* nannte er mal einen standesgemäßen Empfang.

»Sie sind sehr freundlich«, entgegnete er auf Deutsch, »und im Gegensatz zu den meisten Ihrer Landsleute gewillt anzuerkennen, dass es auch andere Sprachen gibt.« Dabei reichte er Brockmann die Hand. »Meine Mutter ist, war leider, Deutsche und hat uns Kindern immer *ihre* Familiensprache sehr lebendig vorgetragen. Deshalb spreche ich ganz gut Ihre Sprache.«

»Sie sprechen sie perfekt, Herr Kristofferson, und deshalb bin *ich* jetzt beeindruckt. Schön, dass Sie da sind, und ich hoffe, dass Sie eine gute Reise hatten.«

In dem Augenblick begann neben den beiden Polizisten die Horde trunksüchtiger schwedischer Jugendlicher erneut ihren Lobgesang auf das Bier und nackte Frauen. Kristofferson rollte mit den Augen, weil er den unflätigen Text verstand, den die Jungs sangen.

»Es tut mir leid, und ich schäme mich für meine Landsleute …«

Aber Brockmann legte eine Hand auf den Arm des schwedischen Kommissars und zog ihn hinaus in die frische Sommerluft von Travemünde. »Diese Typen gibt es überall, in jedem Land. Vergessen Sie sie einfach.«

Dann drehte er sich herum.

»Haben Sie schon gefrühstückt? Oder zieht es Sie gleich ins Büro und zu dem Fall dieses Fischkutters?«

»Ehrlich gesagt ja. Ich habe auch nicht so viel Zeit mitgebracht, wollte heute Abend eigentlich wieder zurückfahren. Vielleicht wäre es möglich, dass wir gleich mit der Arbeit beginnen? Mein Chef hatte mir eingeschärft, keine unnötigen Kosten zu verursachen für diesen, sagen wir mal, ungewöhnlichen Fall deutsch-schwedischer Zusammenarbeit.«

Brockmann lachte.

»*Ungewöhnlich* ist nett ausgedrückt. Aber ich verstehe Sie und werde Sie gleich nach Neustadt zu Kommissar Krieglsteiner bringen. Dann werden wir weitersehen, ob wir Sie nicht doch zum Bleiben überreden können, um gemeinsam leckeren Fisch zu essen.«

*

Als Kristofferson das Steuerhaus des Fischkutters wieder verließ, war er sprachlos und Brockmann merkte ihm deutlich an, dass es in dem Schweden arbeitete.

Der Kutter war in der Neustädter Marinewerft an Land gehievt und aufgebockt worden, damit die KTU auch den Rumpf des Schiffes untersuchen konnte. Nach einem ersten flüchtigen Blick aus der Entfernung hatte Kristofferson sich noch belustigt über das hölzerne Schiff und die alte Bauweise geäußert und seine Gedanken dazu mit Erinnerungen und Geschichten aus seiner Jugend angereichert. Aber als sie ihm die Verankerung der metallischen Röhren an der Außenhaut gezeigt hatten und den Unterwassereinstieg in den Geheimraum im Bug des Schiffes, wurde der Mann aus Schweden leiser angesichts des professionellen technischen Umbaus.

»Ich muss mich entschuldigen für die möglicherweise etwas, wie würden Sie es umgangssprachlich auf Deutsch ausdrücken, *flapsige* Art, mit der ich Ihrem Fall dieses havarierten Kutters anfangs begegnet bin. Nun muss ich hier erkennen, dass wir es mit einem hochprofessionell aufgerüsteten Schiff zu tun haben, das einen uns bis eben völlig unbekannten, neuen Schmuggelweg möglich gemacht hatte. Oder immer noch macht. Je nach dem! Jetzt ist mir klar, dass dieser Kapitän mit seinem Kutter Kokain aus Südamerika über den Hamburger Hafen bis nach Südschweden transportierte und Taucher es dann in einem Versteck im Fundament von Rotoren hinterlegten.«

Kristofferson freute sich und klopfte immer wieder seinen deutschen Kollegen auf die Schultern. Krieglsteiner nahm das gerne an und war seinerseits begeistert über die Zusammenarbeit.

Nur Brockmann war in sich gekehrt.

»Ist alles in Ordnung mit Ihnen?«, fragte der Schwede deshalb in einer ruhigen Minute, als sie etwas abseitsstanden, und schaute ihn dabei musternd an. Krieglsteiner war glücklicherweise gerade am Telefon, sodass Brockmann den Kommissar unbemerkt zur Seite ziehen konnte.

»Haben Sie zufällig Fotos von den toten Tauchern? Ich meine, von deren Gesichtern?«

Kristofferson schaute den Hamburger fragend an, aber der blieb stumm.

»Ja, wir haben einen Bericht. Er ist sehr detailliert, denn er ist von meiner Ex-Frau verfasst worden und ich dürfte nicht einmal hier, hunderte Kilometer entfernt, auch nur einen leisen Zweifel daran verlauten lassen, ohne dass mich ihr Todesblitz treffen würden.«

Er lachte, spürte aber sofort, dass sein Witz nicht die gewünschte Wirkung hatte.

»Nein, Scherz beiseite, Herr Kollege Brockmann. Natürlich gibt es Fotos, allerdings habe ich nur eines dabei, eines von dem ersten Taucher. Soll ich eines von dem zweiten Mann organisieren?«

Er sah Brockmann weiter von der Seite an.

Der nickte leicht.

»Gibt es da etwas, das ich wissen sollte? Oder das mich interessieren könnte?«, fragte Kristofferson.

Der Schwede war sehr nett, Brockmann mochte ihn und seine lockere Art. Deshalb erzählte er leise von Achim und Ulla und der Tatsache, dass sein Freund verschwunden ist und seine Vermutung, dass dieser auf dem Fischkutter der unbekannte Taucher war. Und von dem Blutfleck auf dem Deck und der dritten Person auf dem Schiff bei der letzten Reise und damit verbunden die Befürchtung, dass sein Freund Achim etwas mit dem Tod des Kapitäns zu tun haben könnte.

Oder selber einer der toten Taucher in Schweden ist.

Der Schwede nickte, zog dann sein Telefon aus der Innentasche seines Sakkos und telefonierte daraufhin eine Weile auf Schwedisch. Dann nickte er Brockmann erneut zu.

»Das war meine Ex-Frau am anderen Ende der Leitung. Sie wird mir in einigen Minuten ein Foto von dem zweiten toten Taucher übermitteln.« Er legte Brockmann eine Hand auf dessen Schulter. »Dann werden Sie Gewissheit haben, ob das Ihr Freund ist oder nicht.«

Sie verließen die Werft und den Kutter und gingen langsam zu Krieglsteiners provisorischem Büro herüber, während Brockmann auf das erlösende Piepsen einer eingegangenen Nachricht warteten. Dort angekommen, ging Kristofferson zurück zu der Pinnwand mit den Fotos des Fischkutters und aller verdächtigter Personen und sah sich die Bilder vom Kutter genauer an, die damals vom Küstenwachschiff gemacht wurden, bevor sie den an den Haken genommen hatten.

Mit einem Finger deutete er auf das Heck des Schiffes.

»Ich erinnere mich noch genau, dass die Kutter in Ystad und all den anderen, kleinen Häfen drum herum auch immer Angler mitgenommen haben. Das besserte auch deren prekäre, finanzielle Lage auf und war zudem sogar Spaß für alle, Touristen und Fischer. Nur hatten diese Schiffe keine Seenotrettungsgeräte an Bord, vielleicht ein Paar Schwimmwesten, aber die schwedischen Vorschriften besagten, dass es ab einer bestimmten Anzahl Passagiere auch ein Rettungsboot geben *musste*. Und da haben die Kapitäne dann immer so ein Dinghi, also ein kleines Beiboot, hinter dem Kutter hergeschleppt. Das war dann am Heck angetüddelt und wurde hinterhergeschleppt. Ist das hier bei euch in Deutschland nicht Vorschrift? Denn ich sehe auf den Fotos kein Beiboot. Hier, auf dem Foto, kann man das deutlich sehen, und das ist ja immerhin kurz nach dem Aufstoppen durch euer Küstenwachschiff gemacht worden.«

Er deutete mit seinem Zeigefinger auf das Foto.

»Sollte das Beiboot aber fehlen, dann wisst ihr auch, wie die dritte Person abgehauen ist. Sagt man das so auf Deutsch?«

Brockmann blickte ihn mit großen Augen an.

»Herr Krieglsteiner! Haben die KTU-Leute damals nach einem Beiboot gesucht?«

Der junge Kommissar kam von seinem Schreibtisch zurück und schaute sich ebenfalls das Foto an.

»Nein, ich habe nichts davon in den Akten gelesen«, entgegnete er schulterzuckend und schaute etwas schuldbewusst drein, weil die KTU-Arbeit im Ganzen bei diesem Fall sowieso schon grenzwertig war. Brockmann war mehrfach verärgert gewesen über deren Arbeit, ließ es sich aber dem Schweden gegenüber nicht anmerken.

»Das ist ein superguter Hinweis, Herr Kristofferson. Mein junger Kollege wird gleich die KTU-Leute bitten, das Heck des Schiffes auf Faserteile von durchgeschnittenen Seilen zu untersuchen, denn wenn ich anrufe, gehen die mittlerweile nicht mehr ans Telefon, wenn sie meine Nummer im Display sehen, weil jedes Mal noch mehr Arbeit kommt.«

Alle lachten.

Aber dann hörte Brockmann plötzlich das zweimalige Piepen von Kristoffersons Telefon und zuckte zusammen. Der Schwede nahm es in die Hand, entsperrte den Bildschirm, sah sich die eingegangene Mitteilung an und drehte dann das Foto auf dem Display zu Brockmann.

»Das ist das Gesicht des zweiten Tauchers. Kennen

Sie den Mann?«

Zuerst war das Foto unscharf, weil Brockmann seine Brille aufsetzen musste, um das Gesicht zu erkennen, aber dann betrachtete er es und sein Herz machte einen unangenehmen Sprung: ein grauhaariger Mann mittleren Alters, mit großer Nase und kantigen Wangenknochen, die Augen waren geschlossen, die Augenbrauen buschig, und zwei Grübchen durchzogen die Mundpartie.

Er seufzte tief.

Es war nicht Achim.

Erleichtert reichte er Kristofferson dessen Handy zurück.

27

»Der tote Taucher in Schweden ist nicht Achim!«, platzte es befreit aus Brockmann heraus, kaum dass er sich neben Moni in den Strandkorb geworfen hatte.

Er seufzte schwer.

»Ich bin so, so froh, das kannst du dir nicht vorstellen. Der schwedische Kommissar hat mir ein Foto des Toten gezeigt, den sie unter den Steinen bei dem Windpark gefunden hatten, und der Mann, Gott hab' ihn selig, ist definitiv nicht Achim!«

Brockmann drückte seiner Frau einen liebevollen Schmatzer auf die Wange und seufzte dann noch einmal tief und anhaltend.

»Aber er ist immer noch verschwunden, oder?«, fragte sie und schaute ihren Mann von der Seite an.

Über ihnen kreiste kreischend eine Rotte Möwen, weil

ein kleiner Junge in dem Strandkorb nebenan eine Pappschale mit Pommes-Frittes auf den kleinen Klapptisch gestellt hatte. Brockmann musste lachen, denn er ahnte, dass die streitsüchtigen Luftpiraten diesen leckeren Happen nicht mehr aufgeben würden. Aufgrund des anschwellenden Lärms musste er Moni nickend Recht geben, weil seine Worte in dem Geschrei der Tiere untergingen.

Dann wurde es wieder ruhiger, da die gierigen Vögel dem flüchtenden Jungen zum nahen Wasser gefolgt waren.

Moni kratzte sich nachdenklich am Hinterkopf. »Und du hast keinen Hinweis darauf, wo er abgeblieben ist, richtig?«, fragte sie nach einer Weile.

Brockmann schüttelte den Kopf.

Moni schaute ihren Mann durchdringend an.

»Wenn du in Schwierigkeiten stecken würdest, weil du zwar mitbekommen hast, was auf dem Kutter geschehen ist, aber weißt, dass du selber verdächtig wärst, wo würdest du hingehen?«

Brockmann schaute seine Frau ungläubig an. Die sah seinen zweifelnden Blick, aber kannte ihren Mann auch zu genau, um nicht zu wissen, dass dieser ahnte, worauf sie hinauswollte.

»Das kann ich mir nicht vorstellen, Moni!«, entgegnete Brockmann empört. »Ich habe vorgestern noch mit Ulla telefoniert und mich mit ihr gestritten wegen ihrer Unaufmerksamkeit bei dem Telefonat und ihrer Gleichgültigkeit für ihren Auftrag an mich und …«

Er stockte mitten im Satz.

Moni nickte wissend, obwohl Brockmann nicht zu

Ende gesprochen hatte. »Achim ist bei ihr, deshalb war sie so kurz angebunden bei deinem Anruf und so desinteressiert an dem Ergebnis und dem Fortgang deiner Suche, weil er wieder bei ihr war.«

Brockmann schwieg einen Moment, erst dann war die Information durchgesickert.

»Moni, du bist der Hit!«, freute er sich und drückte seiner Frau einen weiteren Kuss auf die Wange. In einiger Entfernung von ihnen war jetzt statt des Möwengekreisches das Heulen und Fluchen eines Kindes zu hören

Die Möwen hatten sich ihr Essen abgeholt.

28

Das Handy wog schwer in Brockmanns Hand, als er Ullas Telefonnummer in seiner Adressenliste suchte. Während er auf dem Display hin- und herwischte, schaute er wiederholt auf die Uhr, weil er hoffte, vielleicht noch eine Stunde mehr Zeit zu bekommen. Aber es war kein Hindernis in Sicht. Und auf Sankt Pauli gingen die Uhren anders, da war jetzt um vier Uhr nachmittags Frühstückszeit, er würde also garantiert jemanden erreichen.

Und es musste sein.

Es tutete schmerzhaft in sein Ohr.

»Brocki! Das ist aber eine Überraschung! Wie geht es dir«, rief Ulla viel zu laut und unangebracht aufgekratzt in den Hörer. »Geht es dir gut in deinem Urlaub?«

Achim war da, er war bei Ulla, Brockmann wusste es. Moni hatte Recht gehabt.

»Wieso fragst du mich nicht, wie meine Suche nach Achim läuft oder ob sie überhaupt vorankommt?«, fragte der Ex-Kommissar.

Einen Moment war Stille am anderen Ende der Leitung, er hörte nur, wie Ulla den Rauch einer Zigarette ausblies.

»Und wieso hast du mich nicht angerufen, nachdem er zurückgekommen ist?«

»Wen?«

Er hatte also wirklich Recht gehabt, denn sie hatte nicht gefragt „Wer“, sondern „Wen“.

»Mich, Ulla, wen denn sonst! Du hattest mich losgeschickt, nach deinem Freund zu suchen, schon vergessen?«

»Und?«, fragte sie unsicher.

»Und jetzt sitzt der bei dir, und du hast es mir nicht gesagt. Warum Ulla? Was soll das? Wollt ihr mich für dumm verkaufen?«

Brockmann hörte, dass das Mikrophon zugehalten wurde, vernahm dumpfe Wörter, dann kam ihre Stimme zurück ans Mikrofon.

»Er kann jetzt nicht!«

»ULLA, DU GIBST IHN MIR JETZT!«, schrie Brockmann aufgebracht in sein Telefon. »Achim sitzt bis zum Hals in der Scheiße, meine Ex-Kollegen werden bald kommen, wenn er nicht mit mir redet. Sag' ihm das.«

Wieder Gemurmel hinter einer vorgehaltenen Hand, Brockmann hörte eine tiefe Stimme, unterbrochen von hellerem Gekreische. Dann wurde es plötzlich still im Hintergrund.

»Hallo Peter, wie geht es dir?«, kam es unvermittelt

aus dem Lautsprecher.

»Sag' mal, Lehmann, hast du den Arsch offen *mich* zu fragen, wie es mir geht angesichts der Tatsache, dass *du* wegen möglichen Mordes gesucht wirst? Das ist schon ziemlich dämlich. Also, ich höre!«

»Ich war das nicht!«

»Was *genau* warst du nicht?«

»Der war schon tot!«

»Ist der tot vom Himmel vor deine Füße gefallen?«, fragte Brockmann sarkastisch.

»Ne, der lag schon da.«

Brockmann spürte, wie seine Halsschlagadern anschwollen, sodass sein Hemdkragen eng wurde. Seine Hände waren feucht geworden.

»Jetzt hör mir mal gut zu, Achim. Meine Kollegen haben deine DNA an einem Kaugummi in dem Tauchraum, deinem Versteck in dem Kutter, gefunden, aber noch weiß nur ich, dass diese DNA zu dir gehört und dass *du* es folglich warst, der an Bord war. Aber die Polizei wird es herausfinden, weil sie auch bereits deine Ferienwohnung untersucht haben. Es ist also nur eine Frage der Zeit, bis sie in den kommenden Tagen deine DNA-Spuren aus der Wohnung mit denen vom Fischkutter vergleichen werden. Und dann werden sie kommen und dich fragen, was du in der Nacht auf dem Schiff gemacht hast. Und weil du nicht mehr auf dem Kutter warst, als sie ihn aufgebracht haben, werden sie denken, dass du abgehauen bist, eben weil *du* den Skipper umgebracht hast.«

Brockmann musste tief einatmen, um sich zu beruhigen, er konnte deshalb erst nach einer kurzen Pause weitersprechen.

»Du hast deshalb jetzt genau *eine* sinnvolle Möglichkeit: Du stellst dich, und wenn du unschuldig bist, wird man das feststellen. Weil aber das Wort Möglichkeit immer suggeriert, dass man eine Auswahl hätte, kommt hier gleich die Einschränkung: Die Alternative ist, dass du dich bis zum Sankt-Nimmerleins-Tag irgendwo versteckst und hoffst, dass dich niemand findet. Aber denke daran: Mord verjährt nicht. Nie!«

Eine lange Pause trat ein, während der Brockmann dumpf die Stimme von Ulla im Hintergrund hörte und Achims Widerworte.

»Gut!«, sagte der nach einer Weile.

Brockmann atmete erleichtert aus.

»In einer Stunde bin ich bei dir. Ich hole dich ab und dann fahren wir nach Scharbeutz, zu deiner Ferienwohnung, wo du noch eine Rechnung bezahlen musst. Und bei der Autofahrt erzählst du mir, was auf dem Kutter geschehen ist. Ich werde wahrscheinlich erst einmal der Einzige sein, der dir glauben wird, also gebe dir Mühe mit der Wahrheit. Vielleicht haben wir ein paar Tage Zeit, bis die Polizei die Zusammenhänge ermitteln wird zwischen der Ferienwohnung und dem Kaugummi vom Kutter! Die werden wir nutzen, um herauszufinden, wer Broder wirklich umgebracht hat.«

Achim wollte etwas entgegnen, aber Brockmann fuhr barsch dazwischen.

»Keinen Widerspruch! Du sitzt tief in der Klemme. Also bis nachher! Und sei da! Und komme nicht mal im Traum auf die Idee, nicht dort zu sein, denn dann verpfeife ich dich bei meinen Ex-Kollegen sofort.«

29

Erst am Horner Kreisel zog sich der Großstadtverkehr der Millionenstadt auseinander, wurde die chaotische Karawane aus Blech und Benzin, die nach Feierabend aus der Innenstadt herausquoll, wieder überschaubarer.

Brockmann war auf dem Rückweg an die Ostsee zusammen mit seinem Freund Achim. Kurz zuvor hatte er ihn wortlos aus Ullas Wohnung gezogen, ohne sich auf Erklärungen oder Ausflüchte einzulassen, hatte den Mann in das bereitstehende Auto geschoben und war grußlos weggefahren. Jetzt ging die Rückfahrt vorbei am alten Polizeihochhaus am *Berliner Tor*, wo Brockmann jahrzehntelang gearbeitet hatte, vorbei an der *Bürgerweide* und weiter die *Sievekingsallee* entlang nach Osten. Sie fuhren entlang von endlos langgestreckten Wohnhäusern aus rotem Backstein, errichtet nach dem Krieg, um hunderttausende Flüchtlinge aus den Ostgebieten aufzunehmen, die damals in die Stadt drängten auf der Suche nach Unterkunft und Arbeit.

Heute drängten die Menschen in ihren schicken Autos aus der Stadt heraus und in die schöneren Vororte östlich der Metropole, die wie kleine Juwelen in der Deckung der Stadt lagen: *Oststeinbek, Glinde, Grove* oder *Willinghusen*, die Außenstellen der Stadt, wo die Audi-Cabriolets oder die riesigen SUVs hinfuhren, die Brockmann mit Lichthupe und Stinkefingern wegdrängelten, weil sie immer unter Zeitdruck standen bei dem Rennen um Anerkennung und sozialem Status. Kurz noch eine Runde im Golfpark um die Ecke spielen, danach den tausend-Euro-Webergrill anfeuern und veganes Bier trinken für das Klima und die Natur.

So lebte man heute.

Brockmann war mit seinem Wagen auf die Autobahn Richtung Lübeck eingebogen.

»Darfst gerne anfangen, Achim, du hast meine ungeteilte Aufmerksamkeit. Ich werde dich nicht unterbrechen.«

Sein Freund sah in kritisch von der Seite an.

»Du glaubst mir ja sowieso nicht.«

»Kannst es ja zumindest mal versuchen. Beginne einfach ganz vorne! Du darfst sicher sein, dass ich dir nicht dazwischenreden werde, aber von hier aus hast du nur etwa eine Stunde Zeit, um mich zu überzeugen. Also leg' besser los.«

Der Freund rückte sich in seinem Beifahrersitz zurecht und holte umständlich Luft, bevor er begann. Sein Blick war auf den Horizont gerichtet.

»Seit Jahren bin ich schon mit Broder auf seinem Kutter rausgefahren. Anfangs fuhren wir gezielt zu Wracks, ich tauchte dort, er fischte, ich sammelte am Meeresboden auf, was dort so an Weltkriegsdevotionalien herumlag, und verkaufte diese Sachen später an Händler. War ein Zubrot, viel blieb nicht übrig für uns beide, aber Fischen brachte auch nicht mehr ein. Bei mir war das unkritisch, denn *ich* hatte ja noch Ulla als finanzielle Unterstützerin.«

Er schaute verstohlen zu Brockmann herüber, als der aber seinen Blick erwiderte, drehte sich Achim schnell weg und betrachtet erneut die hügelige Geestlandschaft vor ihnen.

»Nur für Broder war das zu wenig, denn seine damalige Freundin nervte ihn wohl immer wieder, meinte, er solle Bio-Fischer werden, nachhaltig werden, wie sie es immer ausdrückte. Ihn dagegen lähmte der Beruf, er wollte einfach nur Geld verdienen und dann raus aus dem Dorf und die Welt sehen. Nix Bio und Nachhaltigkeit.«

Achim lachte leise.

»Das ging 'ne ganze Zeit so mit uns, mit Broder und mir, aber irgendwann sind wir mal von der Küstenwache aufgebracht worden. Zum Glück war ich gerade unter Wasser bei einem Wrack. Oben an Bord des Kutters hatten die nichts gefunden, meinten aber, dass Broder da wegmüsse, weil unter ihm ein Wrack liege und ein Wrack sei ein Friedhof und da dürfe keiner hin. Also großer Ärger oben, während ich unten rumsuchte. Aber während ich da rumwühlte, sah ich in einiger Entfernung einen Taucher mit einem Scooter an mir vorbeiziehen. Eigentlich hatte ich den eher gehört als gesehen, weil diese Dinger immer so einen leisen, aber penetranten, hohen Pfeifton machen. Aber als der an mir vorbeizog bemerkte ich, wie er etwas verlor. Ich bin dann hin und habe es aufgesammelt und bin aufgetaucht, als deine Kollegen von der Küstenwache Gott-sei-Dank gerade weg waren.«

»Es war ein zusammengerolltes, hartes Paket, in Plastik verpackt. Neugierig hatten Broder und ich das Päckchen geöffnet, und als wir das weiße Pulver sahen wussten wir sofort, dass das Heroin oder Kokain war. Gepresst, hart wie Stein, wasserdicht verpackt in schwarzer Folie. Ich nahm das mit zu Ulla, die kannte jemanden, der es für uns verkaufte, und wir machten damit unglaublich viel Geld. Auf einen Schlag waren wir reich. Broder war sofort Feuer und Flamme und entwickelte daraufhin einen Plan, in den Drogenschmuggel einzusteigen.«

»Dieser Typ, den Ulla kannte, so'n Türke, knüpfte Kontakte zu Landsleuten in Schweden, wo das Kokain noch mehr wert war. Die Leute waren sehr zwielichtig, die wollte ich eigentlich gar nicht kennen, aber Broder fand den Plan gut. Irgendwelche südamerikanischen Dealer lieferten ihm dann das Kokain aus dem Hafen in länglichen, rostigen Stahlröhren, die mit einem LKW direkt zu seinem Haus geliefert wurden. Das war immer so ein Bündel von Rohren, aber nur in einem steckten die Drogen drin. War eigentlich immer ganz easy. Wir haben das dann aus dem Bündel rausgezogen, den Rest hat der LKW gleich wieder mitgenommen. Broder hat das lange Rohr zerschnitten, und dann habe ich die kurzen Stücke außen am Rumpf des Kutters angebracht. Transportiert haben wir es dann zu einer Stelle in der Ostsee, von wo aus ich unter Wasser den Ablageort bei einem Windpark erreichen konnte. Zur besseren Tarnung baute Broder den Kutter zum Touristenschiff für Angelausflüge um, deshalb musste im Vorschiff dieser geheime Raum eingebaut werden, mit Anschlüssen für Pressluft und Strom zum Laden der Akkus für den Scooter.«

Während Achim diesen Teil der Geschichte erzählte, hatte er Brockmann immer wieder mal angeschaut, mit den Händen seine Worte untermalt, so, als wenn er eine Räubergeschichte aus seinem Leben zum Besten gab. Aber plötzlich erstarb die Gestik, schaute er unsicher aus dem Seitenfenster und atmete tief ein.

»Der Umbau kostete Broder viel Geld, sehr viel Geld, das er sich bei diesem schwedischen Türken leihen musste, weil er ja kaum zu einer Bank gehen konnte mit der Bitte um einen Kredit, um seinen Fischkutter zu einem Drogenschmuggelschiff umzubauen. Der Typ in Schweden war irgend so ein Mafiatürke, hohes Tier, von allen gesucht, Europol und so. Ich habe den nur einmal kurz gesehen, so ein junger Mann, groß, mit schwarzen, welligen Haaren, das erinnere ich noch, weil der so gar nicht wie ein Schwede aussah.«

Er seufzte erneut tief, und erst dann fuhr er fort: »Aber damit fingen die Probleme an. Dieser Schwede begann, Broder immer mehr unter Druck zu setzen, sagte, er müsse mehr Lieferungen machen, öfter fahren. Aber das war gefährlich, weil ja die deutsche Küstenwache auch nicht blöd war und den Schiffsverkehr kontrollierte. Im Sommer, wenn Touristen mitfuhren, waren es offiziell Angelausflüge, das war dann kein Problem, aber im Herbst, bei Sturm, oder im Winter, wenn es arschkalt war, dann ging das nicht so häufig, weil keine Alibiangler da waren. Aber der Typ, dieser schwedische Türke, hatte Broder in der Hand wegen des Kredits, gegen den er anarbeiten musste. Und der Kutter musste immer wieder repariert werden, zuletzt der Motor, denn er ist ja viel gefahren.«

Achim stockte und Brockmann spürte, wie die Anspannung seines Freundes zunahm.

»Das Ganze war eine Scheißidee!«, platze es plötzlich und urgewaltig aus dem heraus, »eine absolut bescheuerte Scheißidee! Aber Broder wollte einfach nicht aufhören. Wir hatten immer wieder Streit darüber. Ich hatte die Nase voll, wollte aussteigen, aber er kam immer wieder an, wollte immer mehr, drohte mir sogar einmal, als ich wieder von aufhören sprach, mit der Polizei und mit dem Schweden und dessen Mafia.«

Brockmann schaute kurz hinüber zu seinem Freund, der ihm gerade eingestanden hatte, heftig in den Drogenschmuggel involviert gewesen zu sein. Also nichts mit kleinem, unschuldigem Wracktaucher!

»Und was war auf der letzten Fahrt passiert?«, versuchte er seine schweren Gedanken beiseite zu schieben.

»Broder hatte sich irgendwann von dieser Bio-Freundin getrennt, weil er eine andere Tussi kennengelernt hatte und der auch gleich ein Kind gemacht hatte. Also keine Pläne mehr vom Aufhören, sondern ganz im Gegenteil, jetzt erst mal richtig Geld verdienen um später auswandern zu können.«

»An dem fraglichen Tag wollten wir schon sehr früh morgens auslaufen, weil wir dann zweimal hätten fahren und abliefern können. Ich war dafür über Nacht auf dem Kutter geblieben, nachdem ich die Rohre am Rumpf befestigt hatte. Von diesem Schweden hatte ich eine Hightech-Tauchausrüstung bekommen, mit Rebreather, sodass keine Blasen an die Oberfläche kamen. Deshalb konnte ich im Hafen durch den Moon Pool ein- und aussteigen und die Drogenbehälter anbringen, ohne dass es jemand bemerkte.«

Er grinste verlegen, dachte, es würde sich clever anhören und es würde seinem Freund imponieren. Aber Brockmann saß unbeeindruckt am Steuer und sagte kein Wort. Deshalb fuhr Achim nach einer kurzen Pause fort:

»Irgendwann in der Nacht hörte ich wie jemand an Bord kam. Zuerst dachte ich, es sei Broder, war aber verwundert, denn es war erst zwei Uhr. Aber die Geräusche verstummten auch schnell wieder und es blieb ruhig, bis dann so gegen vier Uhr schwere Schritte die Gangway hochkamen. Davon bin ich wieder aufgewacht. Es dauerte dann noch etwas, dann startete der Motor und wir sind los. Gegen fünf Uhr funkte mich Broder an, dass ich mich anziehen sollte, wir würden bald da sein. Gegen halb sechs bin ich raus, 'ne Stunde später war ich wieder zurück. Ich hatte die beiden Drogenpakete abgeliefert und das Geld geholt, ging alles reibungslos, wie immer.«

Achim schaute zur Seite aus dem Fenster und räusperte sich tief. Nur zögerlich fuhr er fort: »Ich war gerade erst wieder drinnen, in meinem Tauchraum, da hörte ich oben an Deck plötzlich Stimmen. Ganz laut, so wie bei einem Streit. Ich wunderte mich noch, weil ich doch annahm, dass wir, also Broder und ich, alleine auf dem Kahn wären. Aber gleich darauf gab es einen dumpfen Schlag, und wenig später hörte ich, wie der Außenborder von dem Dinghi ansprang und dann das kleine Beiboot an meiner Tauchkammer vorbeifuhr und verschwand.«

Brockmann schaute ihn fragend an. »Und dann?«

»Dann hab' ich zuerst mit dem Walky-Talky nachgefragt, aber Broder meldete sich nicht. Eine Zeitlang habe ich noch gewartet, aber nichts geschah mehr, es war nichts mehr zu hören und er antwortete auch nicht. Da bin ich unten raus aus dem Schiff, durch den Moon Pool. Draußen auf dem Wasser habe ich erst einmal auf den Kutter geschaut, der da so antriebslos vor sich hindümpelte, konnte aber niemanden sehen. Ich bin dann vorsichtig an die Bordwand geschwommen, die Leiter hochgestiegen und da sah ich ihn liegen, in einer riesigen Blutlache. Mausetot! Aber neben ihm lag eins meiner beiden Tauchermesser, das hatte ich an dem Abend vorher in der Dunkelheit auf dem Deck fallen lassen und es dann nicht mehr gefunden. Und das lag jetzt blutverschmiert neben Broder! Da habe ich die totale Panik gekriegt, und weil ich fernab Schiffsgeräusche hörte von einem großen Schiff, wurde mir schnell klar, dass das alles hier nicht gut aussah und deutlich gegen mich sprach.«

Er atmete heftig und schlug sich dann die Hände vor das Gesicht. »Ich habe dann den leblosen Körper noch schnell über die Bordwand gehievt und ins Meer geworfen und das Messer hinterher. Dann bin ich ins Wasser zurück, zurück in meinen geheimen Raum, um meinen Tauch-Scooter zu holen und ein zweites Paar Flaschen, und dann bin ich nach Kompass zurückgefahren, dahin, wo ich die Küste vermutete. Hat auch Gott-sei-Dank geklappt. Es war glatte See, kein Wellengang, und ich konnte über weite Strecken mit den Flossen und ohne Atemgerät schwimmen. Bis an die Küste beim Darß.«

»Irgendwo am Strand sah ich dann einen Touristen, der zum Baden ins Wasser ging. Da bin ich hin und habe ihm sein Handy geklaut und dann Ulla angerufen.«

Er nickte noch einmal wie zur Bestätigung.

Brockmann schaute zu ihm herüber. Sie waren in der Zwischenzeit über die Autobahn bis nach Lübeck gerollt, während Achim seine Geschichte erzählt hatte. Jetzt passierten sie die Abzweigung bei dem Marmeladenhersteller.

»War das die Wahrheit, Achim?«

Lehmann schaute seinen Freund von der Polizei an und nickte dann nach einer Weile.

»Dieser Streit! Wer war die andere Person, diese ominöse dritte Person? Hast du die Stimme erkannt?«

Achim schüttelte den Kopf. »Nein, das war nur ganz dumpf, sehr weit entfernt.«

Dann dachte er noch mal einen Augenblick nach. »Aber es war keine tiefe Stimme, sondern eher eine höhere!«

30 Schweden

Der schwarze Ford Pickup stand in der Mitte eines riesigen Parkplatzes, der sich zwischen einem IKEA-Möbelhaus, einem ALDI und einem BRUGSEN-Supermarkt ausdehnte. Um das Auto war Flatterband gespannt, daneben standen zwei kleine Pagodendächer auf zierlichen Zeltstangen, unter denen mehrere in weiße Overalls gekleidete Männer und Frauen die Spuren an dem Tatort zu sichern bemüht waren.

Als Kristofferson eintraf, war der Nieselregen des Nachmittags in einen Dauerregen übergegangen. Es war Sonntagabend, er hatte ein Stück der Pizza in der Hand, die er sich gerade abgeholt hatte, als der Notruf hereinkam.

»'n Abend die Herren«, begrüßte er die Kollegen von der KTU.

Ein Älterer blickte nur kurz auf.

»Und wo ist der Rest von der Pizza? Das kleine Stück reicht nicht für uns alle!«

Kristofferson stopfte sich das Dreieck schnell in den Mund und wischte dann mit dem Handrücken hinterher, so als wollte er sicherstellen, dass nichts geraubt werden konnte.

»Was haben wir denn heute?«, fragte er stattdessen

schmatzend und mit randvollem Mund.

Der Alte zeigte auf den Pickup.

»Durch die Scheibe hindurch erst angeschossen, aber der finale Schuss war aufgesetzt, die haben den vorher noch bearbeitet und gefilzt. In den Stiefeln des Fahrers haben wir Kleinstpakete mit Kokain gefunden und in der Innentasche seiner Jacke fast hunderttausend Kronen in bar. Aber mit Löchern drin und blutverschmiert. Deshalb haben die Täter das wohl liegen lassen.«

Dann zeigte der KTU-Mann auf das Auto. »Kennzeichen aus Estland. Der Typ hat keine Papiere bei sich, keinen Führerschein, keinen Ausweis. Da werdet ihr es schwer haben, den zu identifizieren.«

Kristofferson schaute auf das Auto, dann auf das Nummernschild.

›Kennzeichen aus Estland!‹, ging es ihm durch den Kopf. Hatte nicht die Verkäuferin in der Tankstelle in Beddingestrand erzählt, dass der Drogendealer in dem Bungalow einen dunklen Pickup mit fremdem Kennzeichen fuhr?

Er fotografierte das Nummernschild.

»Sonst noch etwas Auffälliges?«, fragte er den KTU-Mitarbeiter.

Der Alte schüttelte wortlos den Kopf. Der Sonntagabend war ruiniert, das Wetter war Mist und die Aussichten für den morgigen Montag für die hier Anwesenden bedeutete auch nur Aufarbeitung der Fundstücke und dokumentieren der sichergestellten Spuren für den Bericht, für den sich auch niemand interessieren würde. Und weniger Morde würden dadurch leider auch nicht geschehen.

Kristofferson ging auch nicht nach Hause, sondern in sein Büro, weil auch sein Abend ruiniert war.

Er zog den Aktenordner mit der Untersuchung des Bungalows in Beddingestrand zu sich heran und schaute dabei auf die Pinnwand, wo er die Fotos vom Tatort angeheftet hatte. Zwischendurch gab er in seinen Computer eine Halterabfrage für das estländische Autokennzeichen ein, allerdings ohne allzu viel Hoffnung zu haben, denn grenzüberschreitende, polizeiliche Kontrollen und Nachfragen waren selbst im einundzwanzigsten Jahrhundert in einer EU mit kleinstaatlichen Königreichen und engstirnigen Behörden immer noch ein fast aussichtsloses Unterfangen.

Er war daher umso verblüffter, weil bereits nach wenigen Sekunden der Name des Halters des estländischen Autos in der Suchmaske auftauchte: *Bo Svensson,* wohnhaft *Strandvejen 8*, in *Beddingestrand*. In den „Bemerkungen" fand er auch die Erklärung: Dieser Bo Svensson war schon mehrfach wegen überhöhter Geschwindigkeit angehalten worden, hatte immer bar und vor Ort bezahlt, und sich mit einem Ausweis als in Schweden lebender Este ausweisen können. Aber weil das wiederholt geschehen war, wollte die Polizei offenkundig mit dem Eintrag auf das Problem aufmerksam machen.

Bei dem Ford Truck handelte es sich also um das vermisste Auto, das in der Garage fehlte und dem toten Taucher gehörte, diesem Bo Svensson.

Kristofferson blickte erst auf die Akte vor sich und dann auf die Pinnwand.

›*Aber warum zum Teufel fährt dann jemand mit dem Auto des Toten herum und verkauft Drogen, wenn der*

Dealer, dieser Svensson, doch tot ist?‹, fragte er sich und kratzte sich dabei nachdenklich am Hinterkopf. Dann klappte er die Akte zu. Morgen würde er noch mal nach *Beddingestrand* fahren und der jungen Frau Fotos von dem Ford-Truck zeigen und von dem Nummernschild. Und sich noch mal in dem Bungalow umsehen.

Vielleicht hatten sie ja etwas übersehen, was diese Frage beantworten würde.

31

Die Fahrt nach *Beddingestrand* war erholsam und entspannend. Kristofferson genoss den Anblick der rollenden Hügellandschaft mit den goldbraunen Kornfeldern, grünen Heckenstreifen und den hineingesprenkelten roten und weißen Bauernhöfen.

Es war ein wohltuender Kontrast zu der Großstadt, wo Dreck und Hektik über die Jahre die Oberhand gewonnen hatten. Er hasste Ystad, hatte sich schon so viele Male gewünscht, wieder auf dem Land zu leben, in dem kleinen Dorf in Mittelschweden zu wohnen, wo er geboren und aufgewachsen war - Kühe, Kornfelder, Bier und Jagen, darum hatte sich damals alles gedreht, was er zusammen mit seinen Freunden dort vor mehr als dreißig Jahren getan hatte.

In Ystad, in Südschweden, war die Welt strukturiert, geordnet und zivilisiert, was immer Zweifelhaftes das auch bedeutete. Aber in seinem Geburtsort im Norden, nördlich einer gedachten Ost-West-Linie vom *Vänernsee* bis Stockholm, herrschte Wildnis, Weite und

Wohlgefühl. Die Menschen in Nordschweden sprachen wenig, und wenn sie sprachen, war die Sprache anders als im kultivierten Südschweden.

In Ystad, im reichen Süden, war man Rechtsanwalt oder Arzt oder Banker. Oder man machte in Immobilien, im Norden dagegen besaß man eine Farm und war Bauer, Jäger und Fallensteller. Und das waren dort ehrbare Berufe, die jeder ausüben konnte, der etwas von der Natur verstand und sie schätzte.

Aber weil jeder für sich lebte und weit voneinander entfernt, gab es auch wenig Kriminalität. Polizisten waren folglich nur wenige unterwegs. Trunkenheit am Steuer führte in den meisten Fällen nur zu Blechschäden, wenn der Fahrer sein Auto im Delirium gegen einen Baum steuerte. Andere Personen waren dann selten involviert, angefahrene Tiere verschwanden im nahen Wald und wurden Beute für Wölfe.

Oder landeten im Kühlschrank.

Folglich war dort kein Platz für einen Kriminalkommissar Lars Kristofferson, als er mit der Polizeiausbildung fertig war. Deshalb musste er jetzt in Ystad leben.

Als Kristofferson mit seinem Auto auf die kleine Tankstelle in Beddingestrand einbog, fühlte er sich für einen Moment in seinen Geburtsort zurückversetzt. Die Tankstelle war alt und klein, hatte noch dieses Dach über den Zapfsäulen, und die Front des Verkaufsraums war im Halbkreis gebogen und ganz aus Glas, mit eingearbeiteten Mosaiksteinchen an den Seiten.

Rechts von dem Gebäude war eine kleine Halle, wo Autos repariert wurden, und in ihrer Mitte erkannte Lars die langgestreckte Grube, um unter den Autos zu arbeiten. Die Wände zu beiden Seiten waren schmutzig und vollgehängt mit Werkzeug, Keilriemen, Schläuchen und Schraubenschlüsseln.

Neben der Halle stand ein Boot auf einem Trailer, die Klappe zum Motorraum war offen und er vernahm das Klopfen eines Hammers.

Als er unter den Klingeltönen der gläsernen Metalltür den Verkaufsraum betrat, erreichte ihn augenblicklich der wunderbare, süßliche Geruch von Backwaren und Hotdogs.

Sofort begann sein Magen zu knurren.

»Guten Tag«, erklang es hinter einem Regal, »ich bin gleich fertig, ich muss nur noch diese Scheißkisten …«

Dann hörte er nur noch ein Stöhnen, das Kratzen von Plastik über harten Bodenfliesen und derbe Flüche, bis ein Frauenkopf plötzlich an der hinteren Seite eines Regals hochkam.

»Brauchen Sie Hilfe?«, fragte Kristofferson, aber noch während er das sagte, kam das Mädchen schon zu ihm herüber und bedeutete ihm, sich zu setzen. Sie lachte ihn an und zeigte ihre schönen, weißen Zähne.

»Wenn ich in dieser gottverdammten Einöde jedes Mal auf einen Mann warten müsste, um die Bier- und Colakisten einräumen zu können, dann würde ich in unserem Laden nicht mehr auf dem Boden gehen können, weil alles voller Kisten stünde.« Sie winkte ab. »Deshalb muss ich es selber mache!«

Sie schaute ihn fragend an.

»Möchten Sie etwas essen? Wir haben die besten Hotdogs im Umkreis von fünfzig Kilometern.«

»Das wäre wundervoll, Danke, sehr gerne«, entgegnete der Kommissar.

»Aber nur als Warnung: das ist auch keine Auszeichnung, das mit den fünfzig Kilometern meine ich, weil es hier keine andere Tankstelle mehr gibt bis Malmö«, lachte das Mädchen und griff dabei mit einer langen hölzernen Zange in den gläsernen Bottich, wo die Würstchen warmgehalten wurden.

»Mit allem?«, fragte sie.

»Na klar mit allem!«

Kristofferson hatte es sich auf dem Hocker am Tresen bequem gemacht und hielt der netten Frau jetzt seinen Dienstausweis hin.

»Huch, schon wieder ein Polizist?«

Sie wich etwas zurück.

»Ihre Kollegen waren vor einer Woche auch alle da. Gibt es bei Ihnen in Ystad nichts zu essen in der Kantine?«

Jetzt war es Kristofferson, der lachen musste. Aber dann rückte er etwas nach vorne und senkte die Stimme, obwohl niemand außer ihm im Laden war.

»Wir sind immer noch mit dem Haus dort unten am Strand beschäftigt. Dort, wo der schöne junge Mann gewohnt hat, wie Sie es ausgedrückt hatten.«

Er zog drei Fotos von dem Ford-Truck aus der Innentasche seiner Jacke und legte sie vor die junge Frau auf den Tresen. Eines zeigte deutlich das Nummernschild des Autos.

Kristofferson deutete mit seinem Zeigefinger auf das Auto.

»War das der Pickup, mit dem der Mann unten aus

dem Haus am Strand immer unterwegs war?«

Das Mädchen zog das Foto mit dem Nummernschild zu sich heran und drehte es dabei. Dann nickte sie.

»Ja, das war der. Ich erkenne das vor allem an dem Nummernschild, jetzt, wo ich es sehe. Ja, das war der Wagen von dem Typ.«

Sie war schon im Begriff, das Foto zurückzugeben, als sie die anderen Fotos sah und weiter zu sich heranzog. Mit dem Finger deutete sie auf das abgebildete Auto auf einem anderen Bild.

»Wieso ist denn da ein Loch in der Scheibe? Ist dem Fahrer etwas passiert?«

Kristofferson schüttelte den Kopf.

»Ich darf Ihnen nichts dazu sagen, nur so viel, dass der Fahrer des Wagens erschossen wurde.«

Erschrocken zuckte die Frau zusammen und wich dabei etwas zurück.

»Erschossen? Krass! Der war doch vorgestern noch hier.«

Jetzt war es der Kommissar, der zusammenzuckte.

»Was sagen Sie? Der war hier?«

»Ja, vorgestern Mittag. Saß genau da, wo Sie jetzt sitzen und hat auch ein Hotdog gegessen und ein Bier getrunken. Ich hab' ihn noch gewarnt, weil er doch Auto fuhr. Aber er hat wenig gesprochen, ich glaube, der war nicht von hier.«

»Hat der mit seiner Kreditkarte bezahlt?«

»Nee, der nicht. Sein Freund hat bezahlt. Der kam 'ne halbe Stunde später. War so ein türkisch aussehender Mann, mit langen Bartstoppeln. Die haben auch in einer Sprache gesprochen, die ich nicht kannte. Und der hatte dann bezahlt.«

»Kann ich bitte mal den Zahlungsbeleg sehen? Wir brauchen den Namen von dem, der bezahlt hat.«

Als Kristofferson etwas später wieder auf die mit Kies geschotterte Auffahrt zu dem Bungalow hochfuhr, musste er sich an letzte Woche erinnern, als er zusammen mit Knut das erste Mal hier war und die geheimen Räume entdeckt hatte. Was für eine Aufregung das damals gewesen war.

Gedankenverloren drückte er die Fahrertüre auf, stieg aus und war gerade dabei, seine Jacke über dem Pistolenholster zu ordnen, als ihm die aufgebrochene Haustür auffiel und die Holzsplitter, die noch auf dem Betonboden davor lagen.

Geistesgegenwärtig zog er seine Pistole heraus, duckte sich und schlich zum Eingang. Mit einem Finger der linken Hand drückte er gegen die schwere Holztüre, bis sie quietschend aufschwang und im Flur gegen einen Stopper stieß.

Aber nichts war zu hören.

Lars spähte hinein, sah die offene Tür zum Wohnzimmer, und sprang dann mit einem weiten Satz in den Flur, seine Pistole im Anschlag. Er schlich in gehockter Haltung bis zu der Tür, und drückte auch diese ganz weit auf, bis er das Wohnzimmer überschauen konnte.

Aber alles blieb ruhig. Er konnte keine fremden Geräusche hören.

Er war alleine.

Langsam entspannte er sich, erhob sich dann aus der unbequemen Stellung, hielt aber die Pistole im Anschlag, um sich vor Überraschungen zu schützen.

Langsam blickte er sich in dem weiten Rund des Wohnzimmers um.

Und dann sah er den Mann.

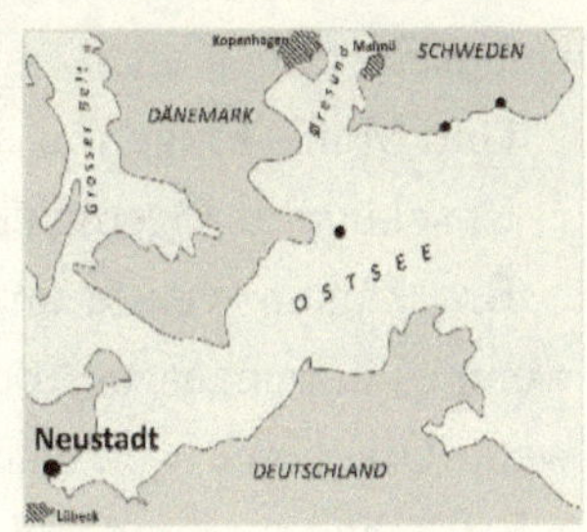

32 Neustadt

Brockmann schob wortlos das Bier zu Achim rüber, beide Männer nahmen einen tiefen Schluck aus ihren Gläsern und wischten sich dann fast gleichzeitig mit dem Handrücken den Schaum von der Oberlippe. Moni saß auf der Seite ihres Mannes, schaute sorgenvoll auf den Gast, der bemüht war, ihren Blicken auszuweichen.

Die Spannung am Tisch war spürbar, und keiner der drei wagte es deshalb, etwas zu sagen. Sogar Moni, die ansonsten nie um Worte verlegen war, nippte nur an ihrem Weinglas, und der Ehemann erkannte sofort, dass sie sich in dieser Männerrunde nicht wohl fühlte. Für einen Moment konnte er ihren Blick einfangen, der ihm zeigte, dass sie die Gegenwart eines Drogenlieferanten nur schwer ertrug.

Brockmann ahnte, dass dieses keine unbeschwerte Wiedersehensfeier werden würde.

»Weiß Ulla, was du hier tust, Achim?«, polterte Moni dann auch los, bevor Brockmann noch mehr überflüssige Worte fand über das gute Essen, die herrliche Aussicht und die nette Bedienung. Wie Männer eben sind, wenn es um Probleme geht.

Achims Gesicht war fahl, er sah müde aus und Schatten lagen unter seinen Augen. Von der Fröhlichkeit und

Unbeschwertheit alter Tage war er weit entfernt.

Und Monis Frage war drohend gewesen.

Er schüttelte zögernd den Kopf, sagte aber kein Wort.

Brockmann wusste um die Reizbarkeit seiner Frau, wenn es um unausgesprochene Geheimnisse ging, auch wenn Ulla keine Vorzeigefrau für Wahrheit und Rechtschaffenheit war und sich Zeit ihres Lebens immer am Rand der Legalität bewegt hatte.

Aber Achim sagte nichts, schaute nur aus dem Fenster.

Moni kochte vor Wut, dass konnte Brockmann sehr deutlich spüren und auch sehen.

»Ihr beide entschuldigt mich für einen Moment. Dort sitzt ein Kollege aus Hamburg, und ich würde ihm gerne Guten Tag sagen.«

Erschrocken zuckte Brockmann zusammen, aber noch bevor er etwas sagen konnte, war seine Frau bereits aufgestanden und im hinteren Teil des Restaurants verschwunden.

Achim seufzte.

»Es tut mir leid, dass ich dir Schwierigkeiten mache, Peter«, sagte er, schaute dabei aber weiter aus dem Fenster.

Brockmann schüttelte den Kopf.

»Das Wort Schwierigkeit ist eine gelinde Untertreibung, Lehmann, für das, was du zu befürchten hast. Dagegen ist Monis Wutausbruch eine laue Brise.«

Mit einer Hand langte er über den Tisch, fasste Achim am Kinn und drehte den Kopf seines Kumpels vom Fenster weg in seine Richtung. Dann schaute er dem Mann in die Augen, mit dem er so viele Wochenenden zusammen verbracht hatte; als er noch nicht wusste, dass der ein Drogenkurier war.

»Achim, deine Geschichte von heute Vormittag ist schon skurril, mit der unbekannten, dritten Person und so. Aber was hast du dir eigentlich dabei gedacht, diese Drogenpakete zu transportieren und abzuliefern? Sollte das eine Mutprobe der besonderen Art sein? Wolltest du dir damit etwas beweisen?«

Brockmann ließ das Kinn seines Gegenübers los und schnaubte verächtlich. Aber in dem Gesicht seines Freundes erkannte er, dass er mit seinem Ausspruch einen wunden Punkt getroffen hatte.

Achim hatte wässrige Augen.

»Weißt du eigentlich wie das ist, wenn du ganz von einer Frau abhängig bist? Kein eigenes Geld verdienst und für jeden Euro zu ihr gehen musst? *Schatz, ich möchte mir eine neue Hose kaufen, kannst du mir mal bitte Geld geben?*‹, oder *Ich habe ein tolles Fahrrad gesehen, das ich mir gerne kaufen will, kannst du mir Geld dafür geben?*‹ «

Er blickte erneut nach draußen und Brockmann sah, dass der Mann mit den Tränen kämpfte.

»Ganz zum Anfang unserer Beziehung war das in Ordnung, fand ich das sogar witzig, von ihr jeden Tag, bevor sie in die Bar ging, einen Hunderter auf den Tisch gelegt zu bekommen. *Für dich!*‹, hatte sie dann immer mit einem Augenzwinkern gesagt, *mache dir einen schönen Tag!*‹. Aber weißt du, was das auch bedeuten kann?« Achim schaute Brockmann unvermittelt wieder direkt an. »Es kann auch bedeuten, dass du wie ein Kind Taschengeld bekommst und abhängig bist. Und so habe ich mich nach einiger Zeit auch gefühlt.«

Er seufzte, dann nahm er einen tiefen Schluck aus dem Glas und stellte es umständlich wieder vor sich auf dem Tisch ab.

»Was ich mir dabei gedacht habe, fragst du mich?«

Er strich sich mit einer Hand über den Kopf und dann die Tränen aus den Augen, versuchte es zu vertuschen und tat deshalb so, als wollte er nur seine Haare ordnen.

»Ich wollte selber Geld haben, selber etwas für meinen Lebensunterhalt tun. Deswegen hab' ich es gemacht. Es hat mein Selbstwertgefühl angehoben, mir ein gutes Gefühl gegeben, etwas Eigenes zu haben.«

Dabei schaute er Brockmann an.

»Du kannst das nicht verstehen, nicht wahr? Bei dir ist alles perfekt! Du hast Moni, die hat einen ehrbaren Job, du hast eine ehrbare Pension, weil du einen ehrbaren Beruf hattest.«

Er machte eine wegwerfende Bewegung mit der Hand. »Alles fein bei dir, alles easy! Ich habe dich immer darum beneidet.«

Dann nahm er sein Bierglas und leerte den Rest in einem Zug.

»Ich hatte noch nie in meinem Leben etwas Sinnvolles gemacht, etwas, das mir Bestätigung gegeben hat. Erst als Broder mich fragte, ob ich für ihn tauchen würde, er mich bekniet hatte und auf mein Können und mein Wissen verwies, da fühlte ich mich zum ersten Mal wichtig. Und soll ich dir etwas sagen, Peter? Auch wenn du es nie verstehen wirst, weil es illegal war, was ich getan habe, aber es fühlte sich damals gut an, wertgeschätzt zu werden!«

Brockmann legte seinem Freund eine Hand auf den Arm und schaute ihn an.

»Ich verstehe dich besser als du dir vorstellen kannst, Achim. Aber die Art, wie du dir diese Wertschätzung erarbeitet hast, ist strafbar, und sie wird dich deinen Arsch kosten, wenn wir beide nicht zusammenarbeiten und diese ominöse dritte Person auf dem Kutter finden.«

Bei den Worten machte er eine Pause und stutzte.

»Die Pakete sind ja gefunden worden, unter den Steinen in dem Fundament. Also warst du da, wie du gesagt hast. Aber das Geld war weg, du musst es also mitgenommen haben. Also: wo ist die Kohle aus dem Drogendeal?«

Achim schaute schnell weg, als Brockmann die Erkenntnis kam und die Frage im Raum stand.

»Ich hab's versteckt«, murmelte er leise.

Brockmann schaute ihn an, versuchte seinen Blick einzufangen.

»Versteckt? Vor wem? Broder musste es doch immer jemandem weitergereicht haben. Abzüglich seines Anteils, natürlich. Aber eben den größten Teil davon. Und jetzt wartet derjenige doch sicherlich auf sein Geld, oder nicht?«

Achim zuckte mit den Schultern. »Ja, wahrscheinlich schon«, murmelte er fast unhörbar.

»Sag' mal Lehmann, hast du noch alle Tassen im Schrank? Nicht „wahrscheinlich“, dass dieser jemand sein Geld haben will, sondern ganz bestimmt will der es haben, denn er hat ja geliefert.«

Brockmanns Stimme war laut geworden, sodass sich einige Gäste nach den beiden Männern umschauten, deshalb fuhr er etwas gedämpfter fort: »Nicht nur, dass du mit dem Gesetz in Konflikt gekommen bist und die Polizei dich des Mordes verdächtigt, nein, du wirst sehr sicher auch bald noch von der Drogenmafia gesucht!«

In dem Moment kam Moni von ihrem Ausflug zu dem Kollegen zurück, der im hinteren Teil des Restaurants saß.

»Was ist denn das hier für ein Lärm?«, fragte sie und machte dabei eine kreisende Handbewegung. »Habt ihr euch in die Haare gekriegt über die Art der Buße, die du noch tun musst, Achim Lehmann?«

Das war für den grauen Mann zu viel. Er sprang auf, riss seine Jacke vom Stuhl und entschwand so schnell, dass Brockmann ihn nicht aufhalten konnte. Oder wollte, denn Monis Blick war immer noch feindlich und traurig zugleich.

Beide starrten dem Mann hinterher, Moni böse, ihr Ehemann erschrocken und besorgt.

»Moni, ich glaube, dass Achim in großer Gefahr ist, weil er noch das Geld hat, dass er dem Drogendealer schuldet.«

Moni war unversöhnlich und immer noch wütend.

»Vielleicht sollte es dann erste einmal aufhören, Drogendealer zu sein.«

33

In einem kleinen Ort wie Sierksdorf blieb nichts geheim oder unentdeckt, jeder Einheimische wusste, was wer gemacht oder getan hat. Sie kannten und sie liebten sich, aber sie hassten sich auch. Aber Fremden gegenüber hielten sie zusammen.

Und im Falle der ehemaligen „Dörfer" Scharbeutz und Sierksdorf bedeutete Fremdsein, dass bis auf die hundert lokalen Dörfler, die dort geboren wurden und schon immer dort gelebt haben, jeder andere ein Fremder war – auch die Zugezogenen.

Deshalb war es klar, dass Krieglsteiner als ortsfremder Polizist nie erfahren würde, was der Einheimische Broder Henningsen getan oder gelassen hat, oder wie sein Verhältnis zu den anderen Einheimischen war oder zu der neuen Freundin. Aber dennoch hatte der erfahrene ehemalige Kommissar Brockmann die richtige Idee gehabt, mal in dem Umfeld von Broder Henningsen nach Feinden oder Streitigkeiten zu suchen. Die Frage war nur, wie sie diese Idee umsetzen und wen sie darum bitten konnten, diese Information zu beschaffen.

»Isch tu hier niemand kenne, Här Brockmann, un daran wird sisch so schnell auch nichts ändern tun, befürschte isch«, maulte der junge Schwabe am Telefon.

Er tat Brockmann leid, denn in der Tat war er isoliert durch Sprache und Herkunft, wie er ja bereits Moni gegenüber geäußert hatte.

»Die beiden Polizisten aus Scharbeutz!«, platzte es aus dem alten Kommissar heraus. »Die, die ich bereits bei meinen Nachforschungen zu Achims Verschwinden kennengelernt hatte. Die beiden kommen doch aus der Gegend hier, kennen sich aus und sind vor allem eines, nämlich keine Fremden.«

Als die zwei jungen Männer eine Stunde später etwas

verlegen in Krieglsteiners Behelfsbüro angetreten waren und nervös mit ihren Mützen in den Händen spielten, bemühte sich der Schwabe in seinem allerbesten Hochdeutsch, ihnen den Auftrag zu erläutern. Und Brockmann musste anerkennen, dass er es gut machte.

Der junge Kommissar sah die beiden Polizisten eindrücklich an.

»Alle Spuren, denen wir bislang folgten, verliefen im Sand. Der Kapitän Henningsen war beliebt, hatte eine Freundin hier im Ort, und so wie es aussieht, erwartet sie auch ein Kind von ihm. Soweit kennen wir die Geschichte. Aber was uns fehlt, sind die Familienfehden und mögliche Streitfälle der diversen Sierksdorfer und Scharbeutzer Familien *untereinander*. Denn wie sie beide sicher noch von ihrer Ausbildung wissen, sind Rache und Eifersucht die Hauptgründe für Mord, und das bezieht sich leider auch sehr häufig auf das familiäre Umfeld oder enge Freunde. Und da kommen Sie ins Spiel.«

Er schaute die Zwei an, aber es gab keine Reaktion.

»Wir beide hier«, und dabei zeigte er auf sich und auf Brockmann, »sind Fremde, Ausländer sozusagen, deshalb würde man uns nie etwas erzählen. Aber bei ihnen beiden ist das anders, und deshalb brauchen wir ihre Unterstützung.«

Mit großen Augen stand der Schwabe erwartungsvoll da, aber die beiden Männer verharrten weiter regungslos auf der Stelle.

Deshalb fuhr Krieglsteiner jetzt etwas unsicherer fort: »Befragen Sie bitte alle Nachbarn und Freunde von Broder Henningsen und von dessen Freundin Grit Jakobsen.

Versuchen Sie herauszufinden, ob jemand aus deren jeweiligen Umfeld ein Interesse an dem Tod des Kapitäns hätte haben können. Oder jemanden kennt, der eine solche Absicht mal geäußert hatte.«

Brockmann hätte fast applaudiert, so gut war Krieglsteiners kleine Motivationsansprache. Aber die beiden Polizisten nickten nur, weshalb Brockmann vortrat, um der Aufforderung des jungen Kommissarkollegen um Mithilfe mit einigen Details zum Fall Nachdruck zu verleihen.

»Wir konnten bisher keinen Grund ermitteln«, versuchte der Alte mit dem Nachdruck der Erfahrung in der Stimme, »warum der Kapitän vor der schwedischen Küste von einem Drogenlieferanten ermordet worden sein sollte. Die Lieferung ging glatt, jedenfalls was das Geschäftliche anging. Wir tappen also weiter im Dunkeln, warum Herr Henningsen tot ist.«

Diese Ansprache tat ihre Wirkung.

»*We schalln mol kieken*«, sagte der kleinere der beiden, dann setzten sie ihre Mützen auf und gingen - das war alles an Emotionen, was man im Hohen Norden von Menschen erwarten konnte. Knapp und kurz.

Krieglsteiner schaute ihnen entgeistert nach.

»*Tun die jätscht wasch, oder war däsch umsonscht?*«

Brockmann trat zu ihm und klopfte ihm anerkennend auf die Schulte.

»Das haben Sie hervorragend gemacht, das war eine schöne Ansprache. Aber jetzt müssen wir warten. Die Mühlen mahlen hier langsamer, und außerdem müssen die beiden sich noch besprechen, wie sie sich jetzt den anderen Einheimischen gegenüber verhalten sollen,

damit sie es sich nicht mit denen verderben. Wir beide,
Sie und ich, werden nach der Aufklärung verschwinden,
die beiden aber müssen noch ihr ganzes Leben hier leben
und da will es gut überlegt sein, wen sie von den Einheimischen da mit was konfrontieren.«

34 Schweden

Die Blutlache hatte sich bis in den Geheimraum des Bungalows ausgebreitet, der Mann, der vor Kristofferson auf dem Boden lag, war durch einen Schuss in den Kopf getötet worden. Und wie es aussah, hatte er gekniet, als man ihn hinrichtete, denn er war auf sein Gesicht gefallen und in dieser Position von seinem Mörder liegen gelassen worden.

Kristofferson schob geschockt die Pistole in das Holster zurück und zog stattdessen sein Telefon aus der Jackentasche, um die KTU anzurufen. Danach suchte er die Nummer seines Freundes und Kollegen Knut.

»Ich stehe hier in dem Bungalow, wo wir letzte Woche den geheimen Drogenraum entdeckt haben. Ich wollte mir das noch einmal ansehen, aber ich habe stattdessen den Nachbarn, den alten Mann an der Hecke, erschossen in dem Haus gefunden. Jemand hat ihn hingerichtet.«

Als Knut eine Stunde später neben Kristofferson stand und beide den in weiße Overalls gekleideten KTU-Mitarbeiter zusahen, waren sie immer noch geschockt von der Brutalität des Verbrechens.

Es war der Freund, der als Erster die Worte wiederfand.

»Wahrscheinlich hat Sigvardson die Einbrecher gehört und ist rübergegangen. Lärm genug hatte das ja gemacht, diese schwere Türe mit einem Brecheisen aufzuhebeln. Da waren die nicht zimperlich.«

»Und bei ihm waren sie auch nicht zimperlich«, entgegnete Kristofferson und schüttelte traurig seinen Kopf. »Wieso legen die einen alten Mann eiskalt um, jemanden, der sehr offensichtlich nichts mit den Drogen zu tun hat?«

Knut kratzte sich am Kopf, dann deutete er in den Drogenraum, der völlig durchgewühlt war. Nichts stand mehr wie vor einer Woche. Und auch in dem Raum unter der Garage war offenkundig gesucht worden, alle Rucksäcke der Atemgeräte aufgeschnitten und der verbliebene Scooter an der Wand aufgehebelt und auseinandergenommen worden.

»Die haben etwas gesucht. Und dieses Etwas muss sehr wertvoll gewesen sein, sonst wären sie nicht so akribisch bei der Suche gewesen und so brutal einem Beobachter und Zeugen gegenüber.«

Kristofferson schaute seinen Kollegen an, und beide wussten in dem Moment, was der andere dachte.

»Das Geld!«, rief Kristofferson aus. »Die habe das Geld gesucht, mit dem der Drogenhandel bezahlt werden sollte. Die Bande, die hinter dem Drogendeal steckt, weiß nichts von den toten Tauchern, wir haben keine Mitteilungen an die Presse gegeben. Und sie wissen auch nichts von dem deutschen Fischkutter. Die haben diesem Bo Svensson Geld gegeben, damit der Drogen bei dem Windpark abholt, aber der ist nicht wiedergekommen, weil er dabei umkam. Aber das wissen die Drogenmafiosi nicht, für die ist Svensson mit der Kohle verschwunden. Also holen sie sich den anderen, seinen Komplizen, aber der weiß auch nicht, wo das Geld ist. Deshalb legen sie ihn um, auch als Warnung an Svensson, falls der wieder auftaucht. Was der nicht kann, denn er ist ja tot!«

Kristofferson atmete tief ein.

»Und deshalb schauen sie in dem Haus nach, wühlen alles durch, finden aber auch dort nichts«, fügte Knut hinzu. »Und jetzt? Wollen wir jetzt abwarten, wen die Bande als nächstes heimsucht?«

Sein Freund Lars schaute ihn tief aber gedankenversunken an.

»Nee, das werden wir nicht tun. Wir sollten versuchen, die Initiative zu übernehmen. Erst einmal suchen wir jetzt nach dem Türken, der die Rechnung in der Tankstelle mit seiner Kreditkarte beglichen hat. Von dem haben wir eine Beschreibung und einen Namen. Und ich werde doch noch eine Mitteilung an die Presse geben, dass es einen toten Taucher im Windpark gegeben hat und dass die Deutschen einen havarierten Fischkutter vor der Südküste aufgebracht haben, der die Drogen angeliefert hat. Dann kanalisieren wir die Aktivitäten der Bande nach Deutschland und fokussieren sie auf den Kutter dort. Und wenn sie dort suchen, kann dieser Peter Brockmann sie festnehmen.«

»Das ist gut. Gut für dich, denn dann bist du sie hier los!«, grinste Knut.

Kristofferson legte ihm eine Hand auf die Schulter.

»Wir haben die beiden toten Taucher, zwei Pakete mit Drogen und kennen jetzt die neue Schmuggelroute der

Mafia. Unser Tagespensum ist erfüllt, der Fall bei uns in Schweden eigentlich auch geschlossen. Wenn die Deutschen ihren Fall mit dem herrenlosen Fischkutter aufklären wollen, dann bekommen sie von mir einen Tipp und damit die Möglichkeit dazu.«

Er grinste.

»Mehr kann ich für die schwedisch-deutsche Zusammenarbeit bei der internationalen Verbrechensbekämpfung nicht tun.«

35 Neustadt

Die Nummer im Display seines Telefons war lang und begann mit einer Auslandsvorwahl, die er nicht kannte.

»Ja? Hallo?«, meldete sich Brockmann deshalb zögerlich. Wiederholt hatte er gelesen, dass fremde Geldabzocker von ausländischen Nummern anriefen, um dann die Gespräche auf teure Bezahlnummern umzuleiten. Deshalb war er vorsichtig.

»Peter? Bin ich mit Peter Brockmann verbunden?«

»Ja«, antwortete Brockmann zögerlich. »Wer ist denn da?«

»Ich bin es, Lars! Lars Kristofferson von der Polizei in Ystad!«

»Oh, guten Tag, Lars! Es tut mir leid, aber ich habe diese Telefonnummer in dem Display gesehen und war unsicher, weil ich sie nicht kannte. Jetzt werde ich sie abspeichern. Sorry!«

Die beiden Kommissare waren nach dem offiziellen Teil von Kristoffersons Besuch in Neustadt bei einem Bier zu dem informellen „Du" übergewechselt, weil sie sich mochten und verstanden.

Trotzdem trat jetzt ein Moment der Stille ein.

»Ich muss dir etwas sagen, Peter, erst einmal inoffiziell, also nur zwischen uns beiden. Du kannst dann damit machen, was du willst.«

Der Schwede räusperte sich.

»Du erinnerst dich, dass wir hier in Ystad ein Bungalow gefunden hatten, wo offensichtlich die Drogen, die
dein Kapitän hierher geliefert hat, umgepackt wurden.
Der Mieter dieses Hauses war ja einer der beiden Taucher, die bei dem Verrutschen der Steine ums Leben kamen. Jetzt ist in dem Haus eingebrochen und alles durchwühlt worden und sogar der Nachbar, ein alter Herr von
Mitte Achtzig, von den Einbrechern bestialisch ermordet
worden. Wir sind sicher, dass die Leute das Geld gesucht
haben, welches der Svensson, also der andere tote Taucher, für den Drogendeal wahrscheinlich als Vorschuss
erhalten hatte. Aber wir beide, du und ich, wissen, dass
zwischen den Steinen im Fundament des Windrades nur
die Drogenpakete gefunden wurden, was bedeutet, dass
die Übergabe stattgefunden hatte, aber aus bekannten
Gründen die Ware nicht mehr in Schweden ankam.«

Er holte tief Luft, und fuhr dann fort: »Aber das wissen die Drogenmafiosi nicht, die den Deal finanziert haben. Bevor sie den alten Mann hingerichtet hatten, der
ihnen wohl einfach in die Quere kam, haben sie einen
von Svenssons Komplizen in seinem Auto erschossen.
Die wollten von ihm wohl das Geld, bekamen aber
nichts, weil er es nicht besaß. Es ist jetzt nur eine Frage
der Zeit, wann sie durch ihre Informanten herausfinden
werden, dass es einen deutschen Fischkutter gab und einen deutschen Taucher, der das Geld mitgenommen
hat.«

Wieder atmete er tief ein.

»Du hast mir damals erzählt, dass dieser deutsche

Taucher ein Freund von dir ist, wie auch immer du selber damit klarkommst. Aber er ist in großer Gefahr, dein Freund, ob mit oder ohne dieses Geld aus dem Drogenhandel.«

Brockmann schluckte, obwohl er diese Schlussfolgerung ja bereits kannte. Er musste sich trotzdem räuspern bevor er antworten konnte.

»Ich hatte diesem Freund gestern Abend das Gleiche gesagt, und zwar genau so, wie du es mir gerade gesagt hast. Aber dann ist der abgehauen, und ich hoffe seitdem sehr, dass er die Nacht darüber nachgedacht hat. Was meine Beziehung zu ihm als Drogenkurier angeht, hast du leider Recht wenn du sagst, dass ich selber damit klarkommen muss, und auch selber Konsequenzen ziehen muss. Aber das steht dann auf einem anderen Blatt. Zuerst einmal danke für deine Information und den Tipp. Ich werde es dem ermittelnden Kommissar weiterleiten.«

Beide schwiegen einen Moment, sodass es nur in der Leitung rauschte.

»Wir haben hier in Schweden ein großes Problem mit Drogenkriminalität und brutalen Morden in diesem Milieu. Ganz oben auf unserer Liste steht ein türkischstämmiger Mann, der von Interpol gesucht wird, aber von ganz hohen Stellen in der türkischen Regierung gestützt wird. Bitte seid vorsichtig bei dem, was ihr tut. Diese Leute knallen nicht nur einfach einen harmlosen Rentner ab, sondern schreckten im vergangenen Jahr auch vor Bombenanschlägen auf unbeteiligte Bürger nicht zurück und haben auch Kinder in ihren Reihen angeheuert, um Morde zu begehen. Bei uns in Schweden ist das ein

Riesenproblem, und die Mafia um diesen Türken wird nicht begeistert sein, dass wir ihnen einen lukrativen Schmuggelweg verschlossen haben. Wenn auch nur zufällig.«

Er holte tief Luft.

»Seid also bitte vorsichtig. Die schrecken vor nichts zurück! Passt auf euch auf. Und ich drücke euch die Daumen, dass ihr wenigstens einen von den Verbrechern verhaften könnt.«

Dann legte Kristofferson auf, und Brockmann stand eine Weile im Raum, unfähig sich zu bewegen. *›Worauf habe ich mich da nur eingelassen?‹* fragte er sich und schüttelte dabei den Kopf, und erst nach einer Weile blickte er erneut auf sein Handy und suchte zögerlich Achims Telefonnummer.

Es tutete eine gefühlte Ewigkeit, dann knackte es in der Leitung.

»Hi Pe…«

»Achim, *wo* ist das Geld?», unterbrach ihn Brockmann, ohne Begrüßung und einleitende Worte. «Du bist in großer Gefahr, solange du die Kohle irgendwo versteckt hast und dich weigerst, sie an diese Hamburger Drogendealer weiterzugeben, an Broders Lieferanten. Glaubst du, die denken: Ok, der Broder ist tot, dann ist die Kohle wohl weg und alles ist gut. Bist du so bescheuert? Die werden herausfinden, dass *du* mit an Bord warst und dann bist du dran, Scheiß auf Broder.«

Einen Augenblick war Stille, weil Achim nichts antwortete.

»WO ist das Geld, Achim?«

Brockmann hörte den schweren Atem des Freundes.

»Es ist meine Chance, auf eigenen Füßen zu stehen, Peter. Mein eigenes Geld. Und weil es so ein Haufen Geld ist, kann Ulla ihre Bar verkaufen und wir können uns zurückziehen. Keine Bar mehr, keine betrunkene Ulla, wenn sie frühmorgens nach Hause kommt, keine Wracktaucherei mehr. Nur noch wir Zwei. Das war mein Plan.«

»Achim, das war kein Plan, weil du so schnell gar nicht planen konntest, wie die Ereignisse dich vor zwei Wochen auf dem Fischkutter überrollten. Du hattest keinen Plan, er ist dir erst eben gerade eingefallen, so als Rechtfertigung, um es mir und dir gegenüber in ein besseres Licht zu rücken und vielleicht sogar verspätet noch zu legalisieren.«

Brockmanns Stimme wurde lauter, klang erbost.

»Aber es ist ein Scheißplan, Achim Lehmann, weil du dich mit den falschen Leuten angelegt hast. Das ist eine Nummer zu groß, nein, das ist mehrere Nummern zu groß, für uns beide. Also, ich frage dich noch einmal: WO IST DAS VERDAMMTE GELD?«

»Im Kutter!«

»Unsinn, Achim! Die KTU hat das Schiff fast auseinandergenommen und nichts gefunden. Da war nichts.«

»Dann kannst du mal sehen, wie gut ich es versteckt habe. Dann werden es auch die Türken nicht finden.«

Brockmann stutzte.

»Welche Türken? Woher weißt du, dass es Türken sind, die in Schweden das Geld suchen und den alten Mann erschossen haben?«

»Welchen alten Mann?«

Aber Brockmann winkte ab. »Das spielt jetzt hier

keine Rolle. Aber du weißt offenbar, *wer* das Geld sucht.«

Er wollte schon zu einer Drohung anheben, besann sich dann aber eines Besseren.

»Vielleicht hast du ausnahmsweise Recht, Achim. Das Geld ist offenbar gut versteckt, also lassen wir es fürs erste da, weil ich momentan auch kein besseres habe. Nur werde ich die Kollegen informieren, damit die auf das Versteck, also auf den Kutter, gut aufpassen. Ich muss nämlich noch mal mit dir über Broder sprechen und die unbekannte dritte Person, die damals auf dem Schiff war.«

Es trat ein Moment der Stille ein, während der Brockmann seine Gedanken ordnete.

»Ein anderer Grund, warum *ich* dich nämlich dringend brauche ist, dass ich deinetwegen in Schwierigkeiten bin. Ich habe ein Beweismittel unterschlagen, nämlich die kriminaltechnische Untersuchung deines Kaugummis aus dem Papierkorb des Tauchraums. Mit der DNA-Analyse hatte ich die endgültige Bestätigung, dass du an Bord warst, aber vor allem, dass du noch am Leben warst. Ulla hatte sich große Sorgen gemacht, hatte mich beauftragt, nach dir zu suchen.«

Brockmann atmete tief ein.

»Aber wie ich bereits auf der Autofahrt gesagt habe, kenne nur ich im Moment die Verbindung des Kaugummis im Schiff zu dir. Aber ich selber komme nur heil aus der Sache raus, wenn ich einen anderen als dich als Broders Mörder präsentiere.«

»Das hast du für mich getan, Peter?«, fragte Achim ungläubig.

»Ich habe es auch für Ulla getan, Achim, denn sie war so durcheinander und traurig, als du dich nicht mehr gemeldet hattest, weil du auf dem Kutter warst. Aber ich stecke jetzt mit den Ermittlungen fest, weil ich nicht weiß, wer in der Nacht auf dem Kutter war und ein Interesse hatte, aus anderen als den Drogengeschäften den Kapitän umzubringen – wenn deine Geschichte überhaupt stimmt!«

Er seufzte.

»Wenn wir einen anderen Mörder finden wollen, müssen wir, muss ich vor allem wissen, ob Broder Feinde hatte, ob er sich mit irgendwelchen Leuten gestritten hatte, die ihm deshalb nach dem Leben trachteten, oder Ähnliches. Du weißt schon.«

»Durch diese Drogendealerei hatte er sich eine Unmenge Feinde gemacht, er schuldete dem schwedischen Türken Geld für den Umbau. Also ich hätte auf einen Schlag eine Handvoll Gründe …«, antwortete der Freund, doch Brockmann winkte ab.

»Diese Leute kommen nicht nachts auf einen Kutter geschlichen, um jemanden umzubringen, und fahren dann mit einem Beiboot aufs Geratewohl zurück an Land. Wenn, dann kommen die mit einem Rollkommando, erschießen ihre Feinde und gehen dann ohne Hast wieder weg. Abstechen aus nächster Nähe ist nicht so deren Sache.«

Er schüttelte den Kopf.

»Nein, Achim, wir suchen jemanden, der einen Hass auf ihn hatte, aber kein Serienkiller ist. So in der Art wie diese neue Freundin, diese Grit. Bekommt ein Kind von ihm, aber Broder hat kein Geld, will das Kind möglicherweise nicht, sie rastet aus, bringt ihn um. So etwas in diese Richtung.«

»Das traut ihr der Frau zu?«

»Mensch, Achim, das war ein Beispiel! Aber zu deiner Beruhigung: wir haben sie gecheckt, haben ihr Alibi überprüft, aber sie war es nicht. Auch aufgrund anderer Beweise, über die ich dir nichts erzählen kann.«

»Habt ihr euch denn mal die alte Freundin angesehen, diese Alma, Alma Becker aus Scharbeutz? Mit der war er jahrelang, ach was, jahrzehntelang zusammen, bis er diese Grit kennenlernte.«

»Aber das ist doch auch schon Jahre her, die Trennung, meine ich«, entgegnete Brockmann.

»Jaja, aber soweit ich von Broder weiß, hat diese Alma immer wieder rumgezickt, ihn, wie sagt man heute modern, gestalkt, ihm aufgelauert. Ich kenne die Geschichte nicht, aber ich weiß nur, dass Broder manchmal ziemlich genervt von der Frau war.«

»Ich weiß nicht«, entgegnete Brockmann skeptisch, »aber gut, wir werden sie nach einem Alibi befragen. Sonst noch irgendjemand, über den Broder sich mal geäußert hatte? Streit beim Bier? Wo hat er denn diese Grit kennengelernt? Die ist doch sicherlich nicht so vom Himmel gefallen? Wem hat er die denn ausgespannt?«

Achim dachte angestrengt nach.

»Ich weiß nicht, wie der heißt, aber Broder hat ihn mal erwähnt, das stimmt. Ich erinnere mich aber nicht mehr an den Namen. Ich weiß nur, dass der Polizist in Scharbeutz ist. Hat sich damals extra dahin versetzten lassen. So ein kleiner dicker.«

Brockmanns Augen wurden größer.

»Scheiße!«, rief der alte Kommissar aus und musste sich vor Schreck setzen.

Er legte hastig auf und wählte Krieglsteiners Nummer, und noch bevor der junge Kommissar am anderen Ende der Leitung etwas sagen konnte, platze es aus dem Alten heraus.

»Sie müssen unbedingt mal sofort den einen Polizisten befragen, den kleineren von den beiden. Der war bis zur Trennung der Freund von dieser Grit Jakobsen …«

»… mit der dann der Broder 'rumgemacht hat und sie ihm ausspannte?«

»Genau!«, antwortete Brockmann, »und deshalb hat der ein starkes Motiv. Befragen Sie ihn bitte mal? Und fragen Sie ihn vor allem nach seinem Alibi für die Tatzeit!«

Er wollte schon auflegen, als ihm noch die andere, die ehemalige Freundin einfiel.

»Und, Herr Krieglsteiner, wenn Sie schon nach Alibis fragen. Gehen Sie doch mal zu der ehemaligen Freundin von dem Kapitän, einer gewissen …«

Er suchte auf dem Tisch vor ihm in seinen Notizen nach dem Namen.

»… Alma Becker! Alma Becker aus Scharbeutz. Finden Sie ihre Adresse heraus und fragen Sie diese Frau nach ihrem Alibi für die Tatzeit. Es ist nur Routine, aber der Vollständigkeit halber und für die Akten.«

»Und wer ist diese Alma Becker?«, fragte Krieglsteiner neugierig. »Hab' ich da etwas verpasst?«

»Das war die Broder Freundin bis er diese Grit Jakobsen kennengelernt hatte.«

»Wird das jetzt eine Beziehungsdrama, Herr Brock-

mann?«, hörte der alte Kommissar und vernahm dabei
auch ein leichtes Kichern.

Brockmann schüttelte den Kopf am Telefon, aber er
war sich unsicher geworden.

»Möglich«, antwortete er nur kurz.

36 Freundinnen

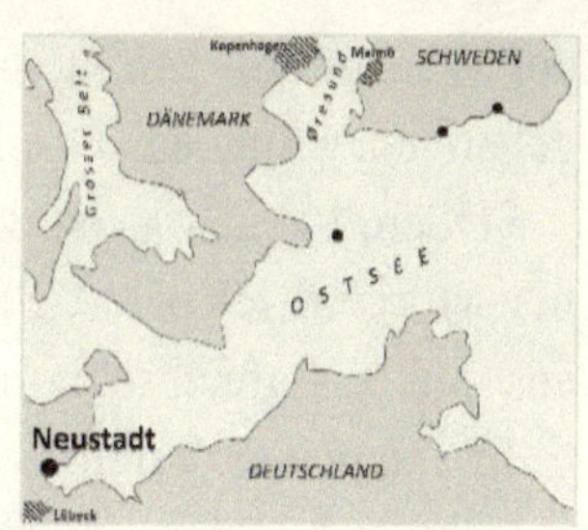

Die dunkel gekleidete Person glitt mit gekonnter Leichtigkeit über den mannshohen Sperrzaun, der das militärische Gelände des Neustädter Hafens von der Hauptstraße trennte, landete elegant auf seinen Füßen und entschwand dann geräuschlos zwischen Stapeln alter Bojen und rostiger Container, die nahe an dem Kai lagen, wo der Fischkutter von Broder Henningsen jetzt wieder vertäut im Wasser dümpelte. Die Beleuchtung auf der Pier war aus Gründen der Sparsamkeit ausgeschaltet worden und nur wenige Straßenlaternen auf den Wegen durch das weitläufige Militärgelände warfen ihr funzeliges Licht auf den Boden. Die schwarze Person huschte katzenhaft an der Hauswand entlang, blieb immer wieder stehen, sah sich um und sprintete dann geduckt bis zu einem Müllcontainer, der gleich neben dem Fischkutter auf dem Kai stand. Ein paar Sekunden später konnte man ein klirrendes Geräusch wie das Brechen von Glas hören, dann verschwand der Einbrecher in dem Schiff und alles war wieder ruhig.

*

Als Brockmanns Telefon schrill und grell läutete, war

der Wecker auf dem kleinen Nachttisch gerade erst an-
gegangen, zeigte das Display sieben Uhr.

»Ooch, Peter, was ist denn das für ein Stress am frühen Morgen? Ich hab' Urlaub, also mach das blöde Ding
aus und lass' mich schlafen.«

Er nahm das Telefon, drückte auf ‹Annehmen› und
entschwand schnell in das angrenzende Wohnzimmer.
Erst nachdem er die Schlafzimmertüre leise hinter sich
zugezogen hatte, beantwortete er das eingegangene Gespräch.

»Herr Krieglsteiner«, flüsterte der Alte trotzdem noch
in den Hörer, »was gibt es denn so früh am Morgen Kri-
minelles, dass Sie mich zu dieser nachtschlafenden Zeit
schon anrufen müssen?«

»*Esch tut mir leid, Här Brockmann, aber isch dacht,
dasch Sie dasch als Ärster erfahre sollte. Jämand ist in
den Fischkutter eingebroche und hat dasch ganze Schiff
durchwühlt. Jädes Brett, jäde Ecke. Där Soldat, där das
Schiff bewacht, hatte esch heut Morge bemerkt.*«

»Heute Morgen? Und wo war der in der Nacht?«

»*Die bewache esch nur tagschüber.*«

Brockmann schüttelte ungläubig den Kopf und
schaute dabei auf die Ostsee vor seinem Fenster. »Die
haben das Geld gesucht«, murmelte er leise vor sich hin.

»Was haben die gesucht?«

»Äh, nichts. Fehlt denn etwas, auf dem Schiff, wollte
ich fragen?«

Krieglsteiner räusperte sich.

»Naja, es ist so. Es ist erst kurz nach sieben Uhr, da
ist noch niemand von der KTU oder von der Spusi er-
reichbar. Es wird also noch etwas dauern, bis wir das

wissen. Befürchte ich.«

Brockmann wusste, dass es sehr lange dauern wird, bis das festgestellt würde. Aber seine Gedanken waren schon in einer anderen Ecke des Falles: die Drogenmafia war schneller als erhofft auf den Kutter als Transportfahrzeug gekommen, schneller, als es Kristofferson am Telefon vorgestern noch vorausgesagt hatte. Also würden diese Leute auch schneller auf Achim stoßen.

Aber das war nicht Krieglsteiners Baustelle, denn er hatte dem Schwaben diesen Zusammenhang noch nicht erklärt.

Brockmann hörte, wie der junge Kommissar mit Papier raschelte.

»Wenn ich Sie schon so früh geweckt habe und Sie jetzt sauer sind, dann soll sich Ihr Ärger auf mich wenigstens gelohnt haben, denn ich muss Ihnen leider sagen, dass die Befragung des ehemaligen Freundes von Grit Jakobsen, diesem Polizisten, nichts gebracht hat. Der hatte nämlich Dienst in der fraglichen Nacht, zusammen mit seinem Kollegen Schmitz, und wie es in den Akten auch hinlänglich notiert war, waren beide bei einem Verkehrsunfall am Süseler Baum eingesetzt. Der Einsatz zog sich bis zum frühen Morgen hin, er hätte also unmöglich auf dem Kutter sein können.«

Brockmann schloss die Augen, dachte nach, war enttäuscht. Eine weitere Spur, die im Sande verlaufen war. Weil er nichts antwortete, fuhr Krieglsteiner fort: »Auch die neue Freundin, diese Grit Jakobsen, hat ein sehr gutes, stichfestes Alibi für die Nacht und den folgenden Morgen, denn sie war im Krankenhaus, weil sie stressbedingt starke Schmerzen im Unterleib hatte und von ihrer Ärztin vorsorglich in die Gynäkologie in Lübeck zur Überwachung überwiesen wurde. Die fällt also auch aus.«

»Na, ich hoffe nicht, Herr Krieglsteiner, dass Sie der Frau das so emphatisch vor den Latz geknallt haben, dass wir sie als Täterin verdächtigen, meine ich.«

Es war einen Moment Stille am Telefon.

»Wasch tut denn „vor den Latz knallen“ bedeute, Här Brockmann?«

Der Alte entschuldigte sich bei Krieglsteiner für seine Wortwahl und seine Anschuldigung fehlender Empathie.

»Sie erinnern sich vielleicht noch an die Freundin des Journalisten«, erklärte er, »der letztes Jahr in Hamburg erschossen wurde und die dann bei Ihnen im Präsidium auftauchte, weil sie den Mord aus der Zeitung erfahren hatte? Sie waren völlig überfordert mit der Frau, die gerade ihren Freund verloren hatte und der Sie noch an dem gleichen Morgen zumuten wollten, den Toten in der Pathologie zu identifizieren. Das war wenig empathisch, deshalb habe ich das gerade gesagt.«

Krieglsteiner schwieg einen Moment, dann sagte er leise: »Es fiel mir schon immer schwer, Gefühle für den Umgang mit anderen Menschen zu haben. Deshalb wollte ich eigentlich auch zur Kunsthochschule gehen, weil eigentlich das Malen meine große Leidenschaft ist. Auf der Leinwand kann ich Menschen entwerfen, ihnen Gesichter geben und Gesichtsausdrücke und Emotionen. Aber mein Vater wollte, dass ich zur Polizei gehe, und das richtige Leben kennenlerne, wie er sich ausdrückte.«

»Es tut mir leid, Herr Krieglsteiner, das zu hören. Als

der Lebenserfahrene kann ich Ihnen aber nur mit Nachdruck raten, Ihren Traum umzusetzen und die Malerei
nicht aufzugeben.«

»Ich werde mal darüber nachdenken, vielen Dank.«
Er gähnte anhaltend.

»Ich mache Ihnen einen Vorschlag zur Güte, weil ich
eben so gemein zu Ihnen war: Sie gehen noch mal eine
Runde ins Bett und ich werde zu Frau Jakobsen fahren,
und sie nach irgendwelchen Feinden von Broder Henningsen befragen. Meine Frau liegt noch im Bett und ich
muss sowieso Brötchen holen, da kann ich auch genauso
gut mal bei dieser neuen Freundin von Broder vorbeischauen. Die arbeitet ja bei dieser Touristeninformation
unten am Yachthafen.«

*

Das Kreischen der Möwen war ohrenbetäubend, der
Spaziergang zu der Pier, wo die Kutter gerade festge-
macht hatten und ihre Ladung mit Fischkisten löschten,
lebensgefährlich, weil sich die gierigen, streitlustigen
Vögel von den paar Menschen nicht abhalten lassen
wollten, sich an dem Fang frischer Fische zu bedienen.
Im Sturzflug kamen sie immer wieder heran und drehten
erst im letzten Moment ab, wenn die Gefahr der Gegen-
wehr der Fischer zu groß war.

Nicht minder laut war das Geschrei der Touristen, insbesondere von deren Kindern, wenn auch sie Opfer der
Angriffe dieser Luftpiraten wurden, nachdem sie sich
mit ihrem morgendlichen Fischbrötchenfrühstück auf
die Hafenmauer gesetzt hatten. Vor allem die Kinder und

die sie begleitenden Hunde waren willkommene Opfer, weil die Aussichten der Halbstarken unter den Möwen, auch noch ein Teil von deren Fischbrötchen zu erobern, die Angriffe noch reizvoller machte.

Brockmann ging kopfschüttelnd an der Menschenansammlung vorbei, durch einen Teppich heruntergefallener Pommes und in Panik weggeworfener Pappschalen, in denen die Mayonnaise noch ein paar der restlichen Frittenstäbe zusammenklebte.

Bei dem kleinen Büro der Touristeninformation unter dem großen „*i*“ drückte er die Türe auf und stand augenblicklich in der Ruhe neben dem Sturm, der draußen an der Fischereipier tobte.

Eine blonde, mittelgroße Frau mit sichtbarem Babybauch begrüßte ihn freundlich, aber Brockmann erkannte die tiefen Ringe unter ihren Augen und die eingefallenen Wangen. Auf dem kleinen Aufsteller auf dem Tresen stand ihr Namensschild: *G. Jakobsen.*

»Mein Name ist Peter Brockmann, ich bin ein Kollege von Herrn Krieglsteiner, den Sie ja bereits kennengelernt haben. Es tut mir sehr leid, aber ich muss Ihnen noch einmal ein paar Fragen stellen bezüglich möglicher Feinde Ihres Freundes Broder Henningsen.«

Die Frau wirkte müde, ausgelaugt und ziellos. Fahrig schob sie einen Packen Broschüren auf dem brusthohen Tresen von einer Seite auf die andere, während ihr Blick auf Brockmann ruhte.

»Sie haben ihn noch nicht gefunden, oder?«

Der Alte schüttelte den Kopf. »Nein, aber wir würden Sie auch als Erste informieren, bestimmt. Es tut mir leid, dass ich keine besseren Neuigkeiten habe.«

Er schaute die junge Frau durchdringend an. »Ich weiß, dass alle unsere Fragen Ihren Freund und den Vater Ihres Kindes auch nicht wiederbringen werden, aber ich hoffe, dass wir wenigstens Klarheit über seinen Tod erhalten können. Aber zuerst einmal hoffe ich, dass Sie sich wieder besser fühlen, weil Sie doch letzte Woche im Krankenhaus waren.«

Grit Jakobsen stand aufrecht hinter dem Tresen und strich sich versonnen über den Bauch. »Ja, es geht wieder. Die olle Hexe soll nicht gewinnen, vor allem jetzt nicht, wo Broder tot ist.«

Brockmann schaute sie irritiert an. »Wer ist eine Hexe, Frau Jakobsen? Wer kämpft gegen Sie?«

Der Blick der jungen Frau ging an Brockmann vorbei und hinaus in den Hafen, weiter an den Fischkuttern vorbei bis zum fernen Horizont.

»Wir wollten hier aufhören, wollten dann weg und uns irgendwo im warmen Süden niederlassen. Dafür arbeitete Broder, dafür ärgerte ich mich hier mit den arroganten Touristen herum und verkaufte ihnen mit aufgesetztem Lächeln Angelfahrten, auch wenn sie mich mit ätzenden, frauenfeindlichen und sexistischen Sprüchen zutexteten. Broder und meine gemeinsame Zukunft war unsere Triebfeder. Wir wollten weggehen, weg aus Sierksdorf, weg von der Ostsee.«

»Damit die Hexe sie beide in Frieden lässt? Wer ist die Hexe?«

»Wer die Hexe ist?« Sie lachte hysterisch, hielt sich aber ihren Babybauch, wie um das Kind nicht zu stören. »Wer die Hexe ist, fragen Sie? Na, Broders ehemalige Freundin, Alma Becker! Obwohl die Trennung der beiden schon fast drei Jahre her ist, hatte sie nie aufgehört, ihm nachzusteigen, ihn zu bedrohen, ihn zu terrorisieren mit Telefonanrufen und Emails. Broder war sogar ein paar Male bei der Polizei gewesen, aber auf der Wache sitzt mein Ex-Freund, und daher war auch dort keine große Hilfe zu erwarten. Sie meinte wohl, weil die beiden, also Broder und sie, also diese Alma, seit der ersten Klasse der Grundschule quasi schon ein Paar waren, dass sie ein lebenslanges Besitzrecht auf ihn hatte, selbst, wenn er das nicht mehr wollte.«

Grit Jakobsen schüttelte den Kopf.

»Sie hat ihn jahrelang hin- und hergeschoben, ihn nach ihren Vorstellungen benutzt. Er sollte ein Biofischer werden, alles umstellen, sich auf die Wurzeln der Fischerei besinnen. Und er sollte hier in Sierksdorf leben, hier sterben, wie seine Eltern. Aber *das* wollte Broder nicht. Er wollte raus aus diesem engen Dorf, weg von der Fischerei, die er hasste, weil sie schon lange nichts mehr einbrachte außer Schwielen an den Händen und Gicht und Rheuma in den Knochen.«

»Broder und ich hatten uns auf einem Maskenball beim Fasching kennengelernt, an der Theke«, erklärte Grit dann und sie lächelte dabei versonnen. »Weil er ein Kostüm trug und eine Maske, wusste ich anfangs gar nicht, wer er war. Wir unterhielten uns über das Leben, über die Zukunft, über Familie, und er trank dabei Unmengen an Schnaps und ich zu viel Sekt. Irgendwann verschwamm alles, aber ich wusste noch, dass er mich total gefesselt hatte mit seinen Träumen von Leben und Südsee. Am nächsten Morgen, nachdem ich irgendwann wach geworden war mithilfe von Kaffee und Aspirin, entdeckte ich im Badspiegel auf meinem Busen eine Telefonnummer. Anfangs war ich total geschockt, weil ich keine Erinnerung daran hatte, wann und wie ein wildfremder Mann mir etwas auf meine Brust schreiben konnte. Aber es war auch ein gutes Gefühl, denn die Unterhaltung war wunderschön, weil sie mir Mut gab, auch in meinem Leben etwas zu verändern. Mein damaliger Freund, Bernd Dreier, der Polizist, hatte sich für mich extra nach Scharbeutz versetzen lassen und redete seitdem von Haus bauen, Kinder haben und Hausfrau werden. Aber das waren *seine* Ziele, von mir war da nie die Rede gewesen.«

Sie schaute Brockmann traurig an. »Sie verstehen wahrscheinlich gar nicht, was ich sagen will. Sie sind erfahren, haben alles schon erlebt.« Dabei machte sie eine wegwerfende Bewegung mit einer Hand.

»Nein, nein!«, bemühte sich Brockmann eilfertig ihre Befürchtung zu zerstreuen. »Ganz im Gegenteil, ich verstehe Sie sehr gut, Frau Jakobsen, denn ich habe Kinder, die durch genau diese Lebenskrisen gegangen sind. Das ist normal, aber man braucht dann jemanden, mit dem man darüber sprechen kann.«

Er seufzte.

»Meine Frau war damals für sie da«, fügte er traurig hinzu, »ich hatte immer gearbeitet.«

»Das tut mir leid«, antwortete Grit und sah den Alten mitleidig an. Nach einer kurzen Pause fuhr sie dann fort: »*Ich* fand jemanden zum Reden, nämlich Broder. Nachdem ich unter großen Schwierigkeiten die Kugelschreibertinte von meinem Busen entfernt hatte, rief ich die Telefonnummer an ohne zu wissen, wem sie gehörte.

Wir kannten uns ja nicht, waren uns vorher noch nie begegnet. Aber schon als er antwortete und ich diese Stimme hörte, kam der ganze schöne Abend wieder, das Gespräch, die Zukunft. Ich habe ihn noch an dem Abend getroffen, wir haben zusammen geschlafen, und am nächsten Tag bin ich zu meinem Freund gegangen und habe mit ihm Schluss gemacht.«

Brockmann nickte zustimmend.

»Ein klarer Cut!«, kommentierte er bewundernd. »Aber bei Broder ging das offenbar dann nicht so einfach, oder?«

Grit Jakobsen schüttelte den Kopf.

»Es war das Grauen, von dem Moment an, als er es Alma gesagt hatte. Und ich glaubte ihm, dass er es genauso schnell beenden wollte wie ich meine Beziehung beendet hatte. Niemanden im Unklaren lassen, klare Kante zeigen, nichts im Dunkeln mauscheln. Aber Alma wollte das offenkundig nicht verstehen, und auch ihre Eltern ätzten gegen Broder und seine Geschwister und brachten alle im Dorf gegen ihn auf. Später dann auch gegen mich, erzählten, ich hätte mich zwischen die beiden gedrängt, sie seien vorher ein Herz und eine Seele gewesen, wollten heiraten.«

Wenn Grit gekonnt hätte, dann hätte sie vor sich auf den Boden gespuckt.

»Alles erfunden! Aber die olle Hexe hat es immer wieder versucht. Hatte es aber nicht geschafft. Wir wollten Geld verdienen und dann abhauen, das war der Plan. Diese Saison noch mitnehmen, dann wollten wir weg.«

Brockmann schaute die junge Frau erstaunt an.

»Wusste diese Alma davon, ich meine, dass es schon

nächstes Jahr sein sollte? Wie hatte sie darauf reagiert? Wusste sie überhaupt, dass Sie ein Kind von Broder erwarten?«

Grit Jakobsen schüttelte langsam den Kopf. »Das weiß ich nicht. Broder war in letzter Zeit anders, war verschlossener als vorher, sprach weniger und ließ nur gelegentlich durchblicken, dass er in finanziellen Schwierigkeiten steckte. Über Alma hat er nie geredet, dieses Thema tat uns beiden nicht gut.«

Sie schüttelte erneut den Kopf und Brockmann erkannte, dass jetzt Tränen über ihre Wangen rannen.

»Tut mir leid, dass ich Ihnen dazu nichts sagen kann.«

37

»Die Ex-Freundin Alma war nicht gut auf ihren Ex-Freund Broder zu sprechen und hat ihm noch jahrelang Szenen gemacht und ihn gestalkt. Ganz ätzend! Diese Grit Jakobsen hat es auch abbekommen, ist in diesen Rosenkrieg hineingezogen worden, wobei nebenbei bemerkt auch ihr Polizeifreund, diese Bernd Dreier, keine gute Figur gemacht hat, denn der hat Broders Anzeigen gegen Alma nie aufgenommen und immer wieder abgetan.«

Brockmann war noch ganz aufgebracht, als er Moni etwas später beim Frühstück von dem Gespräch erzählte. Moni war seinen Ausführungen aufmerksam gefolgt, hatte mit großen Augen die Beschreibungen quittiert, geschmunzelt darüber, auf welche Art Grit die Handynummer von Broders erhalten hatte, und war sogar körperlich ein Stück im Stuhl zurückgewichen, als Brockmann die Zeiten schilderte, die die beiden durchleben mussten.

»Diese Alma hat das nicht verkraftet, dass plötzlich eine andere an ihrer angestammten Stelle neben diesem Broder war. Wahrscheinlich, so wie die Grit es darstellte, war diese Beziehung durchgeplant. Mit Hochzeit und Kindern und allem Drum und Dran.«

Moni stutzte und schaute ihren Mann dann fragend an. »Meinst du, die wusste auch von dem Kind? Stell' dir mal vor, was das bei ihr ausgelöst haben musste. Sie war jahrelang die Auserwählte, hat wahrscheinlich immer wieder nach Kindern gefragt. Und dann kommt, in ihren Augen, die Nächstbeste daher und gleich gibt es ein Kind. Was sie sich immer erträumt hatte.«

Der Kommissar schüttelte den Kopf.

»Diese Grit wusste nicht, ob Alma davon Kenntnis hatte, und auch nicht, dass die beiden zum Ende des Jahres weggehen wollten, ins Ausland, in den Süden.«

»Hundert Pro dass sie das wusste. In so einem kleinen Ort wie diesem, mit den alten Familien, die seit Jahrhunderten hier zusammenleben, wird niemand etwas derart Gewichtiges lange für sich behalten. Hier haben die Wände Ohren, und wenn es am Ende die Frauenärztin war, oder eine von den Helferinnen dort in der Praxis, die es weitererzählt haben. Ich bin sicher, Peter, dass Alma es wusste, und ohne die Frau in Schutz nehmen zu wollen, aber die muss ausgeflippt sein, nachdem sie das herausgefunden hat. Stell dir vor: Zum Ende des Jahres ist der Mann deiner Träume auch noch weg aus deinem Zugriff, dann kannst du ihn nicht einmal mehr terrorisieren.«

Moni nickte dabei heftig.

»Das kann ich nachvollziehen, da ist die bestimmt ausgerastet!«

*

Krieglsteiner und die beiden Polizisten standen wartend vor der hellblau gestrichenen Haustür, aber nichts rührte sich hinter der Tür oder den Gardinen der Fenster. Und nachdem die Truppe einmal um das Haus gegangen war, war klar, dass Alma Becker nicht zu Hause war. Im REAL-Markt hatte man ihm vorher schon am Telefon gesagt, dass Frau Becker sich vor einer Woche überraschend krankgemeldet hatte und seitdem auch nicht mehr gesehen wurde. Aber eine Krankmeldung habe es auch noch nicht gegeben, das würde noch Konsequenzen haben, hatte ihm der Marktleiter verraten.

Die kleine Gruppe war gerade auf dem Weg zurück zum Auto, als eine Radfahrerin in die Einfahrt zu Almas Haus einbog.

Krieglsteiner ging auf die Frau zu.

»Guten Tag, sind Sie Frau Becker? Frau Alma Becker?«

»Ich bin nicht Alma, sondern ihre Schwester, Berit. Und Sie sind?«

Der junge Kommissar stellte sich vor, erzählte der Schwester von dem Vorwurf des *Stalkings* und Almas fehlendem Alibi für die Tatnacht.

Die Schwester schüttelte den Kopf.

»Alma war darüber nie hinweggekommen. Broder, der war ihr Ein und Alles. Immer schon gewesen. Ich hatte ihr mehrfach geraten, eine Therapie zu machen, um dieser Traurigkeit zu entkommen, die sie seitdem umflog, denn das war ganz schrecklich für mich als Schwester, das zu sehen.«

»Wissen Sie denn, wo ihre Schwester jetzt steckt? Wir müssten sie mal dringend sprechen.«

Berit Becker schüttelte den Kopf.

»Leider nicht. Sie rief mich letzten Montag an und bat mich, ihre Blumen zu gießen, sie müsse mal kurz weg, sei aber bald wieder da. Deshalb bin ich jetzt hier.«

»Aber sie wissen nicht, wohin sie wollte?«

»Nein, wie gesagt, das war nur ein kurzes Telefonat, und seitdem habe ich sie auch nicht mehr gesehen.«

Krieglsteiner war entmutigt, weil dieses Gespräch in Bedeutungslosigkeit verebbt. Plötzlich kam ihm eine Idee, er griff in die Seitentasche seines Sakkos und zeigte ihr dann wichtig seinen Dienstausweis, wobei er auf das Haus von Alma Becker deutete.

»Wir müssten mal eine DNA-Probe von ihrer Schwester haben, damit wir eine Täterschaft ausschließen können. Ginge das?«

Er zeigte weiter auf das Haus.

»Eine Täterschaft? Was für eine Täterschaft? Hat Alma etwas ausgefressen?«

Die Schwester war erschrocken einen Schritt zurückgewichen.

»Nein, keine Täterschaft von ihr, sondern nur um *auszuschließen*, dass sie etwas getan hat«, versuchte sich der Schwabe herauszureden, ohne die Wahrheit zu verbiegen, oder die Notlüge zu stark zu missbrauchen.

Aber der Vorbehalt der Schwester war bereits

gewichen.

»Klar, das verstehe ich. Ich schließe Ihnen auf. Oben im Bad finden Sie bestimmt eine Bürste oder Ähnliches. Wird in den Fernsehkrimis doch auch immer gesucht.«

38

Brockmann las den Laborbericht der KTU mehrmals, erst dann konnte er sich zufrieden zurücklehnen - er hatten richtig gelegen mit seiner Vermutung.

»Der Lippenstift auf dem Kaffeebecher und das Kaugummi in der Kapitänskajüte sind von ein und derselben Person, und diese Person ist nach den vergleichenden DNA-Proben eindeutig Alma Becker. Sie war es also, die in der fraglichen Nacht auf dem Fischkutter war und sehr wahrscheinlich Broder Henningsen im Streit erstochen hat.«

Krieglsteiner nickte, rückte dabei nach vorne und zeigte dann mit dem Finger auf das Foto der Frau.

»Alma Becker wusste auch, dass Grit Jakobsen schwanger war, weil die jungen Frauen hier in Neustadt und Scharbeutz alle in die Praxis von dieser Frau Prüßmann gehen. Ich bin sicher, dass eine der Helferinnen diese Neuigkeit durchgereicht hat, um sich wichtig zu machen.«

Brockmann seufzte und schaute den jungen Mann fragend an.

»Klingt nach einer Kurzschlussreaktion, oder was denken Sie, Herr Kollege? Sie hat der Schwester und auch ihren Eltern überraschend erzählt, dass sie für ein paar Tage wegfahren wollte, und fehlt in dem Supermarkt ohne Krankmeldung, was ihre Kündigung nach sich ziehen könnte.«

Krieglsteiner nickte zustimmend. »Ich glaube, die ist nach dieser Nachricht durchgedreht.«

Dann zog er ein Fax zu sich heran das wenige Minuten vorher aus dem Apparat geknurrt kam. Er las den Inhalt, stutzte und ging zu einer vergilbten Landkarte, die an der Wand hing. Einen Augenblick suchte er auf dem Papier herum, dann deutete der junge Kommissar auf einen Punkt weit im Osten der Republik bei der Insel Rügen.

»Der Strandvogt von Rövershagen bei Rostock hat gestern ein Dinghi im Gestrüpp am Küstensaum entdeckt und die Kollegen von der Wasserschutzpolizei haben die Kennung auf dem Boot unserem herrenlosen Fischkutter aus Neustadt zugeordnet.«

Er hielt seinen Finger immer noch auf dem Punkt auf der Landkarte. »Das war hier, wo sie das Beiboot gefunden haben. Wahrscheinlich war dem Dinghi-Kapitän der Sprit ausgegangen.«

»Eher „Kapitänin"«, nickte Brockmann zustimmend. »Die wollte oder will zurück nach Scharbeutz, den einzigen Ort, in dem sie sich sicher fühlt. Sie wird hier in der Gegend irgendwo sein, oder bald hier auftauchen. Geben Sie eine Fahndung an alle Ihre Kollegen durch: Wir suchen nach Alma Becker, weil sie dringend tatverdächtig ist, ihren ehemaligen Freund umgebracht zu haben. Sie ist flüchtig, wurde nicht in ihrem Haus in Sierksdorf angetroffen, und wird sich wahrscheinlich im Raum Neustadt aufhalten.«

Krieglsteiner nickte erneut und tippte dann mit zwei

Fingern die Fahndung in den Computer. Der abschließende Hieb auf die Return-Taste beendete die Eingabe und schloss die Schlussfolgerung ab.

Zufrieden lehnte sich der junge Mann in seinem Bürostuhl zurück, was dieser mit einem bedrohlichen Knacken beantwortete, reckte seine Arme nach oben und klatschte dabei in die Hände.

»Dann wollen wir doch mal sehen, ob sie uns ins Netz geht!«, sagte er zufrieden.

Brockmann hob mahnend den Zeigefinger. »Denken Sie immer daran, dass hinter jeder Fahndung und Ermittlung ein Schicksal steht, wie hart auch immer der Vorwurf gegen den Täter oder die Täterin ist. Menschen sind nicht schlecht, sie werden durch ihr Umfeld zu dem, was wir ihnen dann vorwerfen.«

Krieglsteiner schaute den alten Kommissar kurz fragend an und schüttelte den Kopf.

»Sehe ich anders. Sie sprachen vor ein paar Tagen von dem Fall in Hamburg, den wir zusammen bearbeitet hatte, und erinnerten an den toten Journalisten, der in seinem alten Benz von einer Horde Rechtsradikaler hingerichtet worden war. Wollen Sie mir ernsthaft erzählen, dass Sie Verständnis für diese Leute haben können, die eiskalt einen Unschuldigen hinrichten, weil er ihnen in die Quere kam, etwas aufgedeckt hatte, was denen nicht gefiel?«

Jetzt war es Brockmann, der vehement mit dem erhobenen Finger seiner Hand verneinte.

»Sie haben Recht, Herr Krieglsteiner, wenn Sie das so darstellen, und Sie haben Recht, wenn Sie das kritisieren. Aber was ich nur anmerken wollte im speziellen Fall

dieser Alma Becker ist, dass sie möglicherweise zur Täterin wurde, weil schon vorher ihr Leben schiefgelaufen
war.«

Krieglsteiner schaute den Alten an, war aber nicht
überzeugt.

Aber dann sprang er auf.

»Ich habe auch noch gar kein Mittag gehabt wegen all
diesem Stress!«, entgegnete er, ohne weiter darauf einzugehen.

»Dieses Stresses«, murmelte Brockmann.

»Meinetwegen auch so! Aber etwas essen muss ich
trotzdem!«

39 Abrechnung

Alma Becker blickte sich immer wieder gehetzt um. Es dämmerte bereits, als sie den Waldrand erreicht hatte, sie stolperte deswegen wie ein unbeholfenes Kleinkind, das gerade armrudernd laufen lernte, über Baumwurzeln und Unebenheiten in dem kargen Waldboden und strauchelte über Hindernisse und Löcher. Dicke Äste von dürren Kiefern versperrten ihr immer wieder den Weg. Aber wenn sie ihre Orientierung nicht trog, dann waren es nur noch wenige hundert Meter bis zu Broders Haus, dort, wo er mit diesem neuen Flittchen wohnte, dieser Grit Jakobsen, die ihm jetzt auch noch ein Kind untergeschoben hatte. Jahrelang hatte Alma sich darum bemüht, ihren lebenslangen Freund Broder zu einer Familie mit Heiraten und Kindern zu überreden. Jahrelang! Aber ohne Erfolg. Am Ende hatte er nicht einmal mehr zugehört, wenn sie davon schwärmte. *„Warum heiraten? Wir können doch auch so glücklich sein!"*, hatte er jedes Mal gebetsmühlenartig geantwortet. Immer wieder!

Sie schüttelte traurig den Kopf und stampfte weiter in Richtung auf die Siedlung, deren wenige noch erleuchtete Fenster sie bereits durch das dichte Unterholz hindurchschimmern sah.

Bis hierher war sie, als Anhalterin getarnt, in einer

Woche gelangt, von Rostock bis hierher nach Sierksdorf. Ätzende fette, schmierige Typen in Lieferwagen hatten sie mitgenommen und für ihren Fahrdienst unverhohlen auch noch eine Belohnung eingefordert, sie war mit dem Leid von Frauen konfrontiert worden, die ihr auf der Autofahrt ihr verpfuschtes Leben in den Schoß gekotzt hatten, und mit zwei jungen Hippies und endlosen Zwischenstopps bei anderen Lebenskünstlern bis fast nach Lübeck gekommen, weil die meinten, dass sie noch nie in der Hansestadt waren und deshalb gleich mal dahin wollten.

Aber niemandem hatte Alma richtig zugehört, nicht mal den Frauen, die sie mitgenommen hatten. Sie hatte Broder umgebracht, ihm dieses dicke, lange Tauchermesser in den Bauch gerammt, bis ihre Hand sein Hemd berührte. Es war überraschend leicht hineingegangen, da war kein Widerstand, und als er vornüber zusammensackte, hätte sie es ohne Schwierigkeiten wieder herausziehen können, wenn er sich nicht an sie geklammert hätte, mit seinen starken Armen. Und *da* heraus zu kommen, aus *dieser* Umklammerung, das war viel schwerer, auch weil es sich so gut anfühlte und sie sich so danach gesehnt hatte. Aber sie hatte dann doch noch ein paar Male zugestochen, um sich zu befreien, bis der Druck seiner Arme endlich nachließ.

Und als sie ihn dann wegstoßen konnte, war er rückwärts getaumelt und in einer Schaukelbewegung des Kutters gegen das Schanzkleid geprallt und dann liegen geblieben - ganz ruhig, er hatte kein Ton mehr gesagt, hatte sich nicht mehr bewegt. Sie konnte sich nicht erinnern, wie lange sie dort auf dem Deck zusammengekauert gesessen hatte, das blutige Messer in der Hand, Blut an den Händen und auf dem Pullover, Blut auf dem Deck. Irgendwann war sie aufgestanden, hatte das Messer fallen gelassen, das Dinghi-Schlauchboot am Heck losgemacht und war dann wie betäubt mit dem kleinen Beiboot losgefahren, Richtung Süden, denn irgendwo dort im Dunst des Morgens lag die Küste Vorpommerns.

Auf dem Wasser war es bitterkalt gewesen, im Fahrtwind froren ihre Hände ein und ihre Nase, aber sie konnte nicht anhalten. Sie war noch am Darß vorbeigekommen, konnte die ersten Jogger am Strand sehen, als auf der Höhe von Nienhagen das Benzin ausging und der Motor erstarb. Bis zum Strand musste sie deshalb rudern, zog das Boot dann in die Dünen und warf es dort um, damit es keiner sofort als herrenloses Beiboot eines Fischkutters erkennen würde.

Immer wieder sah sie vor ihren Augen, wie das Messer in Broders Bauch verschwand, wie er wortlos zusammengesackt war. Sie hatte ihn umgebracht! Aber er hatte es verdient, denn er hatte sie, Alma, betrogen und hintergangen, ihr die neue Freundin nicht gebeichtet und dann noch nicht einmal den Mut gehabt, ihr von dem Kind zu erzählen. Und dann wollte er sogar weg, mit dieser neuen Frau, und das konnte sie nicht zulassen.

Bestimmt hatte diese Schlampe ihm das alles nur befohlen!

Alma war in der Zwischenzeit bei den ersten Häusern der Siedlung am Waldrand angekommen. Der Abend hatte seine Lieblichkeit bereits ausgebreitet, es war still geworden in den kleinen Straßen und Wegen. Nur ein paar wenige Hundebesitzer waren noch unterwegs, bis die Zwanziguhr-Nachrichten sie hereinrufen würden. *„Guten Abend, meine Damen und Herren, ich begrüße sie zur Tagesschau!"*

Einen guten Abend würde es für diese Schlampe nicht geben - es war Zeit für die Abrechnung.

Vorsichtig verließ Alma den Waldrand und das schützende Dickicht und tastete sich leise an der meterhohen Buchsbaumhecke vorbei, hinter der das riesige Haus von Bauer Harder stand. Alma kannte sich hier aus.

Nächste Kreuzung links, dann eine Weggabelung, dann stand sie vor Broders Haus.

Die Wohnzimmerfenster seines Hauses waren erleuchtet. Alma musste sich deswegen neben der niedrigen Hecke ducken, aus Sorge, sonst gesehen zu werden. Vorsichtig spähte sie hinüber, erkannte Broders Freundin Grit in der angrenzenden Küche.

Aber die Frau war nicht alleine, musste Alma entsetzt erkennen. Neben der Schwangeren stand ein älterer Mann, groß, graue lange Haare, die unter dem Rand einer dunklen Wollmütze hervorlugten. Beide stritten, und offenbar sogar heftig, denn Grit schlug jetzt mit beiden Fäusten auf die Brust des Mannes, der mit gesenktem Kopf dastand und die Wutattacke über sich ergehen ließ ohne erkennbar zu zucken.

Irgendwo hatte Alma den Mann schon mal zusammen mit Broder gesehen. Vielleicht war es der Taucher, der immer wieder mal mit rausgefahren war. An einen Namen konnte sie sich aber nicht erinnern. Es war auch egal, denn sie war gekommen, um mit dieser Grit abzurechnen – der Mann spielte keine Rolle.

Er würde schon noch gehen, irgendwann.

Bestimmt eine Stunde hockte Alma im Schutz der Hecke, als sie im hinteren Bereich des Gartens plötzlich eine dunkle Gestalt erkannte, die kaum vor dem schwarzen Hintergrund des unbeleuchteten Carports auszumachen war. Aber die Gestalt schlich an der Hauswand entlang, immer im Schutz der Dunkelheit und darauf bedacht, nicht im Lichtwurf der Fenster zu sein. Dann blieb die Gestalt plötzlich abrupt stehen, und Alma konnte vage erkennen, dass die dunkle Person den Kopf drehte, weg von der Hausfassade. Für einen Moment erkannte sie die Silhouette des Kopfes, mit der Vorwölbung der Nase und der Stirn im Querprofil, dann drehte er sich weiter und sie wusste sofort, dass die Person zu ihr schaute.

Ein tiefer, kalter Schauer lief ihr plötzlich über den Rücken und ihre Knie wurden weich, aber als sie wieder hinschaute, war die Gestalt verschwunden. Verängstigt drehte sich Alma langsam erst zu der einen Seite, dann zu der anderen, aber trotz aller Anstrengung konnte sie weder etwas hören noch etwas sehen.

Aber plötzlich fühlte sie etwas in ihrem Rücken. Einen dünnen, harten Gegenstand.

Sie erschrak.

»Steh' auf!«, zischte eine etwas hohe, aber zweifelsfrei männliche Stimme ihr. »Und dann zur Haustür! Aber keinen Mucks.«

Als sie sich etwas zu schnell aus ihrer Kauerstellung erhob, spürte sie gleich den Pistolenlauf schmerzhaft in ihrem Rücken. »Aua!«, rief sie aus, aber im nächsten Moment fühlte sie schon einen Handschuh über ihrem

Mund.

»Wenn du noch mal schreist, lege ich dich gleich um, Schlampe! Geh' jetzt! Schnell!«, befahl die Stimme.

Das ungleiche Paar erhob sich langsam und vorsichtig hinter der Hecke, als sie ein Auto in einiger Entfernung hörten, das in die kleine, schmale Straße einbog. In einiger Entfernung sahen sie die beiden Scheinwerfer langsam größer werden, den Lichtkegel vor dem Auto vor sich herschiebend. Nur noch Sekunden, dann würde der Fahrer des Autos Alma und ihren Entführer sehen müssen.

Aber das Fahrzeug hielt abrupt an. Schemenhaft erkannte Alma, dass der Fahrer seinen Kopf hin- und herdrehte. Offenkundig war er auf der Suche nach einem Haus, und leider schaute er nicht in ihre Richtung.

40

Brockmann hielt sein Handy am Ohr, lenkte mit der anderen, freien Hand das Auto und schaute dabei immer wieder nach links und rechts aus den Seitenfenstern seines Wagens, aber in der Dunkelheit konnte er keine Hausnummern an den Eingängen erkennen. Außerdem gab es keine Beleuchtung auf den Fußwegen, und an den Häusern waren die allermeisten Jalousien bereits heruntergerollt worden, sodass es auf der Straße bereits ziemlich dunkel war.

Nur ein Stück vor ihm war ein Haus hinter einer halbhohen Hecke noch hell erleuchtet.

Es war zum Mäusemelken. Er musste anhalten.

»Verdammter Mist, Herr Krieglsteiner, ich kann hier keine Hausnummern erkennen, hier ist alles stockdunkel und alle Rollos sind unten. Wie ist noch mal die Adresse von dieser Frau Jakobsen?«

»Nummer dreiundzwanzig! Heinerweg dreiundzwanzig.«

Brockmann schwitzte unangenehm, obwohl es draußen bereits kühl geworden war. Die Straße vor ihm war schmal, zu beiden Seiten standen Zäune und Hecken als Einfassungen der Grundstücke.

›Wenn da jetzt einer von vorne kommt, geht hier gar nichts mehr‹, dachte er gerade, als er im Augenwinkel zwei Passanten in dunklen Mänteln oder Jacken zu sehen glaubte. Er hielt erneut an, sah sich um. Wahrscheinlich nur eine Täuschung, und vielleicht eher der Wunsch als die Wirklichkeit, sagte er sich. Er fuhr erneut an.

Aber da waren sie wieder, die beiden. Links eine Frau, das konnte er sehen, sehr viel kleiner als die andere Person. Er beschleunigte etwas, schloss auf zu den Spaziergängern, ließ das Seitenfenster heruntergleiten und rief hinaus in die Dunkelheit: »Entschuldigen sie bitte!«, aber das Pärchen machte keine Anstalten, stehen zu bleiben. Brockmann wollte schon Luft holen, um erneut zu rufen, als die beiden in der Einfahrt zu dem hell erleuchteten Haus verschwanden. Er seufzte tief und schaute sich in der Dunkelheit erneut suchend um.

»Dreiundzwanzig hatten Sie gesagt, Herr Krieglsteiner?«, fragte er wie zur Bestätigung noch einmal den Kollegen am Telefon.

»Jaha«, schallte es genervt aus dem Hörer.

»Ich fahre mal da vorne an die Hauptstraße, und beginne noch einmal. Vielleicht kann ich ja dort eine Hausnummer erkennen. Jedenfalls ist es da heller als in diesem schwarzen Loch. Hier sind ja nicht einmal Menschen mit Hunden unterwegs.«

Oben, wo die kleine Straße zu Ende war und in die Hauptstraße einmündete, erkannte Brockmann dann wirklich eine Hausnummer, und zu seinem Glück war sogar ein Hundebesitzer unterwegs. Brockmann bremste und fuhr die Scheibe herunter.

»Entschuldigung?! Hallo, entschuldigen Sie bitte!«

Dieser Passant blieb stehen, der Hund ebenfalls, der dabei ein tiefes, missbilligendes Knurren von sich gab.

»Ja bitte?«, fragte der Spaziergänger.

»Ich suche die Hausnummer dreiundzwanzig im Heinerweg. Ich bin da sicherlich schon mehrfach dran vorbeigefahren, aber ich kann keine Nummer erkennen, weil alles so dunkel ist.«

Der Mann ging etwas gebeugt, seine Ohren waren groß, die alte Prinz-Heinrich-Mütze thronte wackelig auf dem haarlosen Kopf. Aber er schaute Brockmann freundlich an und zog dabei genussvoll an einer Pfeife, die einen sehr angenehmen Geruch verströmte. Auch der Hund hatte sich beruhigt, hob sogar schnüffelnd die Nase, wohl um festzustellen, ob der, der da sprach, vielleicht etwas Fressbares dabeihatte.

»Das wundert mich nicht. Mit der Straßenbeleuchtung hat die Gemeinde es hier nicht so. Meine Frau hat sich auch schon so viele Male beschwert, denn gerade für Frauen ist es schon sehr angsteinflößend. Wen suchen Sie denn, junger Mann?«

»Ich suche die Nummer dreiundzwanzig.«

»Ah, Sie wollen zu Broder Henningsen? Das ist das Haus da hinten an der Ecke. Da, wo es hell ist. Sie sind daran vorbeigefahren.«

Brockmann drehte den Kopf herum und deutete auf das erleuchtete Haus.

»Das da?«

Der Alte nickte.

»Da bin ich in der Tat sogar schon zweimal vorbeigefahren. Haben Sie vielen Dank, und einen schönen Abend noch.«

Brockmann schaute irritiert die kleine Straße hinunter und zu dem Haus an der Ecke.

›Dort war doch gerade das Pärchen in der Einfahrt verschwunden‹, dachte er und versuchte dabei ungeschickt, sein Auto auf der vielbefahrenen Hauptstraße zu wenden.

41

Almas Entführer drückte sie grob an der Hecke entlang, deren vorstehende Äste an ihrer Kleidung rissen und an den Armen schmerzten, bis hin zu der Einfahrt von Broders Haus. Sie waren schon fast da, als Alma erneut das Auto hinter sich hörte, aber der Mann, der sie hart am Arm hielt und ihr fortgesetzt den Pistolenlauf schmerzhaft in den Rücken bohrte, hielt nicht an, auch nicht, als der Fahrer des Autos nach ihnen rief.

Alma hörte noch ein zögerliches *„Entschuldigen sie bitte!"* in ihrem Rücken, aber da hatte ihr Peiniger sie schon in die Garagenauffahrt geschoben und weg von der Straße. Dann vernahm sie nur noch, wie das Auto hinter ihr sich entfernte und leiser wurde und beide vor Broders Haustür standen.

»Klingel!«, befahl der Entführer.

Sie drückte auf den Knopf und drinnen ertönte ein tiefer, dumpfer Gong. Sie hasste dieses Geräusch, immer schon hatte sie es gehasst. Es klang nach Kirche, und dieses glockenartige Geräusch hatte sie sich so sehnsüchtig für sich gewünscht. Durch das Glas der Haustür sah sie Grit herankommen, aber sie spürte auch sofort den harten Pistolenlauf im Rücken.

»Keine falsche Heldentat! Lächle!«

Das fiel Alma sehr schwer, denn hier vor Broders Haus war ihr nicht zum Lachen zumute, und als sie die verhasste Frau sah mit ihrem schwangeren Bauch, schon gar nicht. Grit kam aus der gegenüberliegenden Küche mit leicht watschelndem Gang heran, und für einen

Moment hatte Alma den alten, grauhaarigen Mann gesehen, der immer noch an dem Küchentresen stand. Dann fiel die Türe hinter der Schwangeren wieder zu.

Als Grit Alma durch das Glas erkannte, lag in dem Gesicht der jungen Frau pures Erstaunen. Sie stand einen Moment wie erstarrt im weiten Flur, dachte offenkundig darüber nach, nicht zu öffnen, zögerte eine Sekunde, in der Alma rufen wollte *„Mach' nicht auf, Grit Jakobsen, bitte mach' nicht auf!"*.

Aber die Frau näherte sich doch, öffnete langsam die schwere Türe mit einem quietschenden Geräusch.

»Alma, was willst …?«, brachte Grit noch erstaunt heraus, als Almas Entführer mit seinem ganzen Körpergewicht die Haustür aufdrückte und dabei beide Frauen vor sich in den Flur schob. Dann stand der Mann plötzlich in dem hell erleuchteten Eingangsbereich, während Alma vor ihm auf den Boden gefallen war. Mit seiner Pistole zielte er sofort auf die schwangere Frau.

»Rein da in das Wohnzimmer, schnell!«, brüllte er und fuchtelte dabei mit der Waffe herum.

Die ganze Aktion hatte nur ein paar Sekunden gedauert.

Alma betrachte den Peiniger jetzt bei Licht. Der Mann sah türkisch oder afghanisch aus, hatte dunkle, kurze Haare und einen Vollbart unter dem Kinn. Seine Augenbrauen waren dicht und über der Stirn zusammengewachsen, wodurch sein Gesicht einen noch grimmigeren Ausdruck bekam.

»Und du mach' das Licht hier im Flur aus!«, befahl er an Grit gerichtet.

Die zuckte zusammen, hatte immer noch nicht begriffen, was da eigentlich geschehen war, was diese Menschen von ihr wollten. Der Türke zog Alma barsch an den Haaren hoch, stieß die Frau in Richtung auf die Wohnzimmertüre und zerrte an Grits Pullover, nachdem die wie geheißen das Licht ausgeschaltet hatte.

Aber in dem Moment ging die Tür zur Küche auf, ein greller Lichtschein fiel in den jetzt dunklen Flur und irritierte den Türken für einen Moment. Aber dann drehte der sich rasend schnell herum und zielte sofort mit der Pistole in die Richtung der Tür. Dort stand Achim, groß, breitschultrig und bedrohlich, aber der hatte die Situation im Flur nicht begriffen, hatte nur Geräusche und Stimmen gehört, und war, noch benommen von Grits Wutausbruch, erst nach einigen Sekunden zu der Küchentüre gegangen, um nachzusehen.

»Was ist denn los, Frau Jakobs…«, wollte er nachfragen, als zwei Schüsse fielen. Zwei ohrenbetäubende Explosionen in dem kleinen Flur, deren Echos in dem Raum tausendfach widerhallten. Die Frauen schrien schrill und Alma sah noch, wie der große Mann rückwärts in die Küche fiel, im Fallen die Kaffeemaschine mitriss und dann dumpf neben dem Küchentresen auf dem Boden aufschlug. Auch der Türke schrie etwas in einer den beiden Frauen unverständlichen Sprache, schubste sie barsch vor sich in das Wohnzimmer und verschloss die Türe zum Flur hinter sich. Dann rannte er durch einen bogenförmigen Durchgang in die Küche, trat gegen den leblosen Mann und suchte dann den Boden daneben ab, wohl auf der Suche nach einer Waffe.

Kurz darauf stand er wieder in dem Durchgang zum Wohnzimmer.

»Wo ist das Geld, du Schlampe?«, fragte er und deutete mit der Pistole auf Grit.

Die beiden Frauen saßen zusammengekauert auf dem Boden, hatten sich trotz ihrer tiefen Feindschaft umarmt und blickten den Türken verängstig an. Grit hob langsam einen Arm, der stark zitterte, und deutete mit dem Zeigefinger auf den Küchentresen.

»Da.. da.. liegt es!«

Der Türke fuhr abrupt herum, aber der Tresen war leer.

»Wo, du Arsch?«

42

»Notruf der Polizei!?«

»Hier wird geschossen, sie müssen sofort kommen!«

Die Frauenstimme klang ängstlich und war leise, kaum zu hören für den Beamten.

»Können Sie bitte etwas lauter sprechen? Wo sind Sie? Wo wird geschossen?«, fragte der Mann mit bedächtiger, sonorer Stimme weiter und versuchte, die aufgebrachte Frau zu beruhigen, um die wichtigen Informationen abfragen zu können.

»Gegenüber!«

»Von wo telefonieren Sie denn?«, fragte er weiter ruhig und hatte dabei auf einen Knopf gedrückt, der ihm die Adresse der Festnetznummer geben würde.

»Hier von uns zu Hause.«

»Und wo ist das, Ihr zu Hause?«

»Im Heinerweg! Sie müssen kommen, da stimmt etwas nicht bei Broder.«

»Welche Hausnummer ist denn das im Heinerweg?«

»Nummer dreiundzwanzig! Kommen sie schnell!«

Der Beamte drückte den Notrufknopf auf seinem Pult und sprach dann ruhig in das Mikrofon: »Alarm an alle Kräfte! Schießerei im Heinerweg dreiundzwanzig, Achtung, Schusswaffengebrauch im Heinerweg dreiundzwanzig.«

*

Krieglsteiner schreckte zusammen, als der Alarmton auf seinem Handy losging. Gerade hatte er es beiseitegelegt, nachdem Brockmann ihm berichtet hatte, die

Adresse von Broder Henningsen gefunden zu haben.

Genervt schaute der junge Mann auf das Telefon.

‹*Schießerei im Heinerweg 23*› leuchtete im Display auf.

Der Kommissar fühlte sein Herz schlagen und seine Hände wurden schweißnass. So schnell es ging tippte er Brockmanns Telefonnummer in die Telefontastatur.

Es tutete eine Zeitlang, aber der Alte nahm nicht ab.

»Komm' schon, Brockmann, es ist wichtig!«, murmelte Krieglsteiner, aber auch das Flehen stellte keine Verbindung her.

Panisch sprang er auf, riss seine Jacke von der Stuhllehne und rannte aus dem Büro und zu seinem Auto, und während er mit zittrigen Fingern in der Seitentasche nach dem Schlüssel fingerte, hoffte er nur inständig, dass der alte Kommissar noch nicht bei dem Haus von Broder Henningsen angekommen war.

Vor lauter Nervosität gelang es ihm deshalb erst im zweiten Anlauf, *GoogleMaps* zu öffnen und er benötigte mehrere Versuche, die Adresse korrekt einzugeben.

Und erst während der Fahrt bemerkte er, dass er sein Blaulicht noch nicht auf das Dach gestellt hatte.

»Hier liegt nichts! Willst du mich verarschen?«

Der Türke schaute links und rechts über seine Schultern und schüttelte dann erneut seinen Kopf.

»Hier ist nichts!«, brüllte er.

Dann zielte er erneut mit seiner Pistole auf die Schwangere, die daraufhin einen erschreckten Aufschrei ausstieß.

»Das Plastikpaket, diese Plastiktüte! Sie lag auf dem Tresen«, rief Grit und deutete dabei mit ihrer Hand in Richtung auf die Küchenanrichte.

Erneut schaute der Türke auf den Tresen, dann auf die anderen Ablageflächen.

»Da liegt aber nichts!«

»Dann muss es runtergefallen sein. Irgendwo liegt es. Bestimmt!«, entgegnete sie fast flehend.

Der Türke trat noch einen Schritt rückwärts zurück in die Küche, ließ dabei aber die beiden Frauen nicht aus den Augen und ging auch nur so weit, dass er sie noch sehen konnte. Als er wieder nichts erkannte, deutete er mit seiner Pistole erneut auf Grit.

»Komm' her und suche es! Aber langsam aufstehen.«

»Darum mach' dir mal keine Gedanken, bei meinem Zustand«, murmelte die und erhob sich dabei schwerfällig und unter Stöhnen.

Als sie aufrecht stand, rauschte das Blut in ihren Ohren, wodurch alle Geräusche abrupt dumpf wurden, aber ganz weit entfernt hörte sie trotzdem deutlich ein Martinshorn. Eigentlich sogar zwei. Sie schwankte etwas, weil ihr auch schwindelig war, sodass Alma ihr mit einer Hand Hilfestellung geben musste, bis das betäubende Rauschen in den Ohren abnahm. Aber die Sirenen waren noch da!

Sie kamen sogar näher.

Aber auch der Türke hatte sie gehört.

»Schnell, such'!«, befahl er barsch und fuchtelte wieder mit seiner Pistole vor ihrem Gesicht herum. Grit schwankte an ihm vorbei in die Küche, musste sich aber erneut am Türrahmen festhalten. Dann schaute sie sich auf den Ablageflächen um, aber die Tüte war wirklich verschwunden.

Der grauhaarige ältere Mann, der vorhin unerwartet vor ihrer Haustüre stand, hatte ihr eine zerknitterte Aldi-Tüte mit einem Haufen dicker Geldbündel darin wortlos hingehalten. *»Broder hätte sicher gewollt, dass Sie es erhalten«*, hatte er gesagt und wollte sich nach ein paar Sekunden des Schweigens schon wegdrehen, als sie sich besann und ihn dann doch hereinbat.

In der Küche standen beide dann schweigend eine Weile, die Tüte zwischen sich auf dem Tresen, bis Grit langsam begriff, dass dieser Mann der Einzige war der wusste, was mit ihrem Freund geschehen war.

»Und nun?«, fragte Grit nur kurz, weil sie nicht mehr herausbrachte als diese beiden Worte, die Sinnbild waren für ihr Leben ohne Broder. Dabei deutete sie auf die Tüte und schaute den Mann an, der auch nicht weiterwusste.

Aber Achim Lehmann erzählte der Frau, wie er Broder auf dem Deck seines Kutters erstochen aufgefunden hatte, wo das war und dass er dann den toten Körper über Bord geworfen hatte, weil ein Schiff kam und er Panik hatte. Und dann war Grit ausgerastet, hatte auf ihn eingeprügelt, ihn mit ihren Fäusten traktiert, auch weil er aussprach, was sie ahnte, nämlich dass ihr Broder, ihr Freund, nicht mehr wiederkommen würde.

Und Achim hatte hilflos dagestanden und alle Schläge ausgehalten. Tun konnte er jetzt auch nichts mehr für seinen Freund.

Aber das Geld könnte vielleicht der Freundin helfen und ihrem ungeborenen Kind und über den Verlust hinweghelfen.

Jetzt suchte Grit diese Plastiktüte, konnte sie aber in der Tat nirgends auf der Ablage sehen. Sie beugte sich daher weiter vor, stützte sich mit den Händen auf die Ablagefläche, um über die gegenüberliegende Kante des Küchentresens auf den Fußboden dahinter schauen zu können.

Aber als sie den Fliesenboden davor sah schrie sie voller Entsetzen auf, weil sie auf den Anblick nicht vorbereitet war.

Da unten, vor ihren Augen, lag dieser grauhaarige Mann in einer riesigen Blutlache, die Augen starr, der Mund verzerrt, das Gesicht weiß.

Und unter seinem Rücken lugte die Plastiktüte hervor.

Sie schnellte zurück und zeigte zitternd auf die Stelle hinter dem Tresen.

»D .. der Mann liegt da .. da drauf.«

Der Türke glotzte sie an.

»Dann los, hol' sie her, ich will das Geld sehen. Los,

mach' schon.«

Grit schüttelte den Kopf.

»Hol' es!«, schrie er und zielte wieder mit der Pistole auf die Frau, aber die stand wie angewurzelt vor dem Tresen und bewegte sich nicht.

Und schüttelte nur den Kopf.

»Dann du! Los!«, brüllte er Alma an, die immer noch auf dem Boden des Wohnzimmers hockte und sich nicht bewegt hatte, und zielte mit der Pistole auf die andere Frau.

Die Sirenen kamen immer näher.

»Beweg' dich!«

44

Brockmann wendete seinen Wagen, musste noch warten, bis der Hundebesitzer weitergegangen war, bevor er sein Auto über die Hauptstraße drehen konnte.

Dann rollte er in seinem Auto gemächlich zurück in die Richtung, aus der er gekommen war, schaute trotz der präzisen Anweisung des Spaziergängers noch nach rechts und links, um vielleicht doch noch eine Hausnummer zu erkennen, als er mehrere kurze Explosionen ähnlich Pistolenschüssen in dem Haus vor ihm hörte.

Er wusste sofort, dass diese Geräusche nicht verspätet gezündete Knallfrösche unausgelasteter Generation Z-Kids waren, deshalb stoppte er abrupt das Auto und schaute sich erschrocken nach allen Seiten um. Aber er konnte niemanden in der Dunkelheit sehen, nur durch das Glasfenster der Haustüre des hell erleuchteten Hauses sah er noch, wie ein Mann eine Frau aus dem kleinen dunklen Eingangsflur durch eine Tür in den rückwärtigen Teil des Hauses schob und zerrte und dabei wild mit den Armen gestikulierte.

Dann war wieder alles ruhig.

»Scheiße!«, sagte Brockmann zu sich. Er fingerte nervös das Telefon aus der Innentasche seiner Jacke heraus, um den Notruf der Polizei anzurufen, und erkannte dabei auf dem Display des Gerätes, dass der Kollege Krieglsteiner mehrfach versucht hatte, ihn zu erreichen.

Er drückte auf ‹Zurückrufen›.

»Isch alles ok bei Ihne, Här Brockmann? Wo tun Sie denn gerad seie?«, klang die Stimme des jungen Mannes

nervös und laut aus dem Lautsprecher.

»Ich habe das Haus gefunden, aber da wird geschossen!«, antwortete der Alte leise.

»Dann bleiben Sie davon weg!«, flüsterte jetzt auch der Schwabe, obwohl der offenbar im Auto saß. »Bleiben Sie unbedingt da weg! Wir wissen davon und das SEK ist bereits alarmiert, aber das wird noch einen Moment dauern. Also gehen Sie da weg, sonst geschieht Ihnen noch etwas!«

Brockmann war gerührt von Krieglsteiners Besorgtheit.

»Ich werde mir nur ein Bild von der Lage verschaffen und ich verspreche Ihnen, dass ich nichts Unvorsichtiges oder Unüberlegtes unternehmen werde. Wann sind Sie da?«

»In zähn Minute! Hier isch allesch voller Autosch mit Tourischte drin, die einfach nur herumfahre tun und nichts Wichtigesch vorhabe.«

Nach einer Minute intensiven Nachdenkens stieg Brockmann trotzdem aus. Er wollte nur mal nachschauen. Geräuschlos und vorsichtig drückte der alte Kommissar die Fahrertüre zu und hielt dabei immer einen Blick auf den Eingang des Hauses. Aber der Flur blieb dunkel, die Türe zu dem angrenzenden Zimmer waren verschlossen.

Nur links von ihm fiel Licht aus einem Fenster und erhellte den Garten davor. In gehockter Stellung schlich er an der Hecke entlang und in Richtung auf das erleuchtete, doppelflügelige Fenster, hinter dem offenkundig das Wohnzimmer des Hauses lag.

Vorsichtig hob er den Kopf über die Kante des Gebüschs und versuchte, die Lage in dem Raum zu überblicken: Ein Mann mit dunklen Haaren und Bart und einer Pistole in der Hand stand in der Tür zu einem dahinterliegenden, anderen Raum, wahrscheinlich der Küche, und zielte mit der Waffe auf eine Frau mit langen, blonden Haaren, die auf dem Boden kniete und erkennbar den Kopf schüttelte.

Das war Grit Jakobsen. Die kannte er, die hatte er vorgestern in ihrem Büro bei der Touristeninformation besucht. Aber neben ihr kniete eine zweite Frau.

›*War das Alma Becker?*‹ Er hatte die Frau noch nie gesehen. Und wer war der Typ mit der Waffe? Der sah wie ein Türke aus …

›*Schwedenmafia!*‹, schoss es ihm sofort durch den Kopf!

Und der schwedische Kommissar hatte sie vor diesen Leuten gewarnt.

»Verdammter Mist!«, fluchte Brockmann leise. Die waren zu schnell aufgetaucht. So schnell hatte er das nicht erwartet.

Er zog sein Telefon aus der Innentasche seiner Jacke und zoomte den Mann mit der Waffe heran, wollte ein Foto machen und das dann diesem Kristofferson nach Schweden schicken. Vielleicht kannte der ja den Mann und konnte ihn identifizieren.

Das Telefon machte dieses klickende Geräusch, das den Auslöser eines Fotoapparates imitieren soll, aber mit dem Klick erleuchtete die Kamera bei der Aufnahme auch die Szenerie vor ihm - Brockmann hatte in seiner Aufregung den Blitz an seinem Handy nicht ausgeschaltet.

45

»Heb' es auf!«, schrie der Türke und zielte weiter mit der Pistole auf Grit, aber die stand wie angewurzelt vor dem Tresen. Verstört schüttelte die junge Frau nur den Kopf.

»Dann du! Los!«, brüllte er in Almas Richtung, die immer noch auf dem Boden des Wohnzimmers hockte und sich nicht bewegt hatte.

Aber plötzlich gab es ein helles Blitzlicht aus dem Garten.

Der Türke hielt sich einen Moment die freie Hand vor die Augen, dann schoss er gezielt zweimal in die Richtung, aus der der Blitz gekommen war. Beim ersten Schuss zerplatzte die große Fensterscheibe in tausend kleine Splitter, der zweite Schuss pfiff durch die Luft und ploppte dann hörbar irgendwo hinein.

Aber der Knall war noch nicht verhallt, da sprang Alma geistesgegenwärtig auf, warf sich gegen den mittelgroßen, vor ihr stehenden Schützen und stürzte zusammen mit ihm in die Küche. Beide fielen um, fielen aufeinander, wälzten sich vor dem Küchentresen auf dem Boden, traten mit Füßen und hieben mit Fäusten aufeinander ein.

Dann gab es einen gedämpften Knall aus der Pistole. Grit Jakobsen schrie und hielt sich beide Hände vor das Gesicht.

Nachdem sie einen langen Moment nichts mehr hörte außer einem Stöhnen, spreizte sie langsam die Finger ihrer Hände und lugte zu dem Haufen von Leibern, die vor ihr auf den Boden gefallen waren.

Ganz langsam schälte sich ein Körper aus der Umklammerung, versuchte, den darüber liegenden anderen wegzuschieben, was bei der Enge des Platzes zwischen dem Tresen und den Küchenschränken nicht so einfach ging.

Grit lugte weiter durch die Finger ihrer Hände – und wurde von Panik erfasst, weil es der Türke war, der unbeholfen versuchte, sich zu erheben. Seine Augen funkelten böse, der Blick war starr und wuterfüllt auf sie gerichtet, als er sich erhob, und Grit erkannte mit Panik, dass die Jacke des Mannes am Bauch voller Blut war. Mit jeder Sekunde kam sein Arm mit der Pistole in der Hand immer höher, eine Hand, die ebenfalls voller Blut war, und er begann, zittrig in ihre Richtung zu zielen.

Immer höher kam der Arm.

»Schlampe!«, stöhnte der Türke heiser.

Dann knallte es und Grit fühlte, wie sie umgerissen wurde.

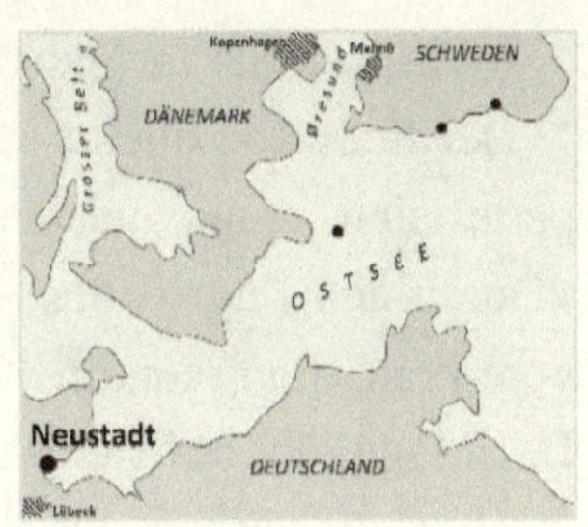

46 Neustadt

»Seien Sie verlätzt, Här Brockmann? Isch alles ok bei Ihne?«

Brockmann hörte hinter sich die schnell näherkommende, vertraute Stimme von seinem schwäbischen Kollegen. Er lag auf der Straße, spürte einen stechenden Schmerz in seinem Arm, der pochte und puckerte und höllisch weh tat.

»Sie tun ja blute! He, hallo, Sanitäter! Hierher! Där Kollege isch verlätzt!«

»Das ist nur mein Arm, Herr Krieglsteiner. Ich habe Glück gehabt, trotz so viel Blödheit.«

Ein Sanitäter kam dazu und untersuchte Brockmann, nachdem er ihm die Jacke geöffnet hatte.

»Sie sind am Arm getroffen worden, der Schuss ging aber glatt durch. Glück gehabt«, kommentierte der junge Mann die Wunde. Dann half er dem Alten auf, riss dessen Hemd an dem verletzten Arm auf und deutete dann auf den Rettungswagen. »Wir gehen jetzt mal dahin, dann werde ich die Wunde versorgen.«

Brockmann nickte dankbar, denn es schmerzte ziemlich und brannte wie Feuer, aber noch im Aufstehen tippte er mit der anderen Hand Krieglsteiner auf den Arm und schaute den Kommissar fragend an.

»Was ist denn *im* Haus geschehen?«

Der Schwabe blickte den Alten traurig an und räusperte sich dann umständlich, bevor er antwortete: »Durch den Zugriff des SEK konnten wir die schwangere Frau, die Freundin von Broder Henningsen, retten. Der Mann, der auf sie gezielt hatte, ein Türke, ist dabei erschossen worden. Finaler Schuss, sonst hätte *er* sie umgebracht.«

Er machte eine Pause, holte Luft.

»Und die andere Frau? Diese Alma?«, fragte Brockmann, aber er ahnte aufgrund von Krieglsteiners Gesichtsausdruck bereits die Antwort.

»Frau Jakobsen erzählte, dass es einen Kampf gab zwischen dieser Alma Becker und dem Türken, weil dieser die Schwangere bedroht hatte. Im Verlauf dieses Gerangels hatte sich ein Schuss gelöst. Frau Becker ist tot.«

Brockmann seufzte. »Zwei Menschen tot!«

Krieglsteiner tat einen Schritt in Richtung Brockmann und legte ihm dann eine Hand auf den Arm.

»Wir haben noch einen Toten in der Küche gefunden«, antwortete der junge Mann leise und erst nach einer kurzen Pause. »Er wurde nach Aussage von Frau Jakobsen bei dem gewaltsamen Eindringen des Täters in das Haus als Erster getötet. Es war ihr Freund, dieser Achim Lehmann. *Äsch tut miä sähr leid, Här Brockmann.*«

Er drückte noch einmal den unverletzten Arm des Ex-Kommissars, dann drehte er sich um und ging zu den Kollegen, die mit der Dokumentation des Überfalls beschäftigt waren.

Brockmanns Augen wurden feucht, er schaute auf den

Boden vor ihm, fühlte plötzlich keinen Schmerz mehr in seinem Arm, sondern nur noch in seinem Herz.

»Ist Ihnen nicht gut, Herr Kommissar?«, fragte der Sanitäter, der mit einem Rollstuhl angeschoben kam, um ihn für die Wundversorgung abzuholen.

Brockmann schüttelte den Kopf.

»Nein, es ist alles in Ordnung – für alle ist es so das Beste.«

Epilog

Monis Blick war voller Angst und Panik, als sie ihrem Mann in die Arme fiel.

»Peter!«, rief sie viel zu laut aus, »ich habe mir so große Sorgen um dich gemacht! Ich dachte du bist tot, als deine Kollegen mich anriefen!« Mit ihren Fäusten trommelte sie voller Verzweiflung und Wiedersehensfreude auf seine Brust.

Aber dann konnte sie die Tränen nicht mehr verbergen und hielt sich an ihm fest. Es dauerte eine Weile, bis sie sich beruhigt hatte und das Schniefen aufhörte.

Brockmann fühlte seine Frau, spürte ihre Angst, und wusste in diesem Moment, was er tun *musste*. Er hatte schon Luft geholt und wollte gerade sprechen, als sie zu ihm hochschaute und ihn unterbrach, bevor er etwas sagen konnte.

»Peter, ich habe dir vor einigen Jahren mal gesagt, dass ich jahrzehntelang jeden verdammten Tag Angst um dich hatte. Jeden Tag, wenn du losgegangen bist, hatte ich Angst um dich. Und du hast mir damals versprochen, dass das vorbei sein würde, als du in den Ruhestand gegangen bist.«

Sie drückte sich von ihm ab und schaute ihm dann direkt in die Augen.

»Bitte lass' es einfach, Peter! Überlasse anderen die Verbrecherjagd und ziehe dich zurück. Du bist alt, du bist weise geworden und weißt, dass du noch anderweitig gebraucht wirst, nämlich als liebevoller Ehemann, sanfter Rückeneincremer und als geduldiger Opa!«

Brockmann hatte seine Luft angehalten, weil die Antwort sonst aus seinem Mund rausgefallen wären, weil sie schon so weit vorne auf seinen Lippen lagen.

»Ich wollte es dir gerade sagen, Moni, meine Liebe. Es ist Schluss, jetzt und hier ist Schluss! Keine Verbrecher mehr, auch nicht als Gefallen für andere.«

Dann zog er seine Frau zu sich heran und drückte sie innig.

»Ich verspreche es dir, Moni.«

ENDE
ENDE

Danksagung

Mein größter und liebster Dank geht (wieder) an meine Schwester, die sich erneut mit aufopfernder Mühe durch das Manuskriptes gelesen hatte als ich noch dachte, dass doch alles schon flüssig und verständlich war.

Danke Schwesterchen für deine Geduld und deine Mühen und Anregungen.

Von dem Hamburger Krimiautor *Wolfram von Haugwitz* sind bisher im KINDLE-Verlag erschienen:

- Tödliche Nordsee (2019)
- Tödliches Armband (2021)
- Tödliche Vergangenheit (2023)

Alle Bücher sind auch als E-Books erhältlich.